CB017572

CRIATURAS & CRIADORES

RAPHAEL DRACCON
CAROLINA MUNHÓZ

CRIATURAS & CRIADORES

HISTÓRIAS PARA NOITES DE TERROR

FRINI GEORGAKOPOULOS
RAPHAEL MONTES

1ª EDIÇÃO · 2017

EDITORA RECORD
RIO DE JANEIRO · SÃO PAULO

CIP-BRASIL. CATALOGAÇÃO NA PUBLICAÇÃO
SINDICATO NACIONAL DOS EDITORES DE LIVROS, RJ

C946

    Criaturas e criadores: Histórias para noites de terror / Raphael
    Draccon ... [et al.]. - 1. ed. - Rio de Janeiro : Record, 2017.

    ISBN 978-85-01-11225-5

    1. Ficção brasileira. I. Draccon, Raphael. II. Título.

17-44512
                        CDD: 028.5
                        CDU: 087.5

CAPA E PROJETO GRÁFICO
Fernanda Mello e Angelo Allevato Bottino

Texto revisado segundo o novo Acordo Ortográfico da Língua Portuguesa.

Direitos exclusivos desta edição reservados pela
EDITORA RECORD LTDA.
Rua Argentina, 171 - Rio de Janeiro, RJ
20921-380 - TEL.: (21) 2585-2000.

Impresso no Brasil

ISBN 978-85-01-11225-5

Seja um leitor preferencial Record.
Cadastre-se e receba informações sobre nossos lançamentos
e nossas promoções.

Atendimento e venda direta ao leitor
mdireto@record.com.br ou (21) 2585-2002.

- SUMÁRIO -

————————

RAPHAEL DRACCON

---- A ----
CRIATURA

"TODA MORTE ACONTECE POR ESTÁGIOS."

FOI COM ESSA FRASE INICIAL que a edição final da entrevista ficou conhecida. Em uma das cadeiras, Elizabeth, jornalista, repórter, youtuber. Na outra, Victor, médico, cirurgião, procurado pela polícia. A entrevista poderia parecer um trabalho comum, se não se passasse em meio a um barraco cercado por narcotraficantes armados com pistola Taurus e fuzil ParaFAL.

— O primeiro estágio é a temperatura — continuou o médico. — A cada hora, o corpo da pessoa esfria gradativamente 1,5°C até alcançar a temperatura ambiente. O sangue, desprovido de oxigênio, vai ficando mais ácido, até que as células começam a se dividir, esvaziando as enzimas dos tecidos.

Antigamente, Elizabeth optaria por um gravador de voz, nem que fosse pelo smartphone, para registrar a voz do médico. Naquele momento, porém, utilizava duas câmeras digitais armadas sobre tripés, que gravavam ambos. Depois era juntar as imagens, editar, acrescentar a vinheta e fazer o upload na rede mundial de computadores. Então BUM! Um milhão de visualizações em 24 horas.

Com sorte, talvez mais.

— Certo... — acrescentou ela. — E *depois* que o corpo esfria?

— O segundo estágio é o empalidecimento. Com a circulação interrompida, as células sanguíneas passam a se concentrar nas partes do corpo mais próximas do chão, deixando o resto do cadáver com aquela aparência sem vida.

Elizabeth balançava a cabeça, estimulando o médico a continuar. Victor vestia uma camisa polo com a gola aberta, o que já o tornava a pessoa mais bem-vestida ao redor. Em meio à escuridão, feito obsessores, homens magros de camisetas em farrapos, bermudas tactel e chinelos de borracha conversavam com outros fora de forma, sem camisa e de tênis Nike. Na aparência, ela estava na casa dos trinta anos; ele, na dos cinquenta. Os cabelos dela eram escuros e batiam no ombro; os dele eram cheios, rabiscados por traços grisalhos. Ela não revelou, mas achou charmoso.

— Então vem o enrijecimento. Sem a circulação sanguínea, o corpo morto perde toda a regulação de cálcio no sangue, os músculos contraem, e o cadáver endurece.

Elizabeth, ao menos naquele instante, prestava mais atenção no entrevistado do que na entrevista. Havia um misto de emoções em seu âmago. Uma parte de si temia aquilo tudo, como não? Ela sabia que se algum daqueles homens resolvesse fazer... qualquer coisa *ruim* com ela, não haveria como fugir, como correr, nem mesmo como gritar. As armas exibidas como brinquedos assustavam tanto quanto a naturalidade com que aquelas pessoas as empunhavam. Elas seguravam uma pistola como ela segurava uma caneta, na época em que jornalistas escreviam com canetas e repórteres dependiam de contratos com emissoras de televisão.

Por outro lado, contudo, aquele mesmo sujeito a fascinava de uma maneira que a fazia se sentir culpada. Em um mundo de homens de comportamento primitivo, ver alguém tão erudito se sentir à vontade daquela forma era... *estranho*. Ele passava uma segurança, não a ela, mas *também* a ela, e, principalmente, em relação a si próprio e ao próprio discurso.

Nada disso a fazia parecer segura.

Mas também não a fazia parecer em perigo.

Além disso, ela estava acostumada a arriscar. Já havia entrevistado pais que mataram filhos, filhos que mataram pais, jogadores de futebol que mataram amantes. Nunca havia entregado uma fonte, nunca havia traído a confiança de um entrevistado — estaria morta do contrário. Por conta do trabalho cuidadoso e da constante dedicação, já havia ganhado uma placa de prata após os primeiros cem mil inscritos em seu canal de vídeos. Estava a dois mil da placa de ouro agora.

A placa de um milhão.

— Por fim, temos a putrefação. Tomado por bactérias e enzimas, os órgãos começam a apodrecer, dando início ao cheiro da morte. Você já sentiu?

Houve um silêncio incômodo e só então Elizabeth percebeu que ele havia parado de falar termos médicos e estava se referindo a ela.

— O quê? — perguntou, desconcentrada.

— O cheiro da morte.

Ela travou por um momento, curiosa sobre como a conversa havia chegado naquilo.

— Acho que todos nós já sentimos um dia — disse ela, encarando-o como faria uma pessoa desafiada.

— E o que ele lembra você?

— Ele me lembra... um cheiro adocicado. — Subitamente Elizabeth pensou que, se não se explicasse, milhares de pessoas iriam dizer que ela não sabia o que estava falando, que era burra por fazer aquela comparação e que hoje em dia qualquer idiota com uma câmera acha que pode fazer o trabalho de um profissional *de verdade*. — Quero dizer, é um cheiro horrível, claro! Mas posso estar dizendo algo estúpido, sabe... — Ela *tinha certeza* de que estava, logo, era melhor apontar primeiro o dedo para si própria, antes que milhares o fizessem na internet e ela fosse dormir remoendo comentários anônimos.

— Faz sentido — disse o médico, para surpresa dela. — Na decomposição, o corpo humano libera um composto químico semelhante ao que se pode encontrar em frutas apodrecidas chamado hexanal. Por isso a associação.

Ela gostou daquilo, como se ele estivesse defendendo-a de uma acusação hipotética que (por enquanto) existia apenas em sua mente.

— Você já cometeu algum crime, doutor? — perguntou ela, de súbito, sem espaço para meio-termo.

Ele chegou a contrair o pescoço para trás, surpreso com aquilo, mas sem se ofender.

— Essa não é uma resposta tão fácil. Você pode elaborar mais a pergunta?

— Claro. Você já matou alguém?

Novamente um silêncio. Dessa vez ela não soube reconhecer se ele se sentiu ofendido ou não.

— Nunca — disse ele, sem hesitar. — Na verdade, eu salvei vidas.

— No exercício da sua profissão?

— Também...

— O que isso quer dizer? Você salvou vidas *fora* do exercício da sua profissão?

— Também.

Os pelos dela arrepiaram. Ela queria correr tanto quanto queria gravar.

— Como um homem como você vem parar em um lugar como esse?

— Um homem *como eu*?

— Sim. Eu me refiro a um homem... estudioso.

— Eu nasci aqui.

Elizabeth não conseguiu esconder a surpresa.

— Você está falando sério?

— Estou — disse ele, a voz firme. — Henrique é meu melhor amigo desde a adolescência.

Henrique, o Ogro, era o chefe local da favela Monte Branco. Líder de tráfico de drogas, conectado a organizações criminosas que se ramificavam por além das fronteiras brasileiras, espalhadas pela América do Sul. O apelido remetia às atrocidades que havia feito para tomar o poder, e às outras que continuava cometendo para se manter por lá.

— E como o caminho de um se tornou tão distante do caminho do outro? — perguntou Elizabeth.

— Eles não se separaram. O meu caminho só existe por causa do caminho dele.

— Você *salva* vidas, teoricamente. Ele, com todo respeito... bem... *tira*. Como pode haver relação?

— Através dele eu paguei por minha formação, minhas pesquisas e meu consultório.

Ela queria comentar alguma coisa, mas era apenas uma

estátua boquiaberta, com olhos espantados por baixo dos óculos de pouco grau.

— Em outras palavras... — concluiu o médico. — Ele me ajudou a salvar todas as vidas que estiveram nas minhas mãos.

Elizabeth suspirou, saindo do estado letárgico que a informação causara. Aquilo era ouro. Uma placa de ouro. Doente, deturpado, sórdido, bizarro com certeza, mas, ainda assim, para alguém como ela, que se dedicava a observar e relatar o que acontecia no mundo, aquilo era *original*. O tipo de notícia que ninguém havia ido tão fundo para descobrir.

O tipo de matéria que a faria ser lembrada.

— Então você pode nos contar *como* ele morreu?

✝✝✝

A luneta do fuzil FAL 7.62 acompanhava os passos de três adolescentes no alto de um telhado, segurando armas de longo alcance com uma das mãos. Da janela de apartamentos nos últimos andares de dois edifícios posicionados em ângulos diferentes, dois atiradores se mantinham em diálogo constante por rádio com seu comandante prestes a iniciar uma invasão. Enquanto aguardavam as instruções finais, tentavam acalmar a respiração, olhos fechados. A frequência cardíaca normal de uma pessoa era algo entre sessenta e cem batimentos por minuto. Aqueles atiradores de elite durante a preparação de tiro conseguiam reduzir para algo próximo de 35.

— Vamos pegar qual? Diz aí! — perguntou o primeiro no rádio.

— Bermuda vermelha, camiseta escura! — respondeu o comando no asfalto. — Eu quero tiro consciente.

— O gordão? Vou abrir contagem!

— Calma, cara, para de bufar aí! — resmungou o segundo atirador, em outra janela. — Eu tenho que definir o meu!

— Pega o cabeçudo. É até mais fácil.

— Beleza! Posso contar?

— Calma, deixa ele parar! — Definiu o primeiro. A mira continuava seguindo os passos do alvo de bermuda vermelha e camiseta escura. — Parou até pra fumar, pra facilitar. Olha que delícia, cara...

— Autorizado a abrir contagem — disse o comando no asfalto.

— Vamos em cinco... quatro... três... dois...

†††

A bala de fuzil 7.62 partiu a uma velocidade inicial de quase novecentos metros por segundo na direção do rosto inimigo. A mira inicial do atirador havia sido focada entre os olhos, mas, no segundo antes do dedo acionar o gatilho, o alvo se moveu alguns centímetros para trás. Como resultado, a pequena massa de liga de chumbo arrancou metade do maxilar humano, expondo uma massa vermelha sangrenta quase cinquenta vezes maior do que diâmetro da bala que a destroçou, de onde se reconhecia uma língua exposta.

O segundo caiu com um rombo no peito que mostrava o outro lado.

O problema foi o terceiro.

O primeiro atirador virou sua mira para ele e atirou enquanto ele corria. A bala pegou na junção entre coxa e panturrilha, arrancando a rótula do joelho. A dor que aquele moleque sentiu era tão excruciante que se não desse conta de finalizar com ele, o rapaz pelo menos teria desmaiado. Antes que qualquer uma das duas opções acontecesse, contudo, dotado do desespero que suplanta o medo, mesmo caído em uma poça do próprio sangue, o garoto acendeu um isqueiro. Na outra mão, um rojão. Da união, a pólvora no cano de metal explodiu, expelindo a bomba para o alto pela boca do tubo e iluminando o rosto do futuro cadáver. Em meio à escuridão da noite, as fagulhas do estouro.

De longe, em um mundo sem som, eles pareceriam brilhos comemorativos.

Em um mundo com som, porém, mesmo de longe, as pessoas reconheceriam o início de mais uma batalha urbana.

Eles avançavam com vestes escuras e com movimentos orquestrados, lembrando ninjas adaptados a um mundo de guerra ao terror. Logo de cara chamava a atenção a quantidade de equipamento carregado de acordo com suas funções. Colete, visores noturnos, pistolas automáticas, submetralhadoras alemãs, fuzis de assalto, granadas, rádios comunicadores, GPS, coturnos especiais com ventilação. Composto por policiais altamente capacitados para atuar em situações críticas, seu símbolo era uma caveira transpassada por um punhal.

O símbolo da vitória sobre a morte.

Capitão Roberto era o comando de uma unidade do Batalhão de Operações de Policiais Especiais. Naquela noite ele dava sequência a uma ação planejada por semanas ao lado de um policial infiltrado da P2, o setor responsável pela inteligência da polícia militar, a polícia que ninguém vê. Aquela noite era a final que decidiria mais uma edição de um reality show da televisão aberta, com a qual ninguém se importaria depois, mas que no momento era a obsessão nacional.

A noite perfeita para uma abordagem surpresa.

Eles haviam recebido a informação de onde Henrique Ogro estaria naquela ocasião. Aquele informe era preciso por dois pontos de vista: um profissional, outro pessoal. De um lado, Henrique Ogro era o líder do tráfico de Monte Branco, de outro, também o mandante do extermínio a sangue-frio de dois policiais militares capturados, torturados e executados com uma porcaria de espada samurai. Seguindo uma rota previamente estudada, além da quebrada da ladeira principal, oito homens de preto avançaram em meio ao som de fogos de artifício e chuva de disparos com uma agressividade controlada. Transeuntes tropeçavam em fuga pelas ruelas, bares fechavam portas às pressas, casas batiam as janelas. Quem não era treinado perdia o controle. Quem era se tornava o controle.

Civis corriam para fora da linha de avanço ou se jogavam no chão para escapar da linha de tiro. Dois corpos armados caíram, um com um rombo no pescoço, outro com carne exposta onde deveria haver um dos olhos. De uma ruela, três criminosos surgiram com revólveres, mas tiveram ossos e pele despedaçados pelas explosões de granadas antes mesmo que pudessem entender o que havia dado errado.

— Congela! Congela! — gritou o ponta, o policial que ia à frente do grupo, erguendo o braço direito. — Tem quatro na linha de fogo!

De outro ângulo, quatro sujeitos atiravam escondidos atrás de um fusca detonado e sem pneus. Protegendo-se na esquina de uma mercearia grafitada, o ponta tentava encontrar brecha para reagir aos tiros inimigos. O segundo se deitou no chão, procurando também uma oportunidade, mas os criminosos mantinham a vantagem. Capitão Roberto, o terceiro da linha, acionou o rádio.

— Cês conseguem bancar algum desses vagabundos? — perguntou o comando.

— Ainda não! Ainda não! Daqui dá pra ver a cabeça de um às vezes, mas o puto não para! — resmungou um dos atiradores, ainda no alto do prédio.

— Eu achei um pé! Achei um pé! — alertou o segundo. — Vou estourar!

— Arranca os dedos desse maluco — ordenou o capitão.

A bala precisou do fragmento de um segundo para estilhaçar o osso do pé direito de um dos bandidos. O corpo em agonia caiu no chão, deixando a cabeça aos prantos à vista. O mesmo sniper deu um segundo tiro, finalizando a ação.

— Pegou! Pegou! Já foi um, já! — confirmou o primeiro atirador, acompanhando a ação pela luneta. — Os outros ainda estão em ângulo difícil. Quer que eu dê cobertura enquanto a tropa fatia e tenta o contorno? Eu posso guiar daqui!

Capitão Roberto analisou a situação no mesmo segundo que permitiu doze disparos na direção deles.

— Não! Tem que seguir a rota traçada, senão vai dar merda!

Mais tiros piscaram atrás do fusca, formando nuvens de poeira próximo aos policiais.

— Vocês tão vendo a iluminação? — perguntou o capitão.

— Tem quatro fontes de iluminação próximas! — disse o primeiro atirador. — Quer que eu apague?

— Tá vendo algum disjuntor? — insistiu Roberto.

— Daqui não!

— Eu tô! — disse o segundo. — Mas deve apagar a rua toda!

— O Governador e o secretário que se resolvam depois com essa porra! Traz breu pra esses desgraçados!

Foram preciso quatro disparos. Os projéteis atingiram uma caixa elétrica em cima de um poste, provocando faíscas e uma explosão como o abalo de um trovão.

Então, a escuridão.

— É agora! — ordenou o comandante. — Senta o dedo! Senta o dedo!

Os visores noturnos foram acionados pelos agentes de elite, recebendo imagens do cenário em cenas monocromáticas e devolvendo-as milhares de vezes mais claras através de uma tela esverdeada. Guiados por essa nova cor do mundo, os Caveiras ergueram armas de oito quilos e avançaram, executando pessoas paralisadas pelo medo — para onde mirar ou para onde correr. O ponta avançava e se ajoelhava. O de trás avançava de pé até que os joelhos tocassem as costas do companheiro ajoelhado e a linha de tiro fosse reforçada. Liberado, o da frente avançava novamente, enquanto era a vez do que permaneceu de pé se ajoelhar mantendo a cobertura. Então o terceiro avançava até que seus joelhos se encontrassem com as costas do novo ajoelhado. E a dança da morte prosseguia.

— Apaga mais! Apaga tudo que der! — continuou gritando o capitão, em meio à respiração esbaforida.

Dali era a escadaria. Vidro partindo, telhas se despedaçando, pedaços de tijolos pipocando. Eles continuavam avançando pisando nas calçadas com cuidado, quase sem respirar. No alto, lances de escada acima, era possível avistar o barraco onde supostamente estava o alvo. Do lado de dentro das casas, onde pessoas permaneciam deitadas no chão com as mãos na cabeça e confinadas pela batalha real ao redor, o apresentador de um reality show anunciava pela TV quem seria o eliminado da noite. Do lado de fora, os policiais se protegiam atrás de um paredão fuzilado.

O doutor interrompeu a entrevista para tomar alguns goles de uma caneca de café quente com o símbolo de um time de futebol. Elizabeth aguardou um pouco, pensando no quanto sua bateria estava sendo desperdiçada.

— Os detalhes do que realmente aconteceu naquela operação policial até hoje não foram completamente explicados pela polícia militar — disse ela, buscando reatar a conversa.

— Não me surpreende — disse ele, em meio a mais um gole de café. — Nem mesmo eles sabem realmente de todos os detalhes ainda.

— Mas *você* sabe?

Doutor Victor parou a caneca e o olhar na direção dela com um sorriso torto. Ela era insistente, curiosa, atrevida. E corajosa. Uma mulher disposta a correr risco de morrer em prol de reportagens que lhe trouxessem glória e imortalidade.

Ele adorava isso.

— Naquela noite eles queriam encontrar um traficante, mas acabaram descobrindo algo pior. Um mal maior.

Diante da visão dificultada, traficantes nas lajes se tornaram alvos fáceis para a linha de tiro dos snipers também dotados da visão noturna. No asfalto, os oito avançavam com olhos arregalados por debaixo dos visores, o nariz respirando cheiro de pólvora e o olhar mantendo a visão de túnel, o ponto de vista focado no caminho seguido durante a incursão.

Com a escuridão improvisada e a percepção dos comparsas que iam caindo, muitos do bando de traficantes eram tomados pelo pânico e abandonavam a troca de tiro, correndo em desespero feito crianças aterrorizadas.

Essa, aliás, era outra arma de guerra: o terror.

Ela nascia da reputação, da eficiência, da falta de algemas. Quando moleques sem treinamento, experiência ou qualquer oportunidade de escolaridade se deparavam com agentes de preto programados para matar e exibindo uma caveira atravessada por um punhal no uniforme, isso simbolizava o mesmo que a chegada da personificação mais conhecida da Morte, se ela utilizasse um fuzil no lugar da foice. Mesmo para os moradores acostumados com aquela realidade, avistar um dos homens de preto em ação era o mesmo que se deparar com uma figura sobrenatural. Uma entidade capaz de andar entre os vivos, espalhando o medo em histórias de horror.

A rota mirava uma casa em particular, que se localizava no meio da favela, em vez de no topo. Aquele barraco estava sendo usado como um paiol, um local para armazenar grandes quantidades de drogas e munição.

Ali era onde o gerente da boca do Morro Monte Branco estava morando. Henrique Ogro morava mais acima. Naquela noite, o agente da P2 infiltrado havia presenciado uma conversa entre eles, todavia, e dado de 60 a 70% de chance dele descer até ali para assistir à final do reality show. Era uma boa porcentagem, mas não o suficiente para justificar ao comando superior uma incursão reforçada com forças-tarefa e transporte terrestre pesado, ainda mais à noite. Só que a sede de vingança ardia. Disposto a jogar os dados ainda assim, capitão Roberto chamou a responsabilidade para si e partiu com toda a sua unidade, inclusive os dois que estariam de folga, convocando mais dois atiradores de elite, que aceitaram o chamado.

De dentro do barraco, os traficantes revidavam, metralhando qualquer ponto de onde piscavam tiros em sua direção na escuridão. Havia algum tipo de iluminação lá dentro, como se alguém houvesse acendido velas e lampião. Os seguranças do gerente enfiavam o cano das armas em algumas brechas do casebre e tentavam o que podiam. Naquele ponto, mesmo com o princípio de que eles não estivessem vendo os agentes, ainda assim os tiros inimigos a esmo poderiam provocar alguma baixa em um avanço imprudente. Diante desse cenário, comandante Roberto não teve dúvidas do procedimento a ser adotado. Se não havia como avançar até o inimigo, era preciso fazer o inimigo avançar até eles.

— Manda o lacrimogêneo! — ordenou na direção de dois dos seus.

Os dois especialistas em bombas atenderam a ordem sem qualquer lapso e duas granadas lacrimogêneas partiram, produzindo uma fumaça densa e invasiva no interior do cômodo.

Os primeiros efeitos de uma bomba de gás lacrimogêneo são irritação das mucosas, tosse seca e dificuldade respiratória. Em seguida, vem lacrimejamento, queimadura na pele e vômito.

Em qualquer caso, o instinto humano é correr para o mais longe possível.

De um ângulo superior apareceram fachos de lanternas, com o brilho de tiros ao redor deles. Aquela era uma estratégia desesperada e nada inteligente. Os snipers mataram os que empunhavam as luzes, os agentes em campo mataram tudo o que estava vivo ao redor dos pontos que piscavam balas em suas direções.

Dois seguranças não conseguiram suportar a fumaça dentro do barraco e saíram tropeçando, indecisos entre vomitar e atirar. Um morreu logo com um tiro que lhe tirou um pedaço do pescoço, a cabeça tombando num dos ombros. O outro conseguiu se arrastar para os fundos.

— Tem uma rota no fundo! Dá pra uma vala! A gente avança, capitão? — perguntou o ponta.

— Vão três! Vocês dois pelo outro lado! Os outros ficam e cobrem a retaguarda comigo daqui!

Os homens-caveira partiram. Com o capitão haviam ficado os dois especialistas em bombas.

— A gente tem que agir rápido, capitão! — falou um deles. — Vai ter reforços! Mesmo no escuro vai vir mais!

— Como esses putos ainda não correram lá de dentro? — resmungou o segundo.

— Joga a pimenta! — ordenou Roberto.

O agente à sua direita chegou a sorrir. Um cartucho cilíndrico de GL-104 foi colocado em uma arma de calibre 12 e disparado em seguida. Ao atingir o chão do barraco, o projétil ejetou uma nuvem contendo partículas de pimenta em pó e o caos lá dentro começou.

Os efeitos de uma bomba de gás lacrimogêneo são agonizantes sem sombras de dúvida. O efeito de uma bomba de pimenta, porém, consegue ir a um estágio acima. Dotada de capsaicina, um alcaloide obtido da pele de semente de pimenta, ela é chamada como uma "bomba de efeito moral" por causar uma atuação terrível no cérebro, enganando a terminação nervosa responsável pela sensação de dor e queimação.

Na prática, isso quer dizer que, apesar de não estar acontecendo, o organismo *acredita* que a pele esteja sendo agredida.

Para dar uma ideia do estrago, não existe maneira de neutralizar completamente o gás pimenta. Pode-se usar a quantidade de água que quiser, a capsaicina simplesmente não é solúvel. Como agente inflamatório, ela causa de imediato o fechamento dos olhos, devido à ardência forte no rosto. A visão desfoca e vem o corrimento nasal. A mucosa da garganta incha, restringindo as vias respiratórias. A pessoa engasga, saliva e tosse de maneira incontrolável. Por fim, a confusão, a desorientação e o pânico.

Em outras palavras: um show de horror completo.

Dez sujeitos armados saíram correndo a esmo de dentro do barracão, a cena lembrava um formigueiro em chamas. Quatro deles seguiram para os fundos, na direção da tal vala de esgoto. Os outros seis *acharam* que estavam correndo para lá, só que, com os sentidos alterados, tomaram a trajetória errada.

E correram na direção dos homens de preto.

As rajadas chacoalharam os corpos já trêmulos, matando cada um dos seis com quase duas casas decimais de balas cada um. Apesar dessa reação extrema, a ação foi rápida. A preocupação era com os que fugiam pelos fundos.

— Reconheceu? Alguém reconheceu? — gritou o capitão para os que estavam próximos.

Seus homens conferiam os cadáveres, ainda iluminados pela luz esverdeada que saía das telas dos capacetes, mas o estado ensanguentado e dilacerado dos corpos dificultava a identificação.

— É difícil dar certeza, capitão! Mas parece que não! — arriscou um deles, negando a identificação do líder que haviam ido buscar.

— Vamos mais pros fundos! — ordenou Roberto. — Entra em formação e segue a trilha! Ninguém dispersa! Só segue a trilha!

Os cinco restantes avançaram em fila, com um novo deles assumindo a ponta. Os três agentes que sobraram já tinham partido pros fundos e se embrenhado na escuridão que levava ao canal de esgoto. No caminho, deixaram para trás um corpo, que nenhum dos agentes retardatários reconheceu como de Henrique Ogro.

Eles correram por uma trilha de matagal, enquanto o odor anunciava a proximidade da vala. A visão esverdeada trêmula remetia à estética cinematográfica de horror *found footage*, em que os filmes de ficção são narrados como falsos documentários feitos a partir de gravações amadoras. De vez em quando, ouviam ao fundo sequências de tiros. Então silêncio. Em seguida mais tiros. Na entrada do canal, outro corpo caído com a boca aberta em pleno esgoto. Eles viraram o morto.

— Esse filho da puta deve ter corpo fechado — resmungou capitão Roberto. — Mas chegou a hora dele.

Eles pularam na vala, mirando as armas em todas as direções. Havia terra, pedras e lixo por todos os cantos com água preta nos espaços entre eles, como se fossem ilhas de dejetos. Após a certificação da área limpa do fogo inimigo, avançaram em passos apressados ainda com as armas em mira. Mais tiros. Mais passos entrecruzados. Mais pressa.

— Tem alguma coisa errada, comandante — disse um dos especialistas em bombas, em penúltimo na linha de avanço.

— Simplifica, cabo — exigiu Roberto.

Ele sentia o mesmo, mas não queria expressar. Dizer em voz alta pareceria atrair o problema que eles estavam torcendo para que não existisse.

— Tá estranho, capitão! Mesmo com a favela escura, era pra ter mais vagabundo caindo, matando e tentando ser herói!

— Talvez — concluiu Roberto. — Ou talvez eles saibam *por que* e *quem* a gente veio aqui buscar e querem mais é que a gente finalize a missão!

Eles torciam para que a segunda opção fosse verdade. E isso era o mais próximo do conceito de fé a que iriam chegar em uma noite como aquela.

— Tem algo no caminho! — alertou o ponta.

— Tá vendo algum dos nossos? Reconheceu algum? — perguntou o comandante ao ponta da vez.

— Ainda não, capitão! Mas tem outro corpo no caminho!

O corpo era de mais um traficante, mas a morte daquele era diferente. Ele estava caído, olhos esbugalhados, expressão em choque. Nada que fosse surpresa para qualquer um dos ainda vivos, mas o detalhe é que ele estava com a cabeça torta, como se o pescoço e a espinha tivessem sido partidos para lados diferentes.

— Quem teria feito isso? — perguntou o sargento que ia como segundo homem.

— Ele deve ter caído — disse Roberto.

— Mas caído *de onde*, capitão? — insistiu o sargento. — Do alto da vala? Cheio de pimenta e lacrimogêneo na fuça ele já ia ter sorte se tivesse chegado até lá!

— Que se dane como ele morreu, porra! — berrou o comandante. — Eu quero saber é de quem ainda tá vivo e de quem a gente veio matar!

— Sim, senhor!

Um dos policiais especiais levantou uma questão:

— Comandante, nós vimos quatro correrem! Se três ficaram pelo caminho, só sobrou o Ogro! Mas se só sobrou ele, cadê o resto do time?

— Eu só vejo duas respostas — disse Roberto. — Ou já pegaram ele ou o reforço que vocês tanto temiam apareceu!

— O problema é o silêncio, capitão. É pior do que o som de tiroteio.

— Vamos seguir ainda assim.

A ordem era desagradável. Avançar em meio ao cheiro fétido de decomposição orgânica era quase o mesmo que se jogar em uma nuvem de bactérias. Era incômodo, enjoativo, repugnante. De repente, um vulto. Uma linha passando por um dos cantos alguns metros à frente, surgindo e desaparecendo com a movimentação de um símio.

— Que porra foi aquela? Alguém mais viu *aquilo*?

— Que foi, capitão? Que o senhor viu? — perguntou um dos agentes, agitado feito um lutador profissional prestes a entrar no ringue.

— Passou alguma coisa correndo ali! Saiu direto pro meio do mato!

Ele apontou para o meio de uma vegetação alta e as armas foram miradas na direção. Aguardaram alguns segundos ainda com os fuzis em mira.

Nada.

— Pode ter sido bicho! — supôs um, desistindo da mira. — Aqui é cheio de gambá!

— E por acaso tem gambá do teu tamanho, idiota?

— Não, senhor! — assumiu o agente.

— Então não fala asneira! Se tu me disser que podia ser um morador tudo bem, agora gambá, vai pra puta que pariu, né? E vamos seguir! Mas fiquem de olho na lateral! Se aparecer algo, apaga logo!

À frente havia um cano grande exposto e cruzando os dois lados da estrada de terra, repleto de buracos de balas de onde vazava mais esgoto. A tela verde identificava que mais um corpo estava morto, caído de costas do outro lado do tubo.

— Reconhece se é ele finalmente ali — ordenou o capitão ao segundo, que correu até lá, enquanto o ponta o protegia.

O sargento observou o corpo, a garganta secou e as pernas ficaram bambas.

— Ah, não... — foi o que ele conseguiu dizer.

— Que foi, sargento? Quem é? Identifica!

— É um dos nossos.

Todos correram até ele de maneira imprudente, sem verificar a área por completo. Nenhum tiro, porém, aconteceu.

No chão, um dos três agentes jazia.

— Ele... ele está.... *O que* é isso, capitão?

— Eu... não sei, sargento — assumiu o capitão, com um tom de voz *diferente*, sem a força de comando que costumava ter.

No chão, o cadáver do agente estava com o pescoço torcido e o rosto virado para trás.

Houve um momento de choque, até que um deles tomou coragem de quebrar o silêncio:

— O que a gente faz? Chama o aéreo?

— Não — instruiu o capitão. — Primeiro a gente finaliza esses vagabundos e deixa o recado. Depois a gente volta, chama uma aeronave e tira o corpo daqui!

Todos concordaram, não que houvesse opção. Assim eles avançaram, evidentemente com menos segurança do que antes. Tela verde, batimentos acelerados, respiração pesada. Por debaixo da roupa repleta de proteção escorria o mesmo suor que descia pela nuca do inimigo desprotegido. Os coturnos pisavam em pedras, mas a adrenalina ampliava o som e fazia parecer vidro. De repente BAM, BAM, BAM! O som que deveria trazer foco desorientou pela presença da tensão. Rajadas de calibre pesado se uniram aos tiros de pistola mais ao fundo.

— Corre! Corre, mas não dá o peito aberto! — gritou Roberto para seus homens.

Eles se apressaram pela trilha de terra e pularam pedaços de utensílios de cozinha como pratos rachados, pias quebradas e cadeiras sem algumas pernas. Movimentação de pânico ao fundo. Movimentação na escuridão. Um dos agentes resolveu contornar pelo mato o caminho bloqueado por uma geladeira tomada pela ferrugem, caída sobre um cano. Em um instante, ele passou com a arma em punho e o coração na boca.

Então o seu grito.

No momento seguinte, o corpo foi arremessado do matagal e caiu na geladeira, com um estalo anunciando a quebra de quatro costelas. Dois dos quatro agentes dispararam rajadas em direção ao que parecia ser a origem do arremesso, mas era impossível dizer se haviam acertado alguma coisa. Ao mesmo tempo, um se manteve fazendo a cobertura para que seu capitão pudesse conferir o estado de seu comandado.

— Não apaga! Não apaga! Olha pra mim! Fala comigo!

O caído até que queria, mas a dor impedia, e não entrava ar no peito. Ele tentou dizer alguma coisa, talvez um alerta, talvez uma despedida, talvez um pedido. Mas as costelas quebradas lhe perfuravam os órgãos e tudo o que pôde fazer foi tossir sangue em seu comandante. Esta era a última forma como gostaria de ser lembrado ao morrer.

Capitão Roberto bateu com o punho no chão, sufocando um grito.

— Quem seria capaz de jogar um de nós de uma altura daquela? — perguntou um do quarteto.

— Talvez não seja quem. Talvez seja uma nova arma.

— Não faz sentido...

— Você acha que eu não sei que não faz sentido, porra? Acabei de ter um dos meus cuspindo sangue em mim! E eu não quero perder outro nessa noite! Seja o que for que eles tiverem no meio desse matagal, nós vamos passar por cima!

Feito samurais ouvindo discursos de guerra, eles se embrenharam no meio do matagal em formação militar. O mato ao redor da vala de esgoto também continha lixo em excesso. Eles chutaram sem perceber garrafas plásticas de refrigerante, pisaram em sacos plásticos, lençóis imundos e páginas molhadas de jornais. Um deles atirou quando algo no meio do mato se mexeu, matando uma galinha que corria para longe dali. O vento soprou mais forte por um momento, e, em vez de frescor, trouxe arrepio. Ratos correram pelos cantos. Um ouriço guinchou, mostrando os espinhos. Voltaram a ouvir tiros e o grito de um dos seus. Correram de peito aberto esquecendo um procedimento que parecia cada vez mais dispensável. Enfurnado no meio do mato, um dos seus atirava para o alto, como se estivesse entorpecido por alucinógenos, próximo de pneus abandonados e árvores de poucas folhas.

— Para! Para! — instruiu um dos ainda vivos, segurando o braço dele em um ângulo que o impedisse de atirar em seus próprios companheiros.

O agente dominado tremia, lembrando um ataque epilético.

— Que tá acontecendo? Cadê o outro?

— Ele... ele... — A voz tremia mais que o corpo.

— Ele *o quê*?

Sem força para concluir a frase, o aterrorizado apontou para o alto, na direção de uma árvore com um balanço enferrujado e arrebentado. Quebrado entre os galhos, na forma de um v invertido, estava mais um membro daquela unidade, morto, com a boca aberta e olhos escancarados de terror.

— O *que* você viu? O que você viu? — perguntou capitão Roberto para o que até pouco tempo fazia vigília com o morto.

O soldado permaneceu em choque, balbuciando coisas sem sentido. Roberto lhe estalou a palma na face, trazendo para si a concentração dele.

— O que... você... viu?

— Um monstro — respondeu o agente, ainda na voz tremida. — Eu vi a encarnação de um monstro.

✝✝✝

— Então não é uma lenda? Existe *mesmo* um monstro por aqui? — perguntou Elizabeth, sem transparecer se era uma real curiosidade ou uma total descrença.

— Qual a sua definição de monstro?

A pergunta a calou por um momento.

— Um monstro é uma representação do mal.

— Então não, não existe nenhum monstro por aqui.

Ela travou novamente, dessa vez sem esconder a surpresa.

— Qual a *sua* definição de monstro? — perguntou ela, no tom de desafio de antes.

— Não importa. Se a sua maneira de ver as coisas se limitar a uma mera dualidade moral, não há nada que eu diga que possa fazê-la entender.

Ela manteve a boca aberta por alguns segundos, sem dizer nada. Se não editasse o vídeo, aquela expressão se tornaria um meme pronto para os usuários de redes sociais.

— Está certo. Vou jogar o seu jogo.

— Não é um jogo — corrigiu doutor Victor.

— Vamos descobrir.

Ele deu um sorrisinho, sem mostrar os dentes. Era um fato: ele gostava dela.

— Vamos partir do princípio de que o homem nasce com predisposição para o bem e para o mal, e ele jamais atinge o equilíbrio perfeito entre esses dois lados, apenas um estágio específico de uma gangorra moral — disse ela. — Posso colocar assim?

— O que for mais didático para a sua audiência.

Elizabeth suspirou, antes de um sorriso irônico. Ela queria odiar aquele cara.

Mas também gostava dele.

— Ou você prefere pensar que o homem nasce bom por completo e a sociedade que o corrompe? — acrescentou ela.

— Não faz diferença. O resultado final das duas teorias é o mesmo.

Elizabeth queria socar a cara dele. E depois... Bem, era melhor manter a concentração.

— Se não estiver enganada, você há pouco me disse que aqueles policiais vieram até essa favela procurar por um traficante e encontraram um mal ainda maior!

— Sim. Mas eu me referi a um mal como uma adversidade, não como uma força sobrenatural ou algo do tipo.

— Seguindo então esse raciocínio, como você classificaria uma pessoa extremamente cruel, diabólica e desumana?

— Talvez um sociopata. Talvez um psicopata. Seria preciso entender a origem.

— Não necessariamente — argumentou ela. — Se eu lhe pedisse para classificar uma pessoa extremamente bondosa e humanitária, você precisaria "entender sua origem"?

— É claro. Isso pode merecer um estudo social ou até mesmo um científico. Existiriam motivos diferentes como hipóteses.

— Ou talvez ela pudesse simplesmente gostar de fazer bem às pessoas.

— O tempo inteiro? Ela não duraria um dia em sociedade.

— No mundo de hoje, você diz?

— Em qualquer época. Ela seria a primeira a ser sacrificada pelos guerreiros tribais na época das cavernas e a primeira a ser ludibriada por um candidato político nos dias atuais.

— Mas aí está a questão: o problema está na mentalidade do político, não da humanidade!

— Está vendo? Você vê a moral humana com a dicotomia da religião. E mesmo a religião se banqueteia dessa dualidade em cada absolvição de pecado vendida.

— Já você parece se esforçar para justificar o mal.

Foi a vez dele suspirar.

— Toda sociedade precisa de um comando, correto? Ela precisa de um governo. Você estaria apta a se candidatar como parte desse governo? Se alguém hoje convidasse você para aproveitar seus seguidores e se tornar vereadora de um partido político, você aceitaria?

— Não! — disse ela, ofendida.

— *Por que* não?

— Porque eu não gosto dessa sacanagem política! Eu tenho nojo!

— É um direito seu. Mas *alguém* tem que fazer, certo? E ninguém consegue ser político sem entrar no jogo. Até para mudar um jogo é preciso antes *conhecer* o jogo.

— Novamente você justifica o mal.

— Novamente você enxerga apenas o que lhe é conveniente.

Cansada de só ficar boquiaberta, Elizabeth resolveu revidar.

— Você é louco! Quer que eu aceite a corrupção simplesmente porque não tenho como mudar isso!

— E não seria o caso?

— Então as pessoas devem *aceitar* os corruptos?

— Não, elas devem tentar diminuir os danos e fazê-los temer a punição. Mas não há como *impedir* a corrupção por completo porque ela existe em algum lugar da índole humana. Mesmo aqueles guerreiros da idade da pedra já a praticavam no momento em que sacrificaram a agricultura humanitária em vez de a filha inútil do chefe da tribo.

— Não me venha com essa! — resmungou ela. — A corrupção é uma escolha!

— Sabe, se nós pudéssemos transformar um homem comum em invisível por um dia, um único dia, você ficaria assustada com as coisas que ele iria fazer ao perceber que estava acima da lei. E sabe como você o julgaria ao final da história?

— Como um *produto da ciência corrompido*?

— Como um monstro.

Ela ficou olhando nos olhos dele, decidindo a próxima ação.

— O que vocês trouxeram para essa favela?

— Um milagre da medicina e da ciência.

— No julgamento de quem?

— De qualquer um que consiga enxergar as regras do jogo.

Elizabeth estalou a língua.

— Eu vou refazer a pergunta...

Victor acenou com a cabeça, estimulando-a.

— Essa coisa, esse *milagre* que vocês criaram... a índole dela pendia mais para o bem ou para o mal?

††††

Eles conseguiram forçar para que a gravidade derrubasse o corpo de um dos seus da árvore. O cadáver caiu trazendo um som retumbante à quietude já tensa por si só. Aqueles homens tinham passado por um dos treinamentos mais perigosos e mortais de qualquer força especial em todo o mundo. Tinham passado à noite em lagos de água gélida, caminhado horas em estradas de terra sob sol escaldante, se arrastado na lama, apanhado em rodas de surras. Tinham vivido situações que uniam tortura à didática, levados ao extremo físico e psicológico. E vencido. Logo, era difícil amedrontar *pra valer* qualquer um daqueles homens de preto.

Mas naquela noite eles estavam assustados.

Pra valer.

Mesmo no chão, o corpo do companheiro morto estava torto. A coluna fazia uma curva violenta, demonstrando a gravidade da lesão. O soldado morto tinha 1,85 metro de altura, pesava algo próximo a oitenta quilos e carregava ainda pelo menos mais dez quilos de equipamentos. Era inimaginável a força necessária para dobrar um homem como aquele em uma situação como aquela.

— Que tipo de miserável seria capaz de fazer isso? — perguntou um dos ainda vivos.

— Tudo, menos humano — comentou outro.

— Era um demônio! Estou dizendo pra vocês! Eu vi um demônio!

Capitão Roberto estapeou o último com força mais uma vez, trazendo a atenção até então dispersa para ele.

— Eu vou fingir que não escutei nada do que vocês estão dizendo! Não treino meus homens pra tremer diante de vagabundo, nem pra gaguejar no meio da guerra! Pra usar esse uniforme, são *vocês* que têm que ser temidos! *Vocês* são a caveira que traz a morte! *Vocês* são a entidade que vence a morte! Fui claro?

— Sim, senhor! — responderam os soldados, sem ardor.

— Eu fui claro, *caveiras*? — insistiu o comandante, mais parecendo insinuar uma condenação do que um estímulo.

— Sim, senhor — responderam eles, mais enfáticos.

A ênfase, porém, era apenas uma maquiagem. Por dentro, o temor permanecia.

— Então hoje nós vamos matar um demônio.

Feito uma resposta à heresia, um som de urro ecoou até acertar cada um deles, como se o vento estivesse decidido a empurrá-los. Parecia o grito de um possuído, ou de uma fera que visse seu território invadido. O brado vinha do meio de outras casas onde a favela recomeçava de outro ponto do matagal. Casas com tijolos expostos se acumulavam umas sobre as outras de maneira desproporcional, feito peças de um jogo de Tetris. Nos espaços entre elas sobravam antenas de televisão, caixas d'água, varais de roupas e lençóis, muitos lençóis.

Os cinco homens de preto restantes partiram lembrando lobos atiçados por sangue.

Os visores noturnos foram desligados. Aquele ponto da favela não tinha sido afetado pelas caixas de luz destruídas pelos snipers, que, por sua vez, não tinham ângulo de visão daquele ponto para ajudar como reforço de retaguarda. Apesar de todo o barulho que quebrava o silêncio determinando o avanço ou o recuo tanto da parte de um lado quanto do outro, as casas permaneciam com as portas e as janelas trancadas.

— Se for esse mesmo o reforço que esses desgraçados trouxeram, nós vamos largar o corpo no meio da escadaria como aviso — comunicou o capitão.

Moscas do tamanho de bolas de gude voaram de um lado a outro, zumbindo um som incômodo. Ratazanas com pelo molhado correram com seus filhotes para os cantos mais escuros, mostrando os dentes em protesto pela invasão de seu território. Uma antena parabólica de repente ganhou energia cinética na direção deles, arremessada do alto de um telhado. O primeiro agente que viu gritou, assustando e afastando os outros da área mirada. O bloco de alumínio estendido estourou no chão, despedaçando-se e rolando pelo matagal como uma rocha arremessada por uma catapulta.

— Eu quero a cabeça dessa coisa! — exigiu o capitão.

Dois tiros foram disparados, acertando uma parte da laje de um dos casebres. Mais três em seguida. Quatro. Cinco. Nada. Passos apressados, ainda sem tirar os olhos da mira.

— Acho que eu vi! Na ruela, ali na ruela! — gritou o ponta.

Ele seguiu com o fuzil apontado na direção de uma silhueta indistinta, que surgia tão rápido quanto desaparecia. Em seguida, o barulho de uma queda. Tomado por uma linha de sentimentos distintos iniciada na frustração e terminada no desespero, o ponta invadiu o beco sem separar iniciativa de imprudência. Lixo se espalhava pelo chão, não da maneira corriqueira, mas sim como um aviso de que alguém havia corrido por ali e derrubado uma caçamba. O cano da arma de fronte apontava para um lado, para outro. Outro cano atrás apontava para cima. Outro, para trás. Limpo. O ponta fez o sinal de que iria avançar. O capitão autorizou.

— Lá em cima! Lá em cima! — gritou o policial que apontava a mira para o alto.

A visão parecia uma miragem. Um homem esperneava com o corpo além dos muros de uma varanda, suspenso no ar apenas por uma única mão em sua garganta. Os policiais especiais hesitaram, com receio de atirar e matar um inocente, o corpo gemeu os últimos suspiros e parou de vez. Então o cadáver foi solto e caiu na direção dos policiais. Eles se afastaram por instinto, tropeçando uns sobre os outros, enquanto o corpo se quebrava no chão. Dois ainda miravam o alto na caça do alvo ao mesmo tempo em que os outros dois conferiam o morto. A cabeça estourada com a queda criava uma poça de sangue, e os braços e as pernas estavam virados em um ângulo não natural. Ao redor do pescoço, o hematoma de um roxo forte com a forma da mão de seu assassino. Em meio a isso tudo, o rosto de Henrique Ogro.

— É ele mesmo, capitão? É ele? — perguntava o ponta, um dos que mirava para o alto.

— Confirmado — disse Roberto. — Era o que a gente veio buscar.

— Então qual a ordem agora, meu capitão?

— Vamos atrás dessa coisa.

Ao ouvir isso, o agente, que antes se apresentava em choque, voltou a balbuciar:

— Não! Não! Vamos embora, chefe! É impossível matar aquela coisa! Aquilo não é humano! O senhor viu, aquilo é um demônio! É um demônio!

O policial largou a arma e se ajoelhou no chão tremendo, na imagem de um pecador buscando absolvição. A cena ia contra tudo o que havia sido treinado. Contra tudo o que aqueles homens prezavam. E contra tudo que os mantinha vivos em situações em que o homem comum morreria.

— Ele vai nos matar! Ele vai nos matar! Ele vai...

Capitão Roberto destravou uma pistola e apontou para ele. A reação chocou os outros em um primeiro momento, mas nenhum se opôs.

— Por favor... por favor...

O dedo do capitão coçou o gatilho. De repente, a parede de tijolos explodiu com um vulto saltando de um lado do beco e então abrindo outro buraco, deixando no ar uma nuvem de poeira de argila, e levando o corpo do ponta com ele.

†††

— Então se não é um monstro, *o que* há neste lugar? — quis saber Elizabeth.

— É uma criatura — respondeu doutor Victor.

†††

Sons de uma guerra vinham de dentro do barraco. Paredes tremendo, móveis se destruindo, pedaços do teto desabando. Curiosamente, os gritos do policial eram a única voz audível. Capitão Roberto e os outros dois correram na direção dos sons de luta. O último continuou ajoelhado, tremendo, chorando e rezando a deuses africanos por proteção. O ponta dentro do casebre, palco da luta, urrou como se estivesse sendo torturado. Seus três companheiros entraram pelo buraco na parede, buscando algo em que atirar em meio às nuvens de poeira. O casebre de tijolo tinha dois andares e estava devastado. A parte de baixo tinha apenas uma pia, um fogão a gás, um colchão e um aparelho de televisão com antenas com Bombril na ponta. Tudo destruído. Apesar disso, era minúsculo, e não muito maior do que o segundo andar onde parecia haver apenas outro colchão, o que tornava inacreditável que houvesse tido espaço para qualquer embate daquela proporção. O segundo andar na verdade ocupava apenas metade do casebre, como se estivesse ainda em construção, com o acesso por uma escada lateral também de tijolos. Adentrando a sala, eles conseguiram sentir uma respiração e as lanternas das armas apontaram para cima.

Foi a primeira vez que eles viram o monstro.

A pele tinha um tom amarelado sem vida, quase anêmica, mal encobrindo o relevo dos músculos e das artérias; o cabelo era longo e de um preto luminoso; os dentes, alvos feito pérolas; mas essas exuberâncias só formavam um contraste ainda mais horrendo com os olhos lacrimejantes, quase da mesma cor das órbitas cinzentas nas quais se cravavam, aliado à pele enrugada e aos lábios enegrecidos retos. Como se todo esse pacote não fosse desgraça suficiente, ele era alto, com aproximadamente 2,4 metros. Para se manter de pé naquele casebre, era preciso se curvar como um bicho prestes a atacar. O peso chegava a quase 140 quilos, e, contrariando a lógica, ele era ágil.

— Não... — sussurrou Roberto. — Você não pode estar vivo. Eu te matei uma vez...

Extremamente ágil.

— Fuzila esse desgraçado! — gritou capitão Roberto, disparando o primeiro tiro de muitos.

O que se seguiu parecia delírio. Saltando pelos resquícios de escuridão como uma aranha, a criatura correu pelas paredes, pelo teto e pelas sombras lembrando uma assombração. As balas de calibre grosso destroçaram outras partes do casebre já em pedaços, iniciando o processo de desabamento da laje. Algumas delas perfuraram a criatura, eram tantas que não era possível que não tivessem perfurado, mas ela continuava a se mover como se nada houvesse acontecido. O cheiro de pólvora inundou o ambiente, enquanto as fagulhas de bala continuavam caçando um vulto, que nunca se mantinha parado. Um dos atiradores sentiu no peito um golpe que lhe afundou a caixa torácica, e o arremessou para fora do casebre. O botijão de gás se tornou uma arma quando arremessado na direção de um dos atiradores ainda de pé. As balas atingiram as chapas de aço do cilindro de treze quilos, que, ao contrário da crença popular, não explodiu. Em vez disso, a arma em velocidade quebrou os óculos de visão noturna, que se partiram para trás, cegando e afundando o rosto do agente. Mais tiros. Mais caos. Mais pânico. De pé, apenas capitão Roberto e seu último atirador ainda em condições de combate em um cenário que destituía a hierarquia. Apesar dos brados contrários de seu capitão, o atirador correu para fora, desesperado, buscando algum tipo de salvação em uma atitude contrária a tudo o que o treinamento ensinara. Correu olhando os arredores, mas prestando pouca atenção ao chão, que por um momento pareceu firme, mas de súbito se tornou mole e escorregadio. O corpo do agente especial tombou para trás sem saber no que havia pisado, percebendo uma linha vermelha que se espalhava pelo chão. Uma linha de sangue.

— O que... o que é...

Próximo a ele, a cabeça de um de seus companheiros, o mesmo que havia se ajoelhado anteriormente alucinado, orando por uma salvação. Sem controle sobre a própria razão

ou os próprios nervos, o agente especial ergueu-se de maneira destrambelhada, tropeçando na direção da mata escura.
Ele bateu com as costas em uma pilastra e gritou de susto.
Mas a pilastra tinha pele remendada e dentes podres; estava
viva. Os dedos anulares e indicadores entraram pelos olhos
do agente, estourando os glóbulos e explodindo sangue. Não
satisfeitos, eles se agarraram como garras na lateral do rosto,
puxando-os de uma única vez e lhe rasgando a lateral da face.

Ao testemunhar a cena de seu último homem abatido, capitão Roberto em um ato de insanidade puxou uma pistola
Taurus, colocou em posição de disparo e avançou na direção
do monstro, disparando uma, duas, três, quatro, seis, oito vezes. O corpo da Criatura sofreu o tranco toda as vezes em que
foi atingida, mas não caiu. Em vez disso, avançou também na
direção dele. As balas penetraram braços, peito, estômago, ele
jurava que até mesmo a cabeça, embora fosse noite e ainda
uma dessas noites em que nada poderia ser dito com firmeza. Uma das mãos agigantadas agarrou os antebraços do capitão militar e virou o cano da arma na direção do queixo dele.
A outra lhe segurou pela parte de trás da cabeça, apertando
suas têmporas em uma pressão que parecia levar a uma fu-
tura explosão. Houve um momento rápido, mas ainda assim
um momento, em que os olhos do homem se perderam nos
olhos do monstro.

— Era pra você estar morto... — balbuciou o capitão, enquanto uma lágrima de raiva, ou de lamento, ou de tristeza,
escorria.

A criatura balançou a cabeça como se entendesse. E con-
cordasse.

A pistola disparou, derrubando o comandante e manchan-
do de sangue o símbolo da caveira transpassada por um punhal no seu uniforme negro.

✝✝✝

— O que era, afinal, a criatura? Uma aberração? — perguntou Elizabeth.

— Um experimento.

Elizabeth franziu a testa e olhou para doutor Victor de soslaio, deixando transparecer sua incredibilidade. Ele devolveu uma expressão ainda sisuda, alertando sem palavras que falava sério. Percebendo que ele não iria avançar por vontade própria, ela retomou o comando da entrevista:

— O que um homem como você busca?

— O que significa "um homem como eu"?

— Um homem capaz de sair de uma realidade como essa para se tornar o médico, não o monstro.

— Eu busco o mesmo que você: ser lembrado.

— Eu não busco ser lembrada.

— Busca. A cada vez que você que liga a câmera, é isso o que você busca.

Em uma atitude inesperada, Elizabeth arrastou a cadeira para trás, se levantou, foi até as duas câmeras e as desligou.

— A câmera é para o registro. O que eu busco é a verdade — disse ela ao se sentar novamente.

Os olhos brilhavam como faíscas.

— Você busca *a glória* pela revelação da verdade. Não é uma motivação diferente de todos os falsos profetas ao longo da história.

— Engraçado que eu poderia dizer o mesmo de você — desafiou ela.

— Ao menos eu assumo o que sou.

Ela permaneceu olhando para ele. Séria. Sem alteração. Ele tomou o comando:

— Você já leu o *Paraíso Perdido*?

— Claro que não! *Ninguém* leu o *Paraíso Perdido*.

— "Ninguém"?

— Esse é um livro que todos *acham* que já leram, tipo a Bíblia, mas se lembram apenas de trechos espalhados em filmes e outros livros, referências. Na verdade ninguém realmente se sentou em uma poltrona e disse: "Está aí, hoje eu vou desligar o telefone e ler o *Paraíso Perdido* de ponta a ponta!"

Doutor Victor achou graça.

— Bem, eu li. Ao menos uma grande parte.

Foi a vez dela achar graça.

— Qual trecho?

— *Pedi-vos eu, Criador, que de meu barro me moldásseis homem? Solicitei-vos eu que me promovêsseis das trevas?*

— Interessante, um homem racional admirado com castigo divino. O que seria isso? Crise de meia-idade?

— Eu gosto da referência por remeter ao mito de Prometeu. Você sabe a que me refiro?

— Sim. Um filme de monstros, medo e cientistas estúpidos.

Victor apertou os lábios.

— Eu pensei que você estivesse levando tudo isso a sério — lamentou ele.

— Eu também.

Doutor Victor se levantou de maneira súbita, como se fosse avançar para cima de Elizabeth. Em vez de ficar acuada, ela se ergueu igualmente e avançou na direção dele. Os dois ficaram frente a frente, separados por centímetros. Olhos de um nos do outro. A cena atraiu a atenção do quarteto de bermudas tactel e chinelos de borracha. Nenhum interveio, contudo.

— O que você quer *de verdade*, Elizabeth?

— Eu quero que você pare com essas baboseiras filosóficas e me conte o que diabos você fez!

Victor trincou os dentes. Apertou os punhos. Era como se decidisse se ofendia ou beijava aquela mulher. Em vez disso, ordenou:

— Ligue a porcaria das suas câmeras. Você vai querer gravar isso.

Ele voltou a se sentar, pronto para a revelação. Elizabeth travou, como se aceitar aquela ordem fosse assumir algo que ela não queria sobre si própria.

— Droga...

Ela ligou as câmeras.

— Uma vez eu propus a Henrique uma ideia louca, como são as melhores ideias. Ela veio de um sonho, bem... como vêm as melhores ideias.

— Sobre o quê?

— Sobre morte.

— O sonho ou a ideia?

— Os dois. Um sonho em que eu descobria o segredo da geração da vida.

— Estilo aquele bóson de Higgs, a partícula de Deus?

— Talvez em menor proporção. Eu me refiro à criação de *uma* vida, não de um universo.

— Certo... "uma vida". De que tipo? Vegetal?

— Humana.

Elizabeth movimentou as mãos abertas na direção de Victor, como se pedisse que ele chegasse para trás.

— Ei, espera! Espera! Você quer dizer o quê? De reanimar um morto com choque elétrico de desfibrilador, túnel de luz, essas coisas?

— Não, eu falo de combinações de ferramentas de medicina moderna com outros aparelhos médicos já existentes, usados pra estimulação do sistema nervoso central.

— De onde veio isso?

— De um sonho, já disse.

— Não me refiro à ideia. Eu me refiro à *oportunidade*.

Victor suspirou, parecendo tirar um peso dos ombros. Seu tom de voz era dúbio, como se espremesse entre as frases um misto de excitação e constrangimento por tudo aquilo.

— Uma vez o Ogro invadiu o meu plantão na madrugada. Não precisa me olhar assustada, não era incomum. Se um soldado deles era mutilado em uma troca de tiros com a polícia, quem você acha que ele ia procurar?

— Até porque ele investiu em você, certo? Nada mais justo que cobrar algo de volta.

— Eu adoro a sua ironia, mas, se olharmos o conceito por detrás de tudo isso, sim, faz sentido. Sabe, normalmente eu costurava pessoas pra ele, cuidava de ferimento de faca, de bala, de afundamento por coronhada. Coisas do tipo. Eu cheguei a montar uma ala médica no porão da minha casa, que virou um plantão médico pra casos como esses.

— Você vai ter boas histórias para contar no acampamento dos seus netos...

— Não é? E quem pode me julgar nesse caso?

— Isso nós vamos descobrir com o tempo. Por enquanto só continue. Afinal, o que houve de diferente naquela noite?

— Há tempos eu andava pesquisando por tratamentos... *originais*.

— Por exemplo?

— Células-tronco, estímulos nervosos, outros procedimentos em pessoas que sofreram traumas cerebrais mais sérios. Eu estava há mais de dois anos obcecado com uma ideia considerada uma afronta pela comunidade médica e científica.

— Mas *era* uma afronta?

— Apenas aos idiotas! Sem pessoas pensando fora da caixa, ainda teríamos gente morrendo de febre amarela. Alguns deles tentaram me impedir, é verdade. Teve um instituto alemão, Van-Hell, algo assim, que entrou em contato e me ofereceu uma grana pra parar minhas experiências. E depois ainda mais grana para continuar, desde que eles fossem donos dos resultados. Você deve imaginar onde eu mandei eles enfiarem o dinheiro.

— Um cavalheiro....

— Mas voltando ao caso, aqui na favela todo mundo conhecia a fama do Lobisomem.

— Acho que todo mundo conhece a lenda do lobisomem...

— Não, não! Não estou falando da lenda, estou falando de um apelido. Lobisomem era o apelido de um cara, entendeu? O nome dele era Adão, acho, algo bíblico assim. Mas ele era grande pra cacete, todo peludo, meio psicopata. Sabe o tipo de cara que você não mexe e passa longe? Então, era o Lobisomem.

— E ele era conhecido por quê?

— Por *gostar* de sangue. Ele era o cara que torturava alemão, fechava o corpo dos membros da tropa, sacrificava galinha, capava estuprador. Ele até guardava pedaço dos mortos no freezer. Um cara barra-pesada.

— É notável isso.

— Assim... ele tinha um lado humano, sabe? As pessoas diziam que, quando não estava no modo animalesco, ele era atencioso com as crianças, gentil com as mulheres. O sonho do cara era noivar e ter um filho como uma pessoa comum, mas... bem... não era tão fácil convencer uma mulher a morar com aquele cara.

— Como dito, é compreensível.

— Só que o Ogro precisava contar com um cara desses por aqui. Ele funciona como uma espécie de predador natural em um ambiente assim, entende? Sei que pra você que vem de outra realidade, isso parece primitivo. Mas, bem... as pessoas lidam com situações desse tipo por aqui. E ele podia ser estranho, fazer ritual em lua cheia e o cacete, mas uma coisa era certa: ele era leal ao Ogro.

— É uma história realmente tocante. Mas, afinal, o que houve com o Lobisomem? Tomou um tiro de prata?

— Não de prata, mas de fuzil. Mais de um, na verdade. Teve um dia em que os Caveiras vieram resgatar a filha de um político que gostava de andar com bandido, ao menos além do pai dela. Foi mais um desses dias em que morreu um monte de gente e um dos que eles acertaram foi o Lobisomem. Eles arrancaram uma parte do rosto dele, levando um pedaço do cérebro. Ele tomou uns quatro tiros, que teriam matado qualquer pessoa normal, mas você conhece o ditado sobre vaso ruim, né?

— E você não vai me dizer que o Ogro levou o cara pra você salvar...

— O que mais ele podia fazer? Eu te disse, o Lobisomem era leal ao Ogro, então o Ogro era leal ao Lobisomem. Eles invadiram o meu plantão na madrugada e basicamente me sequestraram do hospital. Na van eu já fui iniciando o atendimento, mas o cara estava basicamente semimorto.

— Pelo que você está dizendo, era morte cerebral?

— Não apenas isso. Teve bala que perfurou braço, perna, estômago. Eu precisaria abrir aquele sujeito todo e, na melhor das hipóteses, amputar ao menos algumas partes do corpo. Mas aí que me veio o sinal. Aquela era *a oportunidade* que eu estava buscando há tanto tempo! Eu tinha na mão um cara praticamente morto, cujo corpo nenhum parente ia reivindicar pra enterrar, e, mais do que isso, com uma resistência física comprovadamente maior do que o das pessoas comuns. Algo quase, sei lá, espiritual.

— Não tente me convencer de que você acredita nessas coisas de magia e ritual!

— Tanto quanto eu não acredito em bruxas, mas você também sabe o ditado. E não importa o que eu acredite ou não, o que importa são os fatos! A questão era que, se havia alguém capaz de enfrentar o que eu estava propondo, esse alguém era aquele cara. E com a ânsia do Ogro em salvar o sujeito, eles iam fazer tudo o que eu quisesse. Se aquele cara voltasse da morte, ele seria endeusado em Monte Branco e se tornaria um símbolo de terror pra qualquer inimigo. Terror real. Então foi assim que eles cumpriram as minhas ordens: me levar pro meu porão e mandar descer do morro todas as partes de corpo que aquele desgraçado guardava no freezer.

— Ok, agora estou com medo de você.

— Você devia temer aquele cara! Sabe o tanto de coisa que ele guardava no barraco? Tinha pedaço de mão, de perna, orelha, escalpo. Era como um necrotério com entrega em domicílio!

— Tá, eu vou relevar que essa história é real! E o que você fez?

— Eu fiz história. Não sei quantas horas passei naquela mesa de operação. Não sei *mesmo*. Só sei que abri aquele cara gigantesco de cabo a rabo, amputei o que precisava ser amputado e costurei o que precisava ser costurado. Preenchi o pedaço aberto da cabeça com couro cabeludo de outra pessoa e apliquei injeções de célula-tronco em regiões afetadas.

— De onde vieram esses recursos?

— Investidores estrangeiros. Mercado negro, *deep web*, essas coisas.

— Pensei que você tivesse recusado ajuda de empresas...

— Eu recusei, principalmente as que queriam ficar com tudo. Esse foi mais um... *estudo científico cooperativo*.

— Você achou gente pra te pagar uma catarse de reanimação de morto? — explodiu ela, atônita. Em seguida, ela se virou e olhou diretamente para a câmera e disse em tom professoral: – Para os que estão assistindo e não sabem, uma catarse virtual significa um financiamento coletivo em que qualquer pessoa pode investir em um projeto em troca de privilégios.

— Exato! Você ficaria surpresa com o que a gente encontra no submundo. Eu tive investidores de Nápoles a Transilvânia!

— Uau...

— Mas o investimento tinha fundamento. Era genial! A minha iniciativa se apoiava em provar que existia fluxo sanguíneo e atividade elétrica após a morte de uma célula cerebral, só que em quantidade escassa. Eu havia mostrado aos investidores como alguns peixes e anfíbios podiam regenerar partes do cérebro após ferimentos graves, e como isso podia ser estendido ao corpo humano. O tratamento consistia em regenerar a medula espinhal superior e o ritmo cardíaco do paciente, restaurando as funções motoras.

— Mas funcionou?

— Melhor do que eu poderia prever! Primeiro vinha a estabilização dos movimentos cardíacos. Depois o retorno das funções do sistema nervoso. A porcentagem estava contra mim, claro, mas, ao mesmo tempo, ela nunca tinha estado tão alta. Demorou, mas a coisa funcionou. O dedo... o dedo de uma das mãos costuradas se mexeu! Você tem noção do que eu gritei quando isso aconteceu?

— Eureka?

— Eu enlouqueci! Gritava coisa do tipo: *Porra, tá vivo! Tá vivo! Tá se movendo! Tá vivo!* Eu não conseguia parar de gritar! Eu simplesmente não conseguia!

Doutor Victor se mantinha com os olhos longe dali, como se a cena estivesse acontecendo naquele instante. As mãos mantinham os dedos abertos, parecendo segurar um mundo nas mãos.

— E, naquele momento, eu soube como era ser Deus.

Houve silêncio, enquanto as câmeras permaneciam gravando os momentos de quietude. A imagem dizia muito.

De um lado um homem fascinado com o fruto de sua própria ambição.

Do outro, uma mulher aterrorizada pelo mesmo motivo.

Quando o som retornou, o ambiente estava tomado por uma tensão asfixiante. Provavelmente uma tensão bastante parecida com a que Adão e Eva sentiram no Paraíso depois que resolveram morder a maçã.

— Mas você tem noção de que, pelo que narrou anteriormente, quem matou Henrique Ogro foi a abominação que surgiu dessa experiência?

Silêncio.

— Você tem noção de que foi a *sua* criatura que matou o seu melhor amigo? Quem permitiu os estudos para criá-la?

Silêncio. Raiva. E som:

— Sim. E por isso eu a detesto.

Elizabeth arregalou os olhos. Como para ratificar suas palavras, Victor encarou a expressão de surpresa dela e complementou:

— Eu amo a minha criação, mas odeio a minha criatura.

†††

O doutor bebeu mais um copo de café, como se o ato fosse uma desculpa para não precisar falar, ou o café queimasse as palavras que eram ditas.

— Eu trouxe aquela coisa de volta à vida, mas ela não era humana. Era inteligente, ao menos superava o esperado, mas enojada consigo própria. E comigo. Ela tentou me matar já ali, o que seria irônico, não é? No fim, porém, propus um pacto: eu iria criar uma situação para que ele pudesse se vingar do homem que o havia matado. Claro que eu não esperava que ele matasse Henrique também, mas já estávamos todos condenados de qualquer maneira.

— Mas... se ele iria matar os responsáveis pelo que ele se tornou, por que não matou... você?

— Porque em troca eu concordei em aceitar uma missão.

Ela travou um pouco, receosa da pergunta que seria obrigada a fazer.

— Que *tipo* de missão?

— A criatura *ainda* queria uma noiva.

Elizabeth engoliu em seco.

— E o que você fez?

— Eu concluí a missão.

✝✝✝

Elizabeth ainda era receio. Ainda era temor. E ainda sabia que havia uma pergunta que teria de fazer.

— E *quando* você cumpriu essa missão?

Victor se calou e expirou pesado, em seu momento mais humano até ali. Não havia arrogância, nem prepotência, nem autocontemplação. Havia apenas um homem que sabia ter ido longe demais e, finalmente, tomado consciência disso.

A porta do casebre se abriu e a luminosidade do lado de fora foi bloqueada com a entrada de um visitante capaz de bloquear qualquer tipo de luz. Uma das câmeras capturou o momento da entrada, mas não o disparo da pulsação de Elizabeth.

A criatura estava ali.

Ele entrou trazendo o peso não apenas do próprio corpo, mas do ambiente. As armas tremeram nas mãos dos presentes, mas nenhuma foi apontada. A movimentação do corpo agigantado parecia errada, torta, sem o gingado natural que uma pessoa teria. O cheiro era pútrido, misturando suor, enxofre e carne podre. A pele amarelada demonstrava o quanto de vida faltava naquelas células, ainda que elas estivessem vivas. Ainda que não devessem, mas estivessem vivas.

Elizabeth gritou quando ele entrou, e se entregou ao seu instinto. Ela poderia ter corrido, ter atacado (embora essa fosse a pior hipótese), ter chorado, ter suplicado, mas a sua reação instintiva foi... nenhuma. Elizabeth simplesmente engoliu em seco e não conseguiu reação dos próprios nervos. Uma pessoa travada, sem movimentos.

Uma jornalista sem palavras.

Uma pessoa sem vida.

— Eu sei que tudo isso deve ser muito confuso para você — disse o doutor Victor, enquanto a criatura se aproximava. — Mas esse é um novo mundo de deuses e monstros.

A criatura parou ao lado dele; eram desiguais na altura. Victor fez um sinal e dois dos homens armados foram até as câmeras e as desligaram. A voz de Elizabeth começou a falhar, rebatendo de um lado a outro na garganta, escapando aos poucos em uma tonalidade fraca.

— E qual dos dois é você? — perguntou ela, ainda como a jornalista que gostaria de ser lembrada ao morrer.

— Ao cumprir o pacto, eu me torno o deus.

Ela olhou nos olhos cinzentos da coisa viva. O olhar que poderia enlouquecer uma pessoa apenas pelo foco, relembrando ao ser humano o quanto ele era frágil diante de forças das quais jamais iria compreender ou controlar por completo.

Então houve a mudança.

O olhar dela, o olhar em choque dela, perdeu o espanto. As pálpebras voltaram ao normal e até mesmo se fecharam. Então os lábios se afastaram, pouco a pouco, registrando em cada centímetro um sentimento de satisfação que jamais seria previsto.

— Não, você se torna apenas um elo que será esquecido. Um criador que será sobrepujado pela própria criação.

Doutor Victor perdeu as palavras, travado pela segurança com que ela afirmava o seu pior pesadelo.

— Você tinha razão — continuou Elizabeth. — A corrupção está mesmo em algum lugar da índole humana, e no caminho da nossa definição de bem e mal.

Victor olhou para a criatura, esperando que ela fosse até Elizabeth e fizesse sabe-se lá o que o médico quisesse. Mas a criatura permaneceu ao lado dele. Encarando-o.

— Sabe, quando Prometeu foi punido por Zeus por ter usado o fogo dos deuses para dar vida aos homens e salvo por Hércules após Os Doze Trabalhos, houve uma exigência.

Doutor Victor sabia o que ela estava falando. Mas não a motivação de tudo aquilo.

— Eles exigiram que alguém tomasse seu lugar, e isso coube ao centauro Quíron.

Era a vez dele permanecer calado.

— Em toda a sua narrativa, você quis ser Prometeu. Você quis ser Zeus. Você quis ser o herói. Mas só lhe resta no fim dessa história ser o sacrificado de que ninguém se lembrará.

A mão agigantada da criatura agarrou a garganta do médico, erguendo-o da cadeira sob protestos inúteis. As pernas de Victor balançaram no ar, os olhos esbugalhavam e as mãos tentavam afrouxar uma força com que ele não podia competir.

Exatamente como um ogro antes de morrer.

— Ele não queria uma noiva — disse Elizabeth. — Não era por isso que ele *me* queria. Ele queria alguém que escutasse sua voz, e, se eu era suficiente para escutar a sua, eu seria suficiente para a dele. Foi *por isso* que ele matou o Ogro, para se tornar o líder desse lugar. Esses agora são os homens *dele*, os mesmos que me contataram depois de você, o que era fácil de ser previsto por alguém que conseguisse enxergar as regras do jogo.

— Não... não... essa história, ela é... — tentou dizer Victor, engasgando, o fôlego já pouco.

— Essa história nunca foi sobre você.

A traqueia foi espremida e o pescoço torcido para a direita, estalando alto. Nenhum tiro foi disparado. Nenhuma reação surpresa foi emitida. Apenas o corpo do doutor foi arremessado para longe, estatelando-se em um dos cantos do casebre sem comoção, como a morte dos inocentes. Na mesma cadeira onde ele antes se posicionava, a criatura se sentou com cuidado, para que o apoio não se quebrasse com seu peso.

Elizabeth fez um sinal. Os mesmos homens armados foram até as câmeras. E voltaram a gravar.

— Você sabe quem doutor Victor era e o que você é? — perguntou ela, encarando-a sem medo.

— Sim, eu sei — disse a voz grave pela primeira vez desde que entrara ali. — Ele me fez da morte. Eu amo a morte... Eu odeio viver.

Elizabeth acenou com a cabeça, gostando daquele início. A luminosidade do casebre de repente refletiu diferente na pele enrugada amarela, deixando-a mais esverdeada para a câmera.

Amarela como uma placa de ouro comemorativa.

Esverdeada como uma tela de visor noturno.

Elizabeth só conseguia pensar em como estava se tornando imortal. Em como aquela sensação era divina. E a fazia se sentir viva.

Era a hora do monstro eternizar a sua história.

CAROLINA MUNHÓZ

CONDE DE VILLE

"HAVIA HORROR E SANGUE. Um show bizarro diante dos olhos dela, que ardiam de tanto chorar. Ela sabia que ele causara dor e morte. Tinha medo das consequências daquele ato, pois tudo acabaria refletindo nela. Cada vida tirada de forma cruel e traiçoeira roubava um pedaço de sua alma já condenada ao inferno.

Condenada por amar aquele homem. Aquele monstro.

Então ela se deitou entre os corpos abertos com tripas espalhadas pelo gramado e sentiu o gosto de sangue de um deles, após uma gota escorrer pelo seu rosto.

O sabor era adocicado. Bom.

Estaria ela assinando o seu contrato final? Se entregando ao demônio?

Decidiu abraçar a loucura e entrar no mesmo frenesi. Segundos depois rolava colina abaixo pelos defuntos já frios, despedindo-se aos poucos de sua antiga vida.

Transformando-se no animal que sabia que era."

A tela do notebook surrado de guerra era a única fonte de luz do pequeno quarto do apartamento alugado no centro da cidade. A cor azulada fantasmagórica iluminava o rosto delicado porém triste de Elisabeth, debruçada no teclado e rendida ao sono.

Há muitas noites ela lutava contra as páginas em branco, as mesmas que a encaravam como se julgassem a sua falta de inspiração, jogando em sua cara o passeio no shopping pelo qual tinha optado naquela tarde em vez de trabalhar. Apagava ferozmente as únicas frases que tinha tentado desenvolver, mas que quase imediatamente considerara ruins demais para serem publicadas.

Contratada por uma revista estrangeira de contos sombrios, a jovem andava sem ideias nos últimos tempos, e seu editor começava a desacreditar de seu potencial. O mercado literário era difícil, pequeno e precário. Era raro, muito raro sobreviver de palavras, ainda mais em sua cidade, e a mistura da pressão com a falta de criatividade a matava aos poucos, o que só piorava com o medo do desemprego batendo à sua porta. Por isso, ela continuava a encarar o computador, mesmo sabendo que naquela noite não escreveria nada que prestasse.

Rolando colina abaixo por cima de defuntos? É nisso que minha escrita se transformou? Será que eu deveria ter seguido o conselho dos meus pais e continuado com o jornalismo?

Aquela pergunta tinha se tornado um mantra desde que recebera o prazo de entrega da nova edição. Tinha atrasado os últimos dois contos e, se não enviasse aquele, seria substituída num piscar de olhos. Existiam milhares de escritores procurando uma oportunidade, além de outros milhares que não eram escritores, mas, porque sabiam escrever e-mails, acreditavam que também seriam capazes de tomar o seu lugar. Naquela noite, contudo, precisava admitir que até os escritores de textões em redes sociais estavam ganhando dela.

Quando ia tentar digitar algumas palavras por cima do texto apagado, sentiu um vulto atrás de si, seguido pelo que parecia um toque quente em seu pescoço nu.

Que não seja nada! Que não seja nada!

Sem conseguir se virar, na dúvida entre o testemunho de uma aparição espiritual ou uma invasão em domicílio, a garota ouviu uma voz grossa dizer:

— Ainda acordada, meu amor? Pensei que já estivesse no décimo sono.

Elis, como ele gostava de chamá-la, deu um pulo da cadeira com o susto do namorado chegando do serviço, quase ao amanhecer. Normalmente conseguia identificar quando ele abria a porta da sala. Naquela noite, tinha sido diferente. Talvez estivesse concentrada demais em apagar o progresso feito até então.

Esse maldito prazo está mexendo com a minha cabeça.

— Credo, Jonathas! Já te pedi para não chegar em casa parecendo um gato na surdina. Você sabe que acredito nessas coisas! Assim você me mata do coração!

O rapaz riu e deu um beijo carinhoso no topo da cabeça dela, se afogando na quantidade de cachos negros enrolados no coque improvisado.

— Você sabe que mora com uma escritora quando ela compara a sua chegada com a de "um gato na surdina".

Ela adorava o senso de humor e a autoconfiança dele. Ambos sempre a faziam rir mesmo exausta diante de telas em branco, palavras inúteis e ideias vazias.

— Pois é melhor esse gato não ter medo de água se quiser dormir na minha cama hoje — brincou ela, enquanto abaixava a tela do notebook em um ato oficial de desistência.

— Acho que está na hora de começar a pensar em um trabalho mais diurno, não? Assim não confundo mais você com um fantasma.

Jonathas franziu a testa. Trabalhar em bares e clubes noturnos incomodava a namorada, e tinha piorado desde que decidiram morar juntos. Naquela semana, todavia, ela se mostrava estressada além do normal.

— Olha quem fala! A senhora rata de chats noturnos!

Elis revirou os olhos castanhos. Aquilo era bem verdade. Jonathas trabalhava na noite enquanto ela escrevia suas histórias. Os dois dormiam até a hora do almoço e antes do turno dele recomeçar acabavam matando o tempo com séries de televisão e blockbusters.

— Juro que às vezes acho que você vive no século passado! Época de chat noturno já passou, querido! A onda agora é deep web! É onde a gente encontra o pior do ser humano, mas também os melhores materiais para escrever contos pervertidos.

— É sério isso?

— Pode apostar! Você acha de tudo lá. Gente disposta a alugar o próprio corpo pra traficar droga, a jogar roleta-russa, a casar com robô...

— Uau! E qual a coisa mais louca que você achou hoje?

— Difícil dizer. Mas acho que uma catarse de um maluco para ressuscitar um morto...

Jonathas travou, boquiaberto, e sem deixar claro a princípio se a surpresa era pelo que estava ouvindo ou por descobrir o que a namorada andava pesquisando.

— De onde esses caras tiram essas coisas?

— "Eles", eu não sei — respondeu ela. — Mas sei o que *você* pode tirar...

Jonathas retirou a camiseta preta usada frequentemente no trabalho e atirou na direção dela, transformando a visão de Elis em uma tela IMAX 5D de um abdômen definido e tatuado. Um contraste que ela gostava tanto quanto odiava, por se tornar motivo de julgamento entre as pessoas: por que um cara como ele tinha se envolvido com uma garota feito ela? E, com "feito ela", queriam dizer alguém acima do peso, longe do corpo ideal ditado pela sociedade.

— Você vai ver o que é ficar inspirada logo mais...

Os dois riram. No fim, o que importava era que eles se amavam. Era recíproco.

Pouco tempo depois, Elis ouviu o barulho típico do chuveiro às cinco da manhã. Aquela era a rotina deles. Não era uma vida ruim, na verdade, sua amiga Lúcia costumava dizer que eles tinham a melhor rotina que ela conhecia. Uma rotina que deveria ser suficiente.

Mas, por algum motivo, não era.

†††

Acordou com um frio anormal, sentindo os dedos dos pés congelarem, o que era estranho porque estavam em pleno verão. Olhando para o lado, viu os cabelos de Jonathas bagunçados no travesseiro e a expressão serena, indicando que não sentia o mesmo frio que ela.

Que diabos é isso?, pensou enquanto se levantava, procurando alguma janela aberta por distração.

Nada indicava a origem da sensação gélida. Para piorar, um aperto no peito, como se pressentisse algo *ruim*. Aquela agonia sem sentido passou a torturá-la ainda mais do que a falta de ideias, e em um movimento involuntário acabou esbarrando em sua mesa de trabalho, fazendo barulho suficiente para acordar Jonathas.

— Pensei que hoje a gente fosse dormir até mais tarde — resmungou ele, pegando o celular na mesa de cabeceira para entender por que estava sendo acordado antes do despertador tocar. — Você sabe que eu sou um homem de idade em um corpo jovem. Quando brincarmos à noite, eu preciso de mais tempo para descansar...

Ela achava graça naquela metáfora.

— Volte a dormir! Acabei tropeçando na mesa sem querer. E vê se você se cobre, pois está um frio absurdo neste apartamento.

O rapaz, até então de olhos fechados, abriu apenas um deles para encará-la.

— Você está maluca? Aqui está parecendo um forno! Eu ia até pedir para você ligar o ventilador, assim também abafa o som da rua.

Elis franziu as sobrancelhas. Não tinha como ele não estar sentindo aquele clima.

— Volte para a terra dos sonhos, pois você só pode estar ainda dormindo — afirmou ela, fazendo questão de puxar a coberta até perto do pescoço dele como se fosse uma mortalha. — Aliás, é hoje que você começa naquela casa noturna nova, não é?

— Sim, e você deveria ir! A Lúcia vai estar lá e dizem que o lugar é... *peculiar*. Meio sombrio, o dono é todo esquisitão, parece combinar bem com as suas histórias. Talvez seja o que você precisa pra se inspirar.

Elis odiava pessoas se intrometendo em seu trabalho, principalmente quando ditavam o caminho para atrair a mesma musa que ela não acreditava existir. Contudo, Jonathas sugeria o programa com boa intenção e fazia tempo que ela não deixava a casa à noite, principalmente para frequentar um dos locais de trabalho dele.

— Esse cara é aquele sobre o qual escreveram um artigo no jornal, né? — perguntou ela, apanhando um copo de água.

— O que veio da Europa e transformou as noites da cidade?

— Você sabe como funciona. É só chegar um gringo que tudo que faz se torna motivo de notícia. Se bem que isso é melhor do que a onda de crimes esquisitos que anda acontecendo na cidade e devo confessar que o lugar tem estilo. Parece que você está entrando em um dos círculos do inferno.

Ela cuspiu a água na cara dele, como se estivesse atirando água benta num morto-vivo.

— E desde quando um círculo do inferno é um lugar *estiloso*?

— Não *todos* eles. Depende do círculo — comentou ele, enxugando o rosto.

Ela franziu a testa. Aquele comentário nem mesmo *parecia* vir dele.

— Ei, nós somos dark, mas nem tanto.

Ele riu e voltou a fechar os olhos, pegando no sono com um sorriso. Se a namorada fosse vê-lo trabalhar em seu primeiro dia em uma nova casa noturna, aquilo já era um bom motivo para ele dormir bem.

Ele continuava com calor. Ela continuava com frio.

†††

Fazia tempo que Elis não sabia o que era usar um vestido. Muito menos como o modelo que vestia naquele momento, preto, com um decote extremamente profundo e bem acima do joelho. Lúcia a havia obrigado. Elis tinha se arrependido de chamar a amiga para se arrumar em sua casa, mas, no final, era bom ir com alguém até o local da noite. Elis jamais teria coragem de ir naquela festa sozinha.

O que não faço por amor e inspiração, pensou, focando o letreiro gótico avermelhado da pequena porta que levava ao clube, localizado no porão de um edifício antigo da cidade.

Conde de Ville era o nome da casa noturna underground do momento. Ela começava a concordar com o namorado de que o lugar parecia o inferno, porém, por algum motivo esquisito, aquele círculo do submundo deveria ser o melhor deles.

— Esse lugar é diferente — comentou Elis para a amiga, após sentir a vibração do local conforme desciam as escadas cobertas de fumaça branca, reforçadas com corrimões metalizados em forma de serpentes.

— É ótimo, não é? — comentou Lúcia, guiando a outra, sem se preocupar com a neblina artificial.

No fundo, a amiga tinha razão. A casa era tão assustadora quanto fascinante. E exalava uma sensação familiar que ela não conseguia decifrar.

Será que estou reconhecendo esse ambiente das minhas histórias? Ela não sabia responder, mas a atmosfera esbranquiçada, a luz vermelha clichê, as pessoas de roupa preta e maquiagem carregada combinadas aos gritos do rock pesado que lhes estouravam os tímpanos pareciam falar com a sua alma. Além disso, ainda existia a *presença*. Um batimento cardíaco diferente dentro dela. Um pressentimento de que algo totalmente novo estava prestes a acontecer.

— Até agora não acredito que o Jonathas conseguiu mesmo trabalhar pro V, ou a V, ainda não sei qual o gênero correto — disse a menina de longos cabelos lisos pintados de laranja-neon e usando um tubinho de látex avermelhado.

— "V"? Do que está falando? — perguntou Elis, tentando ainda se situar naquela atmosfera, observando as garçonetes desfilarem apenas de lingerie preta.

— Você não sabe? O Jonathas disse que você já tinha lido sobre quem comanda o estabelecimento...

E Elis enfim entendeu.

— V é o termo que usam para o europeu dono disso aqui?

Lúcia riu e apontou para uma área aberta de um segundo andar improvisado naquele porão, onde existia um trono de pedra escura com uma pessoa sentada nele escondida pelas sombras.

— É o apelido que os funcionários e frequentadores usam desde que a balada abriu.

Lúcia continuava rindo e resolveu acenar em direção ao trono de onde estava, bem no meio da pista. Elis ficou envergonhada com o ato e ficou de costas.

— Você é doida! Se bobear, ainda vai colocar o emprego do Jonathas em risco com as suas atitudes! E outra coisa: por que falou "a" ou "o" V?

Lúcia não tirava os olhos do segundo andar, buscando uma interação até mesmo enquanto respondia à amiga.

— É que na verdade não dá muito bem para saber quem está por baixo de toda aquela aparência gótica vampiresca. Eu acho que V é um homem pela única vez que consegui enxergar o seu rosto daqui de baixo, mas tem gente que jura de pé junto que é uma mulher.

Aquela informação inesperada atiçou o faro jornalístico de Elis, feito um lobo diante de carne sangrenta.

— Será que é transexual? — perguntou ela, fascinada apenas com a hipótese.

— Vai saber! Ninguém aqui tem ideia nem mesmo do nome verdadeiro desse ser. Lembra daquela matéria do jornal sobre a inauguração? Nem lá eles citaram o nome, só falaram que o proprietário era europeu. E também que o dono se recusou a receber a equipe de reportagem durante o dia.

Elis puxou pela memória.

— Então usaram o termo masculino...

— Pois é! Mas eu não acredito totalmente nessa matéria. Eles não fizeram nem o básico para apurar quem comanda o lugar mais badalado da cidade, não é? Se o cara não queria atender os jornalistas de dia, eles que viessem aqui, nem que fosse meia-noite, concorda? Aliás, era você que fazia jornalismo, então tinha que ter concluído isso antes de mim!

Lúcia ria, mas sua expressão transparecia que começava a se incomodar por não ser notada na pista. Elis conhecia o ego da amiga e a influência dela sobre os homens. Nunca era rejeitada e sempre se interessava pelas maiores figuras. Adorava se vangloriar sobre seus encontros, suas roupas e sua aparência. Elis já sabia que ela não sossegaria até ser reparada pelo tal responsável pelo lugar. Era *esse* tipo de atitude que poderia prejudicar Jonathas.

— Como você disse, eu *fazia* jornalismo! Essa é uma antiga e distante parte da minha vida. Só que você tem razão, podem ter escolhido qualquer artigo para se referir à pessoa que está ali em cima. A mesma que, no caso, você está doida para seduzir.

Lúcia forçou ainda mais um riso, jogando os cabelos alaranjados para os lados, enquanto fingia que não era nada disso.

— É que devo confessar, do que vi, sendo ele ou ela, V é de uma beleza sobrenatural.

Elis sentiu vontade de rir pela primeira vez naquela noite. Os alvos da amiga sempre tinham que ser os mais bonitos. Mas Lúcia nunca havia sido vista com mulheres, e o comentário deixou Elis abismada de perceber que poderia existir a possibilidade.

De repente, Lúcia segurou com força o braço de Elis, que sentiu uma pontada de dor, incômoda, pulsante, crescente. Sem qualquer explicação, Elis se viu tomada por uma estranha sensação em seu coração, como se alguém estivesse tentando arrancá-lo do seu corpo.

— Mas que coisa é essa?! — resmungou enquanto era virada. Então ela compreendeu.

V saía das sombras e se aproximava de um dos holofotes da casa noturna, parando para observar o público.

Lúcia tinha razão sobre a beleza.

Os longos cabelos negros passavam da altura do ombro. O rosto tinha maxilares definidos, porém não necessariamente másculos. Tinha feições delicadas em alguns pontos, olhos fundos e pele extremamente alva, além de lábios carnudos tomados por um tom de vermelho que se confundia com batom. Vestia uma túnica preta que poderia ser considerada um vestido para pessoas sem muita noção de moda e exibia o que parecia uma cartola com algo encravado no topo, de difícil identificação.

Conforme a pessoa se revelava aos seus olhos, Elis sentiu-se invadida como uma mulher sendo desvirginada.

A troca de olhares foi intensa, mesmo com a distância. A sensação de preenchimento foi extasiante e repleta de culpa, feito alguém sendo eletrocutado e anestesiado *ao mesmo tempo*. Elis corou e agradeceu por estar em um ambiente relativamente escuro.

Focou em V parado sob o ponto de luz por mais alguns segundos, mas logo a figura misteriosa *desapareceu* pelo o que provavelmente era uma porta secreta. Tinha acontecido tão rápido que não sabia mais nem mesmo onde estavam.

— Que sortuda você é, garota! — disse Lúcia. — Alguns amigos meus frequentam isso aqui desde a inauguração e nunca tiveram o prazer de ver a beldade sombria. Ainda mais por tanto tempo!

Elis percebeu uma nota de ciúmes no timbre de voz da amiga e estranhou. Antes que pudesse indagar qualquer coisa, um braço entrelaçou sua cintura e, por reflexo, ela virou-se na defensiva.

— Ei, ei, calma! Sou eu... — A voz era de Jonathas.

Ainda segurando Elis, ele olhou incomodado para os lados, verificando se algum dos colegas de trabalho percebera o ocorrido. Sendo seu primeiro dia, pegaria mal se alguém confundisse o incidente com uma postura inadequada com uma cliente e o reportasse.

— Desculpe... — lamentou ela. — Por um momento achei que fosse outra pessoa! Estava distraída...

— Ela estava admirando V! — delatou Lúcia, um tanto quanto exultante.

Jonathas franziu a sobrancelha levemente, mas, mesmo no escuro, Elis conseguiu notar e sentiu vontade de esbofetear Lúcia.

— O pessoal não devia chamá-lo assim...

Havia um senso de justiça na voz dele. Elis gostava da boa alma que ele sempre demonstrava ter.

— Faz isso de novo e eu *te mato* — sussurrou Elis no ouvido de Lúcia, como se aquela ameaça pudesse *realmente* ser cumprida.

Ei, nós somos dark, mas nem tanto.

— Para que essa energia pesada de vocês? Relaxem! A gente só estava tentando descobrir qual o sexo do tal V!

No tempo de um batimento cardíaco, uma figura se posicionou ao lado deles, afastando as pessoas ao redor.

— Pelo visto minha aparência andrógina continua gerando especulações — comentou quem tinha chegado.

Jonathas congelou, lembrando um santo diante de um demônio que conhece seu pecado. Ele não podia... Ele não *queria* se meter em encrenca no primeiro dia. Aquela era uma casa noturna que pagava bem, e ele precisava do dinheiro desde que decidiu que iria pedir Elis em casamento. Não queria fazer o pedido sem um anel à altura; o único de que tinha gostado encontrou em uma loja de penhores e era de 1890, tinha um ar poético que a namorada apreciaria, mas ele não podia pagar pelo preço.

— Mil desculpas pela situação — disse ele, afogado em humildade. — Estava inclusive comentando que as pessoas não deveriam se intrometer em sua vida pessoal.

— Não se aflija, petiz! Esse tipo de curiosidade não me atinge. Na verdade, me instiga... — disse V com sotaque carregado, encarando profundamente Elis, ainda absorta diante daquela pessoa repleta de mistérios que ela não sabia decodificar.

Elis não conseguia piscar, mergulhada no mistério de um homem que se aparentava deslocado não apenas de sua época, mas até mesmo de sua própria dimensão.

E quem fala "petiz"?

Ela só sabia que aquela era uma forma de se falar o termo criança, porque aprendeu uma vez em uma pesquisa de sinônimos para um conto.

— Mas que falta de educação a nossa — intercedeu Lúcia, próxima ao ouvido de V, buscando superar o som alto. — Não nos apresentamos! Eu sou Lúcia, mas pode me chamar de *Lucy*! Essa é Elis e esse gato é o seu funcionário Jonathas.

— Elisabeth... — sussurrou Elis, chamando a atenção da amiga e do namorado. — É Elisabeth.

Ela não sabia por que os corrigia. Não usava seu nome completo havia tempos. Mas por algum motivo sentia necessidade.

V continuava a fitá-la, intensificando um brilho em seus olhos prateados de tão acinzentados.

— Elisabeth... — repetiu V, como se saboreasse o nome. — Eu gosto. Acompanha bem seu semblante vistoso! — comentou enquanto segurava a mão trêmula dela e a levava aos lábios avermelhados. — Prazer em conhecê-la! Meu nome é Vlad!

O toque dos lábios dele era gélido. Como a morte.

Como a sensação de suas noites de sono.

Então é um homem?, pensou ela.

Por alguns segundos sentiu alívio. Depois se deu conta de que, ainda que fosse uma mulher, aquilo parecia não importar. Existia um *sex appeal* que exalava de V independentemente do gênero ou do sexo, capaz de atrair qualquer pessoa.

Quem diabos é você?

Elis notou que Lúcia também gostava dele, e gostou ainda mais de descobrir que era um homem. Jonathas, no entanto, não pareceu tão contente, observando com desgosto que V ainda segurava a mão de sua namorada próxima à boca.

— Você pode voltar à labuta, Jonathas! Suas amigas ficarão bem ao meu lado. Terão tratamento singular — avisou V, tomando as duas pelos braços em uma agilidade sobre-humana.

Jonathas continuava sem saber como reagir. Aquele era seu chefe, uma figura já poderosa no ramo e que pagaria suas contas, mas a forma como ele olhava e tocava a sua namorada o deixava aflito.

— Nos vemos mais tarde, *amor* — disse ele, num tom de desespero.

V desenhou um sorriso irônico no rosto de traços femininos.

Elis, parecendo hipnotizada por uma força impossível de resistir, fez um leve gesto com a cabeça concordando e se deixou ser levada pelo estranho para outra porta secreta daquele clube. Uma porta que parecia um círculo.

†††

Elas andaram por um longo corredor escuro com apenas um ponto mais claro no final definido pela luz trêmula e oscilante de tochas penduradas na parede. Aquela atmosfera trazia flashes anormais à mente de Elis, como memórias de um passado distante que nunca existiu.

Na hora de criar um novo conto eu travo e agora fico viajando sozinha, pensou, enquanto era levada pela mão cadavérica e, paradoxalmente, suave daquele homem. Reparou que Lúcia roçava o corpo em V conforme avançavam, e seu estômago embrulhou com a insinuação. Não o conheciam e já corriam certo perigo de estarem em uma área isolada com ele.

Pareciam camundongos a caminho de uma ratoeira, com a diferença de que estavam conscientes da armadilha.

Mas, ao mesmo tempo em que julgo minha amiga, me vejo ao lado dele enquanto meu namorado me aguarda do lado de fora.

Soltou a mão do homem por impulso, aproveitando que chegavam ao recinto que dava espaço ao... pasmem... trono de V. Notou que ele percebeu o gesto, embora não tivesse comentado nada.

— Podemos nos conhecer melhor aqui. Como veem, nesse espaço o som é abafado pelo vidro.

Sim, ideal para um serial killer, pensou Elis.

Ele levantou e deu dois toques com o punho fechado no que se revelou uma parede de vidro entre o camarote dele e a casa noturna. Lúcia aplaudiu.

Somos duas presas prontas para serem devoradas.

Elis já conseguia se imaginar atacada por aquela figura, tendo seu corpo escondido pela túnica negra dele e sendo por fim enterrada em alguma floresta distante. Mas ficava no ar uma questão: Por que não gritava? Por que não corria? Por que nem ao menos *pedia* para ir embora?

Seu âmago foi tomado por pânico. Tentou se acalmar lembrando que Jonathas sabia com quem ela estava e que outras pessoas viram as duas saindo com o proprietário do local. A lembrança bizarra reforçou as dúvidas sobre por que ainda estava ali.

Ok, estamos trancadas, mas esse lugar ainda é totalmente transparente. Ele não vai fazer nada de grave em um espaço público assim.

Ao menos assim ela esperava. Enquanto mil pensamentos borbulhavam feito água num caldeirão, V a analisava como se pudesse *ouvir* suas reflexões. E como se *gostasse* delas. Pretendendo ao menos simular descontração, aceitou os assentos oferecidos e em pouco tempo uma mulher de lingerie apareceu para servi-las.

— Gostariam de alguma bebida específica, mestras? É por conta da casa e temos a melhor... seleção... da cidade.

Mestras. *Quem diabos fala assim?* Elis notou que, apesar de visualmente estonteante, a jovem não parecia bem. Suava mais do que o normal, mesmo para uma casa noturna. O mais curioso de toda aquela figura, no entanto, estava no enorme curativo adesivo no pescoço escondendo. Mesmo tampada, a ferida revelava um grande hematoma arroxeado.

A garçonete percebeu que Elis não tirava os olhos do curativo e o cobriu com o cabelo. Então desviou o olhar de Elis e focou em Lúcia.

— Já que é por conta da casa, poderíamos pedir vodca, o que acham? — sugeriu Lúcia, sentando-se mais perto do homem quieto.

Elis havia voltado a atenção para as pessoas dançando no andar de baixo. Dali, pareciam almas perdidas comemorando um momento de euforia e misericórdia.

— Elisabeth? — V chamou a atenção da jovem que viajava nos movimentos de cabelos e braços do conglomerado. — Você concorda com sua amiga?

A voz dele era melódica, baixa, sensual, quase um sussurro. Ele ainda a olhava de forma diferente, compenetrada, ignorando a perna da outra que roçava na dele.

— Vinho — respondeu Elis. — Acho que eu me sentiria melhor com vinho.

Outro sorriso se formou no rosto feminino dele. Uma exposição de dentes absurdamente brancos e afiados, semelhantes a uma fileira de estalactites, acompanhou a expressão.

Lúcia cruzou os braços e murmurou palavras desconexas, sem deixar claro se sua irritação era por Elis ter sugerido uma opção de bebida melhor que a dela ou se por ter sido ofuscada pela amiga.

— Serviçal — chamou Vlad, se referindo à garçonete que ainda tentava cobrir seu machucado. — Traga-me duas taças e a garrafa de vinho que eu mesmo guardei na área restrita da adega. E um drink de vodca para a outra.

Ele acompanharia Elis. Lúcia entendeu aquilo como um recado de que sua noite estava arruinada. Ela havia se tornado a coadjuvante.

— Pelo visto vou perder a oportunidade de beber sua garrafa especial — lamentou Lúcia, em um tom contido entre a simpatia e a amargura. — De onde trouxe esse vinho tão importante para dividir com a namorada do Jonathas?

Eu vou matar essa garota. Afogada. Em uma privada de vômito.

— Ele foi feito perto das Montanhas dos Cárpatos. Senti que precisava trazê-lo para cá, pois é um tipo de garrafa que merece ser degustada em uma ocasião especial. Acho que finalmente, depois de muito tempo, eu a encontrei.

— A ocasião? — perguntou Elis.

— Também — respondeu ele, ainda focando as órbitas acinzentadas nela e em mais nada.

Outra garçonete surgiu em cena, trazendo as bebidas, incluindo uma garrafa de vinho escura, redonda e empoeirada.

— Esse vinho parece saboroso, mas a garrafa está bem acabada — brincou Lúcia, degustando a vodca.

— Tem vezes em que as aparências enganam — retrucou V, ainda com voz serena. — Muitas coisas são lindas na aparência e horrorosas na essência. Nós nunca sabemos a princípio onde está o amor e onde está o terror.

Tudo o que ele falava fascinava Elis, mas ela ainda não conseguia aceitar alguns detalhes da história.

— Você quer *mesmo* que a gente acredite que esse vinho veio de uma região próxima da Romênia?

— Transilvânia — respondeu ele, de pronto.

V parecia se deliciar com a agressividade dela. Já Lúcia, nem um pouco.

O homem serviu duas taças com bastante vinho e entregou uma delas a Elis. No momento em que ela tocou o vidro, seus dedos se encontraram e, novamente, mesmo com o frio da pele, Elis sentiu brasas no lugar dos pulmões.

— *Elisabeth* é maluquinha, escreve sobre temas macabros! Não me espanta que saiba onde fica a Transilvânia.

— Não sei se deveria estar contando isso para V, *amiga!* — acrescentou Elis, olhando para ela e bebericando o vinho. — O apelido dele é V, ele é dono de uma balada gótica e pelo visto já passou pelas terras de Drácula. Agora percebo de onde vem a inspiração para o nome dessa casa noturna.

Lúcia se mostrava perdida. Mas não entregaria os pontos.

— Uma clara e brilhante jogada de marketing, né? Esse clima de "noite do terror" atraiu a clientela. Pelo visto, V transforma em realidade o que você apenas imagina.

Houve um duelo de olhares e pequenas provocações. V não se intrometia e observava a cena até mesmo com certo deleite e interesse analítico, feito um cinéfilo assistindo a filmes em preto e branco de Béla Lugosi.

— Você escreve sobre criaturas da noite, Elisabeth?

A forma como ele dizia seu nome parecia enfeitiçá-la.

— Escrevo sobre o que nos assombra.

— E o que assombra você, pequena?

O apelido lhe causou um arrepio. Ao lado dele realmente se sentia menor. Mais frágil. Como se a presença dele diminuísse não apenas ela, mas qualquer pessoa.

— Desconhecer o futuro.

Ele voltou a mostrar a fileira de dentes. Um pouco de vida tomou o rosto pálido.

— Você sabe o que está reservado a seu futuro.

Ela arfou quando mais um arrepio lhe subiu pela espinha. Ela entendia o que ele queria dizer.

— Esse papo está me dando sono! Que tal dançarmos? — interrompeu Lúcia, levantando e agitando os quadris na direção de V em uma performance semelhante ao princípio de uma *lap dance*.

V não a afastou. Por algum motivo, Elis também não se moveu. Ficaram pelo resto da noite naquele espaço. Ela encarando o público que se jogava na pista de dança, ele recebendo carícias despudoradas da outra mulher, e os dois sentindo um tesão percorrendo o corpo, apenas pela proximidade um do outro.

Em que círculo do inferno eu vim parar afinal?

✝✝✝

Sonhou que se deitava com Vlad e os dois faziam amor em uma intensidade quase animal, pela forma como seus corpos se moviam. Ela mordeu fronhas, cravou unhas no colchão e se segurou para não soltar gemidos conforme delirava na cama ao lado do namorado, alheio ao que se passava na mente perturbada dela. A tortura sensual durou o que pareceram horas. Quando chegou ao ápice da noite de amor, em vez do êxtase, viu Vlad se transformar em um lobo, tomado por uma pelugem escura e rosnados de caça. Mesmo na forma animal, os olhos acinzentados ainda estavam lá. Os dentes brancos e afiados também.

O animal se aproximou com velocidade e cravou as fileiras de dentes em seu pescoço, fazendo ela gritar. Em seguida, mordeu os fartos seios, arrancando pedaços de sua carne, indiferente aos gestos defensivos que ela fazia, assim como às lágrimas. Não entendia como uma noite de paixão tinha se transformado em algo tão violento em questão de segundos. Sentia-se rasgada, violentada, denegrida. Via sangue, sangue por toda parte. Os gemidos se transformaram em choro.

Aquela besta destruía o seu ser e, mesmo coberta de sangue, ainda conseguia manter a consciência. Sentia cada mordida, cada pedaço do corpo ser dilacerado carne a carne e pediu para morrer, mesmo em um sonho. Contudo, no momento em que estava prestes a perder a consciência, viu o animal se transformar novamente no homem que a enfeitiçava.

Aquele sonho a lembrava do pequeno conto que rascunhara dois dias antes. Percebeu que ele lambia o sangue que cobria seu corpo inteiro e se deliciava nele. Novamente sentiu um gosto doce na boca, como sua personagem. O ato voltou a deixá-la excitada. Mesmo estando praticamente morta, com os órgãos expostos e sendo devorada por ele, sentia prazer. Ele lhe dava prazer! E fazia aquela barbaridade parecer certa. Parecia fazer sentido.

Logo a cena voltou a escurecer e os olhos dele se tornaram animalescos de novo. Em vez de lamber o sangue, ele comeu o que havia sido tirado de dentro dela. Saboreou a carne rasgada, se esbanjando.

Era horrível. Ela não aguentava mais.

Eu quero morrer.

Então Elis acordou completamente ensopada e gritando algo sem sentido, quase enfartando o namorado. Sem explicar o que havia sido, permaneceu debruçada no colo dele por alguns minutos até voltar à realidade. Jonathas preferiu não pressionar. Ela passava por um período conturbado e parecia que a noite fora de casa tinha piorado seu psicológico. Ele sentiu-se culpado. Queria apenas que ela se divertisse. Devia tê-la impedido. Devia tê-lo *desafiado*. Agora via sua garota tremendo ao seu lado.

— Tudo vai ficar bem — sussurrou ele, querendo acreditar.

Algumas horas se passaram, e ela encontrava-se limpa novamente, sentada na frente do computador, buscando inspiração para colocar algo no papel.

Para a sua surpresa, começou a descrever a sensação do sonho e a desenvolver alguns trechos sobre uma louca e perturbada paixão sobrenatural. Sua história envolvia fome, raiva e carne, conteúdos antes ignorados por ela.

Agora escrevo até sobre vampiros e lobisomens, pensou, enquanto digitava freneticamente no teclado ao ponto dos dedos doerem. Chegada a outros tipos de criaturas, Elis nunca tinha se aventurado a escrever sobre os monstros clássicos. Vlad havia virado uma chave em seu cérebro e sabe-se quantas outras no seu emocional. Ele podia querer *passar a ilusão* de ser um vampiro, mas em suas páginas Elis iria realmente transformá-lo em um.

— Muito bom te ver inspirada... — disse Jonathas, devorando uma maçã e observando o frenesi dela.

Elis não disse nada. Sua atenção era toda daquela página. Finalmente seu editor ficaria empolgado. Ela poderia até ser promovida se o conto terminasse como o previsto.

Vamos, Elis! Você consegue, murmurava internamente enquanto continuava entregando as partes mais obscuras de seu ser àquela tela brilhosa.

Permaneceu mais de uma hora trabalhando sem parar, até mesmo sem água. Jonathas entrou no recinto algumas vezes, preocupado. Ela não digitava, parecia *punir* o teclado. Nem mesmo lia o que escrevia, apenas digitava, sem respirar. Ficou apreensivo de que aquilo fosse um surto. A família dela tinha histórico de problemas psicológicos.

Então o telefone tocou.

Jonathas adorou aquele barulho. Elis, não. Desde que começara a digitar, aquela era a sua primeira distração e o rapaz ficava preocupado com o excesso de trabalho repentino dela.

— É a Lúcia — informou ele, já colocando o aparelho no ouvido dela.

Elis quis enforcá-lo.

— Diga, Lúcia!

Pôde ouvir a outra bufar do outro lado da linha, ao perceber pelo tom de voz a falta de vontade que Elis não fez questão de esconder.

— Vejo que tem alguém mal-humorada!

— Estou trabalhando, Lucy! Mas pode dizer o que precisa — continuou Elis, ao menos *tentando* parecer menos ríspida.

— Quem disse que eu *preciso* de alguma coisa? Queria saber se chegaram em casa bem depois de ontem. Fazia tempo que não te via bebendo e muito menos tão tarde. Sei que voltou com Jo, mas é sempre bom conferir se a sua amiga está bem.

Quanta falsidade, pensou. Era claro que havia algum outro motivo para a ligação. Lúcia não era uma amiga tão preocupada assim e certamente não tinha sido tão zelosa na noite anterior. A garota já lhe dava nos nervos quando se referia a Jonathas no diminutivo, mas fingir que se preocupava com a sua bebedeira era demais.

— Estou melhor do que nunca, meu bem! A noite de ontem foi inspiradora. Só preciso mesmo voltar ao trabalho.

A mente se pôs a imaginar formas de Lúcia morrendo. Uma guilhotina com um corte seco e uma lâmina de quarenta quilos seccionando a cabeça dela. A cabeça sobrevivendo ainda alguns segundos até se dar conta da falta do corpo. Três a cinco segundos sem um corpo sarado para se orgulhar.

— Não vai me perguntar como foi que cheguei em casa e se está tudo bem? — questionou a jovem dos cabelos cor de laranja.

Lúcia presa em uma cama, recebendo uma injeção letal. A dose de tiopental de sódio mais baixa, deixando-a semiconsciente enquanto brometo de pancurônio e cloreto de potássio a paralisavam, sufocavam e estouravam seu coração.

— Claro! — disse Elis. — Como foi que chegou em casa? Está tudo bem?

Lúcia deu sua típica risada do outro lado. Aquela risada que Elis sabia que significava encrenca.

Elis se imaginou cozinhando Lúcia em uma fogueira, a amiga consciente o suficiente para sentir o cheiro da sua própria pele sendo torrada.

Aproveite, querida! Isso é o que chamamos de queimar gordura.

Os pensamentos saíram das trevas e retornaram aos acontecimentos passados. Elas se despediram de Vlad no final da noite depois de finalizarem a garrafa do vinho importado e dele ter aproveitado Lúcia roçando no seu corpo por uma trilha inteira de músicas. A amiga avisou a Jonathas que não voltaria com eles, pois tinha outros planos, fosse lá o que isso significasse.

— Melhor não teria como — revelou Lúcia ainda em meio a risinhos e parecendo usá-los como provocação. — Fui conhecer as trevas ao lado de nosso anfitrião!

Elis não sabia como reagir àquela informação.

Apesar das tentativas de sedução de Lúcia, Elis pensara que tinha existido uma conexão entre eles. Imaginá-lo com Lúcia... lhe dava asco. O ciúme queimava e a culpa intensificava o ardor.

— Espero que tenha se divertido — comentou Elis, trincando os dentes.

Era possível até mesmo *ver* o sorriso de Lúcia do outro lado da linha.

— Não quer saber como foi?

Lúcia pregada em uma cruz, flagelada e nua. Pregos martelados nas juntas, nos punhos e nos pés, enquanto urubus degustavam seus pedaços pouco a pouco durante dias. Então a imagem se afastou.

Aquela mulher não era digna de morrer como Jesus.

— Claro, Lúcia! Como foi a noite com o psicótico da cartola?

Denegri-lo parecia a melhor forma de camuflar sua irritação.

— Maravilhosa seria pouco! Ele mora em uma casa nos fundos daquele prédio. Bem sinistra, por sinal, mas chiquérrima. Juro que nunca vi tanto ouro! O homem tem bom gosto, mas isso a gente já sabia, afinal, ele dormiu comigo.

Cadeira elétrica. Lúcia ali presa pelos pulsos. A corrente elétrica disparando pelo seu corpo, fervendo seu sangue e parando seu coração até a asfixia. Com sorte, os olhos saltando do rosto, seguido de chamas pelo que restou dos buracos.

— Que ótimo! Bom saber que alguém não se decepcionou. Então nos falamos mais tarde, pode ser?

Ela *precisava* desligar. Seu tom de voz demonstrava seus sentimentos. A imaginação estava fora de controle. Jonathas estava na casa e poderia estranhar a situação.

— Credo! Que chata! Nem posso entrar em detalhes! Não contei ainda que estou até com um chupão no pescoço! Na verdade, o safado me deixou belas marcas de dentes mesmo. Selvagem ele!

Marcas de dente?

O comentário a assustou. Elis se lembrou da atadura na garçonete e em como ela tentara esconder. Além disso, seu sonho quase pesadelo havia sido em tons parecidos.

— Vê se cobre com maquiagem. — Foi o máximo que Elis conseguiu dizer.

Elas desligaram, Lúcia atingira seu objetivo. Elis já não sabia mais se conseguiria atingir o seu. O conto não seria terminado naquele momento. Precisou desligar o computador.

†††

Tinha vestido algo depressa e ia até a porta do apartamento como se fugindo de um incêndio.

— Elis, o que é isso? Aonde vai? — indagou Jonathas ao vê-la saindo sem se despedir.

Somente ao escutar a voz dele percebeu a burrada que cometia.

— Desculpa! Sabe como a Lúcia é. Ela me deixa louca! Lembrei durante a conversa que tinha marcado cabeleireiro e estou atrasada.

O rapaz estranhou aquela resposta. Elis normalmente compartilhava tudo com ele e era uma péssima mentirosa.

— Que pena! Você parecia tão inspirada...

Ela encolheu os ombros e lhe jogou um beijo, preferindo não estender aquela farsa. Por algum motivo que não compreendia, sentiu que *precisava* ir até a tal casa comentada por Lúcia. *Precisava* confirmar se V tinha mesmo se deitado com ela ou se era apenas mais uma das típicas mentiras da garota para chamar atenção.

Ele não pode ter dormido com ela, pensou, enquanto caminhava com o sol quase se pondo por entre os prédios. Naquele momento percebeu que não tinha desejado nem mesmo um bom trabalho para o namorado. Era a primeira vez desde que resolveram morar juntos que ela não o fazia. Na verdade, Jonathas odiava que ela ainda o chamasse assim. *Namorado*. Para ele, o fato de morarem juntos, dividirem as contas e a cama, fazia deles marido e mulher. Para ela, a nomenclatura intimidava. Principalmente naquele momento em que se dirigia até a casa de outro homem.

Até a casa do patrão dele.

O que estou fazendo? Perdi total noção do que é certo e errado?

Achou o corredor que levava à parte posterior do prédio e encontrou uma casa escura com uma aparência antiga, quase secular, repleta de vitrais e rosáceas. Para a sua surpresa, todas as janelas estavam vedadas com tela preta. A porta de entrada era maciça, com estátuas de gárgulas em pontos superiores, observando os visitantes como câmeras de segurança.

Estou mesmo prestes a bater na porta de um dos lugares mais sinistros que já vi.

Ela não sabia de onde vinha a coragem ou a estupidez. Elis não era do tipo aventureira. Morar com Jonathas já era algo absurdamente corajoso da parte dela e foram necessários meses para se acostumar com a ideia. Até mesmo o início de sua carreira como contista acontecera apenas quando o editor da revista conheceu seu blog pessoal, pois ela por si só nunca teria ido atrás de alguém para publicar seus textos.

Respirou fundo e bateu na porta, ansiosa para que ele atendesse.

Nada.

Bateu outra vez e percebeu que a escuridão da noite ganhava terreno pouco a pouco. Permanecer sozinha naquele lugar era aterrorizante. E esse terror era excitante, embora não devesse ser.

Quase desistiu, mas ouviu um som na lateral do terreno. A princípio pensou ser galhos balançando ao vento somado a algo similar a um uivo, o que não fazia sentido, já que estava em plena cidade grande.

— V?

Nenhuma resposta.

Caminhou lentamente pelo espaço gramado, diferente da pavimentação do prédio à frente. Analisava a terra batida e as folhas caídas pelo caminho enquanto seguia até a origem do som, queria desistir a todo momento, mas seguia em frente. De repente, outro som indicando *algum* movimento na escuridão. Notou um rastro na grama. Algo tinha sido literalmente carregado por aquele lugar e não fazia muito tempo.

Melhor ir embora daqui!

Quando se virou para correr, ouviu a maçaneta da porta da frente girar e em seguida seu nome foi chamado por aquele sotaque inconfundível, que fazia os pelos de seu corpo arrepiarem.

— Muito me regozija te ver aqui, minha pequena Elisabeth...

Seu nome na voz dele parecia ter outro sentido. Parecia música. Deixava-a inflamada, exaltada, efervescente.

Quando se deu conta, adentrava o recinto sem dizer uma palavra.

Ele tinha aquele efeito nela.

— Você pretende entrar? — perguntou V, liberando o caminho para a sala.

Ela travou em uma reação tão inexplicável quanto o seu desejo de querer entrar, observada por gárgulas que guardavam segredos em pedras.

O que está acontecendo comigo?

— Não sei se devo... — sussurrou mais para si que para ele.

— Não se preocupe. Eu *lhe convido* a entrar.

Embalada pela melodia que era a voz dele, Elis se deixou levar para dentro. O hall de entrada provava que Lúcia tinha razão, o que voltava a irritá-la: aquele lugar parecia ter sido pintado com ouro puro.

— O que você veio buscar aqui, Elisabeth?

Ela sentia ter perdido a voz. Apenas admirar as feições delicadas e incógnitas dele parecia suficiente.

Tomando a bendita coragem resolveu responder:

— Vim confirmar se os rumores são verdadeiros...

V fez sinal para ela se sentar em um sofá de veludo vermelho, provavelmente europeu. Aquele homem claramente era o maior megalomaníaco que já conhecera, mas existia uma energia que emanava dele que superava qualquer defeito.

— Quais deles? — questionou V enquanto sentava-se quase colado nela, parecendo capaz de ouvir o sangue pulsando em suas veias.

— Não tem ideia por que vim conversar?

Elis se sentia atraída, tanto quanto amedrontada. Tinha medo de perguntar se o que Lúcia havia lhe dito era verdade, por diversos motivos que se contradiziam. Muita coisa mudaria com qualquer resposta. Seria bom se mudasse, se isso tirasse aquele homem de sua cabeça.

Mas alguma coisa a impedia.

V não respondia, apenas sorria para ela com aqueles lábios mais bonitos que o seus. Ela resolveu encarar outro ponto para vetar a vontade de descobrir o gosto da sua boca. Focou na sombra do homem, mas, quando se concentrou nela... Houve um espanto.

Ela parecia se mexer.

Ele não.

— O que foi, querida? — questionou ele, sabendo o que ela havia visto.

Será um delírio? Um sinal de que eu não deveria estar prestes a trair Jonathas.

— Não foi nada — sussurrou ela, encarando a sombra estável naquele momento.

— Eu sei o que te aflige.

Ele percebeu que eu notei aquilo? Será que a sombra tem alguma ligação com o que foi arrastado lá fora?

— O quê? — arriscou a perguntar, o coração saindo pela boca.

— A vontade devastadora que está sentindo de se deitar comigo.

Elis gritou em protesto, gritou que aquilo era um absurdo, e que aquele homem era o mais pretensioso que já havia pisado na Terra. Gritou até perceber que na verdade não havia gritado e todos aqueles gritos ainda estavam presos dentro dela, culpados demais para ganharem vida.

— E como tem certeza que é isso que eu quero? — perguntou ela, em vez de libertar os gritos como deveria.

V esticou seu sorriso e subiu um dedo suavemente pela pele dela, branca e nua.

— Seu cheiro me diz. Seu olhar me mostra. O que sonhou na última noite após me conhecer revela o quanto me quer. E há tanto tempo te quero, Elisabeth! Há tanto tempo *te caço*!

Aquela conversa não fazia sentido. Ele era humano, não um bicho. Ele era um homem, não um lobo. Um homem que gemia, um lobo que uivava. Um homem que transcendia, um lobo que matava.

Ele tinha razão.

O corpo dela exalava a libido. Seus olhos o comiam vivo. Mesmo seus sonhos eram dele. Bizarramente sabia que era seu destino dormir com aquele homem. Aquele ser que parecia possuir metade dela

Esqueceu quem era. Seu passado. Seu presente. Sua fidelidade.

No segundo seguinte, montava no colo dele e se entregava a beijos mais quentes que a fogueira em que imaginou a melhor amiga queimando. Um ardor que concretizava o que ambos tomaram consciência desde a primeira vez em que se viram.

Havia muito tempo.

†††

Voltava para casa se sentindo suja. A sessão de amor tinha sido maravilhosa, extasiante, impetuosa; a melhor da sua vida. Mas deixar aquela casa do pecado para voltar para a pureza que dividia com seu parceiro de anos a fazia perceber o quanto estava errada.

Amava Jonathas. Acreditava nisso. Sempre acreditou.

Porém, existia aquela ligação sobrenatural com V, que lhe custaria caro.

Entrou no apartamento e deu de cara com uma foto sua sorrindo ao lado de Jonathas. Uma lágrima solitária escorreu, e ela não a enxugou. Seguiu para o banheiro com o intuito de limpar a profanação de seu corpo. Conseguia sentir V ainda dentro de si e flashes da noite de amor retornavam a cada segundo. Decidia se contaria para Jonathas seu erro ou se tentaria fingir que não havia acontecido.

O pior era que não parava de pensar no sinistro homem que dominava a sua vida. E percebia que não conseguiria se livrar tão fácil da vontade interna de repetir o que acontecera naquela noite.

Eu quero morrer.

De banho tomado, ela entrou debaixo das cobertas sem esperar o namorado acordada. Não conseguiria encará-lo. Talvez em um novo dia, em um crepúsculo que limpasse as trevas.

Não soube se o que Lúcia havia dito era verdade e podia ter dormido com o mesmo homem que sua amiga. Odiava saber quanta negatividade tinha atraído para si com aquela experiência. A amiga podia ser interesseira e muitas vezes arrogante, mas ainda era uma pessoa por quem mantinha algum carinho.

Talvez com ela eu consiga ser sincera, pensou enquanto fechava os olhos e tentava esquecê-lo.

Mas as mãos gélidas e delicadas continuavam a assombrá-la. Os beijos devoradores também.

Acordou novamente pingando suor, mas dessa vez sem o grito. A cabeça estourava, como se alguém estivesse martelando um prego *de dentro para fora* do seu crânio. Demorou um tempo para Elis *entender* de onde vinha a dor. Relembrou os acontecimentos da noite anterior e ficou mais inquieta. O sofrimento iria se intensificar ao se virar e testemunhar os olhos doces do namorado ao seu lado. Para a sua surpresa, ele não se encontrava na cama.

Será que V contou algo para ele depois que deixei a casa?

Era possível. Não via Jonathas como um homem de acessos de fúria, destruindo o próprio apartamento e chamando-a por nomes pesados. Se ele tivesse noção do que havia acontecido, era totalmente plausível que ela simplesmente nunca mais visse o rosto do seu amado. O silêncio e a indiferença eram as armas dele.

As mais fortes para serem usadas contra ela.

Ela levantou da cama com dificuldade, parecendo desgrudar pedaços da própria pele deixados no lençol, e se arrastou até o banheiro do quarto antes de encarar a sala. Quando terminou seu ritual sagrado e estava pronta para tentar lidar com a realidade, foi para a sala e encontrou Jonathas sentado no sofá. Ele segurava o telefone e estava com a cabeça baixa, como um derrotado.

— Jo?

Lembrou de Lúcia ao dizer aquilo.

Ele ainda vestia a roupa do trabalho e a expressão era de uma pessoa devastada. A expressão de um homem que perde um parente próximo.

— Acabei de ficar sabendo — sussurrou ele num tom capaz de refrigerar o inferno.

Eu quero morrer.

— *O que* você sabe?

Tinha medo da quantidade de detalhes que V pudesse ter descrito. Tivera que fazer uma inspeção no espelho pois o estrangeiro havia deixado marcas difíceis de esconder.

— Lúcia foi internada, em estado grave. Uma ferida em seu pescoço inflamou e causou complicações. A mãe dela ligou fora de si. Me perguntou se sabíamos de alguma coisa ou se temos noção do que essa ferida pudesse ser. Eles acharam a princípio que se tratava de um tipo incomum de câncer, mas ao que parece é algo ainda mais raro. Uma especialista de outro estado foi chamada e deve estar chegando hoje à tarde.

A informação secou como cimento em sua garganta. Não tinha voz para dizer nada. Saber que Lúcia estava internada era trágico, menos do que as diversas mortes que imaginou para a amiga, mas ainda lamentável com certeza. No entanto, desconfiar que a repentina doença talvez tivesse ligação com a suposta mordida de V era o que desfiava seus nervos.

Ao mesmo tempo, não tinha coragem de jogar V no fogo. Estava apaixonada por ele, mesmo em tão pouco tempo e em circunstância tão doentia. Sentia por aquele homem uma conexão que nunca atingira com Jonathas.

Além disso, V era chefe de seu namorado. Se ele fosse inserido em um caso como esse, poderia ter uma repercussão negativa forte para a casa noturna, resultando em intervenção sanitária, processos federais, julgamentos montados sobre o picadeiro da imprensa e a imortalização do nome de todos eles nos julgamentos de redes sociais.

Piorando sua autopunição, decidiu ficar quieta e apenas investigar.

— Você sabe quem é essa especialista que estão trazendo? — perguntou Elis, sentando ao lado de Jonathas e esfregando as suas costas para tentar confortá-lo.

— A mãe dela disse que é uma doutora daquele instituto médico alemão, VanHell, pelo o que entendi. Acho que já vi uma matéria sobre isso na TV, tinha aquele caso bizarro de um traficante todo remendado que estava causando terror tempos atrás em uma favela.

Elis lembrava do caso, a notícia tinha saído em tudo que era canto, mas não do instituto. Era sinistro pensar que existiam pessoas capazes de fazer experimentos humanos daquela forma. Lembrava de ter visto o vídeo no YouTube, mas o nome VanHell não era familiar.

— É triste isso! Vimos Lúcia esses dias — balbuciou Elis, com sentimentos conflitantes.

— Vamos visitá-la mais de tarde no hospital? A mãe dela falou que tudo bem — sugeriu Jonathas.

Elis não sabia como encararia Lúcia doente, mas devia aquilo a ela. Como opção só lhe restou esconder os seus receios e concordar em fazer a visita. Iriam para o hospital à noite e pretendia visitar V logo em seguida, quando Jonathas saísse para trabalhar. Precisava entender se ele tinha alguma ligação com aquilo. Não sabia o que faria se ele tivesse.

A mãe de Lúcia correu para abraçá-los assim que chegaram no hospital. Pelos olhos fundos e vermelhos da mulher, o caso era mesmo grave.

— Sentimos muito que esteja passando por isso, Martha. A Lúcia é forte e com certeza vai sair dessa. Tiveram alguma novidade sobre o estado dela? — perguntou Jonathas, o único com força para falar.

A mulher inspirou e expirou várias vezes, tomando coragem. Palavras em voz alta fariam a realidade ser ainda mais palpável.

— A doutora do VanHell acabou de chegar e está fazendo um exame. Ela não me deixou ficar na sala. Eu só queria poder segurar a mão da minha filha, Jonathas! Ainda bem que vocês apareceram senão eu iria perder a cabeça!

— Que bom que podemos ajudar de alguma forma — comentou ele para a senhora, encaminhando-a para uma cadeira. — Tenho certeza de que essa médica vai poder ajudar.

Martha voltou a chorar, balançando a cabeça.

— Você não entende, querido! Minha filha foi seduzida pelo diabo! Ela não está com Deus no coração. As coisas que ela dizia, o modo como agia. Era como se estivesse com o demônio no corpo. Não sei o que pode ter acontecido. Tirando aquela maquiagem preta e aquele cabelo maluco, ela sempre foi uma menina tão boa. De igreja, sabe?

Jonathas abraçou a mulher desolada, enquanto Elis encarava um corredor vazio, chocada com as novas informações. Lúcia delirava na cama, febril, ensopada, trêmula e balbuciando palavras sem sentido. Tentava pensar se por acaso ela podia estar envolvida com alguma droga pesada, mas os médicos já teriam identificado se fosse isso.

— Lúcia é uma boa menina, sim, Martha! — sussurrou Elis, sem acreditar no que dizia.

Sentia-se culpada por ser a pessoa que poderia ajudar os médicos com mais informações, por ser a única ali para dar apoio à mãe de Lúcia e por não encontrar a empatia que superasse seu egoísmo.

De repente a senhora levantou desesperada, como se visse um fantasma. O gesto assustou os dois. O que acelerou o coração de Elis, porém, foi que, no mesmo momento, o que parecia a silhueta de um morcego havia batido no vidro da janela ao lado deles, provocando um estrondo.

Morcegos nessa área?, pensou, segurando o peitoral, tentando se controlar do duplo susto.

Já a mãe de Lúcia havia se agitado por conta de uma mulher curvilínea, de pele oliva e longos cabelos escuros, presos em um meticuloso rabo de cavalo, vestida de jaleco branco, que se aproximava deles em passos apressados feito uma aparição de estrada. Elis imaginou que ela devia ser a famosa médica pela forma que a mulher agia. Um detalhe lhe chamou a atenção acima de tudo, ainda assim: Elis notou que a mulher parecia *também* ter notado o morcego na janela. Ambas se encararam como se compartilhassem um segredo. Como se a médica tivesse ido até lá para conversar com ela e não com a mãe de sua paciente.

— Como está a minha filha, doutora? Ela vai ficar bem?

Jonathas ainda segurava a mão da senhora, consolando-a para o que viria a seguir.

A médica apenas encarava Elis e a janela. A expressão em seu rosto era desprovida de sentimentos, o que parecia ainda pior do que se fosse de medo. Jonathas, sem entender, tentou interromper a situação.

— *Doutora* — disse ele, como um chamado. — Somos amigos de Lúcia e viemos fazer companhia para a mãe dela. Houve alguma melhora?

A médica subitamente retornou sua atenção para Martha, ignorando a existência de Jonathas.

— Sua filha está sedada nesse momento. Eu conversei com a equipe médica do hospital que a recebeu primeiramente e usei meus próprios métodos. Acho melhor nos sentarmos naquela sala para conversarmos sobre o que aconteceu com ela.

Aquele não era um procedimento normal.

— Diga logo o que está acontecendo, doutora! Eu *preciso* saber... — exigiu Elis ríspida, ignorando qualquer tipo de gentileza.

A médica a encarou por mais um tempo e começou a explicar, com os olhos fixos apenas nela, nunca nos outros:

— Lúcia foi exposta a um tipo raro de raiva transmitida por morcegos, por isso as marcas. Como é um grau diferente do tradicional, os médicos daqui não conseguiram identificar, mas já venho trabalhando no caso há algum tempo. Algumas pessoas pelo mundo acabaram sendo afetadas por essa doença e estamos rastreando as ramificações a partir do paciente zero para evitar o início de uma epidemia.

— Uma epidemia provocada por *morcegos*? — indagou Jonathas.

As mãos e a testa de Elis transpiraram.

— *Transmitida* por eles! Pelo que pudemos perceber, existe um específico transmissor que tem espalhado essa doença pelo mundo. Faço parte de um grupo dedicado a combater doenças ainda não identificadas. Não sabemos ainda detalhes de como isso é possível, mas ainda bem que me chamaram a tempo. Já dei a medicação que ela precisa e em alguns dias voltarei para checar o seu estado. A equipe do hospital já foi orientada sobre como cuidar dela nesse meio-tempo.

— E quanto... quanto isso vai custar? — perguntou Martha.

— Se a senhora assinar um documento nos permitindo divulgar e compartilhar as informações obtidas a partir do tratamento de Lúcia em estudos científicos, a instituição vai assumir todos os custos.

A notícia fez Martha abraçar a mulher, que ainda mantinha o olhar em Elis.

— O que aconteceu com as outras vítimas desse animal? — questionou Elis.

— Muitas não sobreviveram, mas não creio que esse será o caso de Lúcia. O animal parece ter *poupado* essa vítima. Os dentes tocaram apenas a superfície. Como se só quisesse sentir o gosto do sangue dela.

Martha fez cinco sinais da cruz em sequência. Jonathas começou a notar que a jovem doutora ainda encarava Elis. Havia algo estranho naquela atitude obcecada.

— O importante é que Lúcia vai sobreviver — concluiu Elis.

— O importante é não existirem mais vítimas. A partir do paciente zero, temos seguido esse animal por vários países e parece que só nessa cidade cinco mulheres foram infectadas. Lúcia foi a única que procurou ajuda rápido o bastante.

— São sempre mulheres? — questionou Jonathas, mais interessado em desviar a atenção da médica para si do que interessado na resposta.

— Por enquanto sim.

Algo estalou na mente de Elis. Algo que não podia fazer sentido. *Não tinha* como fazer sentido.

— Em que país foi encontrado o paciente zero? — perguntou ela, direta, chamando a atenção da médica de novo.

— Em uma região da Romênia — respondeu a médica, calando-se em seguida e encarando-a com ainda mais atenção, como se aquilo fosse uma senha que apenas as duas compreendessem. Elis estreitou os olhos para a médica. A tensão entre elas era quase que palpável.

— Mas como uma doença na Romênia poderia vir parar aqui? — perguntou Jonathas, inflamado.

— Da mesma maneira que o Zika vírus chegou a outros países. Através de um hospedeiro. — A surpresa dessa vez foi que a resposta partiu de Elis.

— Mas estamos falando de um morcego, não de uma pessoa — insistiu Jonathas.

Elis manteve o olhar em algo que apenas ela podia enxergar.

— É verdade. Eu *acho* que estamos falando de um morcego.

Ao ouvir aquilo, a médica pareceu mais satisfeita do que era adequado à situação e começou a se afastar, buscando o seu celular no bolso, digitando depressa.

Absorta dos últimos detalhes da conversa, Martha abraçou Jonathas ainda sussurrando suas preces. Já a inquietação de Elis não sossegaria enquanto não falasse em particular com aquela mulher enigmática. Sem pensar, resolveu segui-la.

— Doutora?

Ela parou de supetão no meio de um corredor e, quase sem se virar, falou, em voz baixa:

— Eu sei que você está envolvida com ele! Vi o desgraçado na janela. Fuja enquanto é tempo e tenha cuidado para que ninguém ao seu redor morra porque você caiu na lábia desse monstro. E, se isso acontecer, a culpa é sua. *Você* o convidou para a sua vida.

Assim que terminou o discurso, a mulher saiu com rapidez do local, deixando Elis sem reação. O coração esmurrando o peito. As pernas perdendo a força. O estômago doendo como se a ponta de uma faca abrisse um buraco pouco a pouco, devagar, deslizando pela carne aberta.

— Tudo bem, Elis? O que mais a médica disse? — questionou Jonathas, se aproximando dela e vendo-a petrificada.

— Ela me disse apenas que tudo vai ficar bem, petiz.

A mentira deixou um sabor de desgosto nos lábios dela, um sabor que lembrava o gosto de alho.

Jonathas a guiou para a saída, estranhando a alcunha, e juntos foram embora do hospital. Ele tinha que trabalhar, mas Elis sentia que o certo era o namorado ficar em casa. O discurso feito pela médica a havia atingido. Precisava esclarecer as suas dúvidas sobre aquela mulher, sim, contudo, teria que lidar com as consequências de suas peripécias.

Teria de encarar V.

††††

Fingiu levar o namorado até o trabalho para ter uma desculpa de estar seguindo o mesmo caminho. Ele insistia que ela não deveria se expor nas ruas, mas Elis prometeu que ela é que não o queria exposto e que dirigiria direto para casa quando o deixasse na porta da boate. O namorado acabou gostando da atenção.

Depois de se beijarem e o namorado entrar na casa noturna, procurou discretamente os fundos do prédio no sentido da casa de V. Torcia para que ele estivesse lá, não na Conde de Ville.

A escuridão novamente trouxe o arrepio de se ver solitária naquele lugar, mas o perigo principal não era esse. Algo de estranho acontecia na cidade e por algum motivo ela estava envolvida.

Ela não foi a primeira vítima, mas pretendia ser a última.

Chegou até a entrada da casa decorada com trevas e a porta se abriu sozinha, revelando velas acessas na sala.

Como não suspeitar que vou morrer daqui a pouco?

Elis girou, observando o lugar, ofegante. O desespero não era em vão.

A segunda voz em sua mente não era dela.

Chegou na sala coberta de ouro e encontrou novamente a lareira acessa, mesmo com a temperatura naturalmente quente do lado de fora. Apesar disso, ela também sentia o frio massacrante que V sentia.

O frio massacrante que V trazia.

— Minha pequena Elisabeth — sussurrou o homem com sua voz melódica ao sair das sombras, tirando a cartola e a colocando sobre o sofá vermelho.

Ela notou, ao menos dessa vez, um morcego desenhado no brasão do acessório. Seus pelos se arrepiariam, se já não estivessem arrepiados havia tempos. O corpo não respondia. Perto dele nada, a não ser a relação dos dois, fazia sentido ou funcionava.

— Vejo que te encontraram — continuou ele, andando na direção dela, naquele momento uma estátua humana no centro da sala.

V se aproximou e sem qualquer resistência da parte dela a beijou como se pertencessem um ao outro.

Elis queria repeli-lo, interrogá-lo, acusá-lo, mas em vez de tudo isso se deixou ser levada por aquele sentimento sobrenatural. Pelo desejo irracional. Pela sedução inconsequente. Uma reação que praticamente ignorava que Lúcia estava em uma cama de hospital e ela poderia se tornar cúmplice do caso. Com isso, se lembrou do pesadelo, da besta que a atacara.

— O Grupo VanHell sabe que você está aqui — disse ela, sem perceber.

Não entendia o que a própria frase significava. Não entendia por que *revelava* aquilo a ele. Quando dava por si, palavras saíam de sua boca.

— Esses impertinentes me caçam há anos. Já percorreram tantos países que perdi as contas. A médica que aqui está e todo o seu ajuntamento, determinados a destruir nosso legado. Destruir nosso passado.

— Que *legado*, V?

Ele continuava colado em seu corpo. Ela sentia a pele macia a acariciando, fria por fora, mas também capaz de fazer seu sangue borbulhar.

Foi quando percebeu no contato algo que nunca tinha notado.

De forma rápida, segurou o punho do homem, concentrada em sua intuição. A atitude fez V sorrir.

Ela não esperava o sorriso.

— Você *não tem* pulso! — concluiu Elis, desabando no sofá conforme lágrimas escorriam.

Não sabia explicar o motivo das lágrimas. Na verdade, sabia, mas não queria acreditar que o que ele insinuava era verdade.

Seria ele?

— Sim, pequena! Você agora sabe o que precisa saber.

A pressão dela se alterou. O tato se perdeu, como se o espírito tivesse se desencaixado do corpo.

— Você não escreve o que imagina, Elisabeth — revelou ele.

Como se o espírito *não precisasse* do corpo.

— Você escreve o que já viu.

Como se o espírito fosse agora imortal.

— Você escreve o que já viveu.

Diversos flashes vieram em sua mente de uma vez só, sobrecarregados de informações.

Visões de épocas, de períodos históricos, de revoluções artísticas.

Idade média. Idade moderna. Idade contemporânea. Feudalismo. Monarquias. Navegações. Mercantilismo. Reforma. Contrarreforma. Absolutismo. Iluminismo. Revolução Industrial. Subcultura gótica.

Vestidos bufantes, rituais em florestas, shows de death metal. Cavalos, carruagens, limusines.

Vidas. Vidas repletas de mortes, perdas, esperas. Vidas de promessas infinitas e pactos inquebráveis. Vidas que fugiam do sol, em busca do conforto nas sombras.

Diversas vidas ao lado daquela figura andrógina, todas as vezes com finais trágicos.

Ela conhecia *Vlad*. Já amara aquele ser diversas vezes, um amor doentio que percorria suas vidas passadas.

— Por quê? — perguntou ela, e eram tantas possibilidades que envolviam aquela pergunta que, a princípio, nem mesmo ele soube a que ela estava se referindo. — Por que nunca conseguimos ser felizes?

Elis abraçou o monstro, o seu monstro.

O que isso faz de mim?

— Porque eles sempre vêm nos caçar! — respondeu ele com um tom de voz diferente, quase um lamento.

— E o que vamos fazer para conseguirmos ficar juntos de uma vez?

— *Dessa vez* você ficará bem. Dessa vez eu vou aceitar o pedido que lhe neguei das outras.

A resposta lhe causou um calafrio. As memórias voltaram como murros. Imagens fragmentadas de mortes por caçadores ao longo de gerações. Mortes *dela*. Uma guilhotina com um corte seco e uma lâmina de quarenta quilos seccionando a cabeça dela. Uma injeção letal paralisando, sufocando e estourando seu coração. Uma fogueira, consciente o suficiente para sentir o cheiro da sua própria pele sendo torrada. Uma cadeira elétrica, fervendo seu sangue e parando seu coração até a asfixia.

Elisabeth pregada em uma cruz, flagelada e nua. Pregos martelados em suas juntas, punhos e pés, enquanto urubus degustavam seus pedaços pouco a pouco durante dias.

Então o afastamento da imagem.

Ela nunca fora digna de morrer como Jesus.

Durante gerações havia sido morta pelos que caçavam Vlad e seu próprio passado místico, de inquisidores a exorcistas, e sempre voltava a encarnar em sua busca. Era o preço para cumprirem o que precisavam. VanHell sabia sobre ela e provavelmente conectava os pontos soltos.

Conde de Ville. Estrangeiro gótico. Mortes estranhas.

Não era difícil localizá-lo. Contudo, entendia por que Vlad havia deixado tudo tão escancarado. Era a forma de atraí-la daquela vez.

Ela já poderia ter me matado, mais uma vez. A não ser que...

— Me transforme! — gaguejou ela, compreendendo o que iria acontecer. — Me leve junto com você. Mesmo com o risco da conexão eterna se perder.

Houve uma movimentação na porta, seguida por uma grande explosão.

Vlad e Elis foram pegos desprevenidos. Ele correu para abraçá-la naqueles poucos segundos que teriam juntos.

— Me desculpe por tudo, pequena! Sei que está confinada a essa vida miserável, mas me conforta saber que é sem a maldição. Existe vida dentro de você e ela nos mantém juntos. Minha alma já é do inferno, mas a sua nunca será.

Dizendo aquilo, ele a beijou com a mesma intensidade, antes que homens vestidos de branco tentassem separá-los. No desespero, Elis gritava para que não o atacassem. Logo viu o rosto da médica como um anjo da morte no grupo que invadia o local e, ao fundo, o de Jonathas, assustado. Um rosto que ignorou.

— Não! Não o levem! Nós temos que ficar juntos! — gritava ela a todo pulmão. — Me transforme! Me leve para a escuridão com você!

Homens apontavam armas, crucifixos, preparavam água benta e estacas. Todos pareciam chocados demais para pessoas que teoricamente estavam preparadas para casos sobrenaturais.

Quando partiram para cima de Vlad, o ser que tentavam aprisionar saiu voando para cima dos homens, rasgando pescoços e peitorais com suas longas unhas negras, e então desapareceu em uma fumaça preta, de onde, logo em seguida, um morcego saiu voando da sala, tentando escapar daquelas paredes.

— Capturem ele! Era para terem o destruído! Quantas vezes vamos precisar passar por isso? Não o deixem fugir! Estávamos tão próximos dessa vez — ordenava a mulher para os homens ao redor.

Nada fazia sentido, e Elis se sentia enjoada.

— O que fazemos com ela? — perguntou um dos homens, apontando para Elis.

A questão fez os olhos de Jonathas arregalarem.

No segundo seguinte, Elis sentiu uma picada em seu braço e viu apenas escuridão.

†††

Acordou grogue como um animal pós-hibernação. Não conseguia sentir por completo seus braços e pernas, entretanto, percebeu-se de pijamas em uma cama confortável. O seu pijama. A sua cama.

O que está acontecendo?

Ela se encontrava em casa, no quarto que por tantos dias dormira. Percebeu seu notebook ao lado. Achou estranho, ele costumava ficar na mesa. Não era de escrever na cama.

Como voltei para casa?

Então o desespero voltou conforme ficava mais lúcida. Relembrou das escolhas, das descobertas, da fuga dele. Tomava consciência de que Jonathas agora sabia sobre seu envolvimento com outro homem e não entendia por que ele ainda a deixava dormir naquele apartamento. Definitivamente, não era o estilo dele. Recuperando o movimento dos dedos, pegou-se navegando pelo touchpad do notebook. A tela acendeu e, para sua surpresa, o Word estava aberto. Na tela em branco havia apenas "Conde de Ville" e algumas frases. Começou a ler.

"Havia horror e sangue. Um show bizarro diante dos olhos dela, ardendo de tanto chorar. Ela sabia que Vlad causara dor e morte e tinha medo das consequências daquele ato. Tudo acabaria refletindo nela. Cada vida tirada de forma cruel e traiçoeira roubava um pedaço de sua alma já condenada ao inferno.

Condenada por amar aquele homem. Aquele monstro.

O seu monstro."

Não entendia. Simplesmente não entendia.

— Bom dia, meu amor! — disse Jonathas, entrando no local com um semblante saudável e nem um pouco abalado.

— Jonathas? — murmurou, tentando se situar.

— Desculpe não ter dormido ao seu lado, mas, quando cheguei ontem do bar, você estava apagada com o computador na cama e não quis atrapalhar o seu descanso.

Do que ele está falando?

— Bar? — perguntou ela, buscando sentido em toda aquela loucura.

Jonathas riu.

— Bar, amor! Esqueceu que ontem fiz um turno no bar do Arthur? Aquele ex da Lúcia que me prometeu algumas horas extras se eu precisasse de um dinheiro a mais esse mês.

Bar do Arthur? Dinheiro extra? Como ele pode estar pensando nessas coisas?

— Como está a Lúcia? — questionou ainda buscando pistas.

— Viajando ainda. Deve ficar fora da cidade mais algumas semanas. Ela nem sabe que fui ao bar ontem e espero que ela não fique chateada.

— Mas e a... Conde?

Jonathas franziu a testa. Por alguns segundos ela viu o que parecia raiva no olhar dele, mas o sentimento logo pareceu sumir.

— Que Conde? — perguntou ele.

— Conde de Ville, Jonathas! O que aconteceu com a Conde e com tudo? — questionou ela, um tanto exaltada, sentando-se para tentar sair daquela cama.

— Você quer dizer aquela casa noturna que não durou um mês na cidade? Por que está perguntando dela?

Como assim não durou? Teriam fechado o local enquanto estava apagada? Estaria Jonathan mentindo para ela?

— Quero falar com o grupo VanHell! Quero saber o que eles injetaram em mim e por que você está agindo assim!

Elis levantou da cama de supetão, mas caiu com a tentativa. Suas pernas pareciam não ter sido exercitadas por semanas. A sensação era de que tinha sido dopada por muito tempo e aquilo tudo era uma armação.

— Calma, calma! Esse papo está estranho, Elis! Andou usando alguma coisa escondida? Que paranoia é essa? Não sei do que está falando, mas acho melhor sair dessa loucura ou concentrá-la no seu texto. Seu chefe deve estar fulo da vida por não ter entregue seu conto e precisamos do pagamento.

Jonathas ameaçou sair do quarto, mas deu meia-volta e se sentou ao lado dela.

— Você sabe que eu te amo *mais do que tudo*, né?

Elis não sabia o que responder. E o silêncio era pior do que as dúvidas.

O rapaz pegou a mão dela e levou aos lábios, beijando o que parecia um anel no dedo de Elis. Ela não se lembrava de estar usando nenhum anel.

Então percebeu algo chocante.

Usava um anel de noivado. Uma peça antiga de bom gosto.

Sentia que tinha dormido por um ano e que durante aquele tempo diversas coisas diferentes tinham acontecido em sua vida. Parecia que tudo que passara ao lado de Vlad não tinha acontecido.

Jonathas sorriu para ela e a deixou sozinha. Não conseguia acreditar que na verdade ele era o seu noivo. Aos poucos conseguiu ficar de pé e foi olhar pela janela. Era um dia feio, cinzento e chuvoso. O típico dia que as pessoas odiavam e ela amava.

Elis olhou para a joia em seu dedo e deu um leve sorriso. Talvez tivesse sido apenas um longo pesadelo e estava se recuperando dele. Amava Jonathas e ele a amava de volta. Nada de ruim tinha acontecido.

Foi quando ela viu um morcego cruzar a sua janela e sentiu um frio congelante e familiar invadir o seu corpo.

Não podia ter sido um pesadelo. Aquilo talvez não tivesse sido fruto de sua imaginação.

Ficaria sem saber o que tinham feito com ela.

Sem saber em que círculo do inferno estava.

FIM

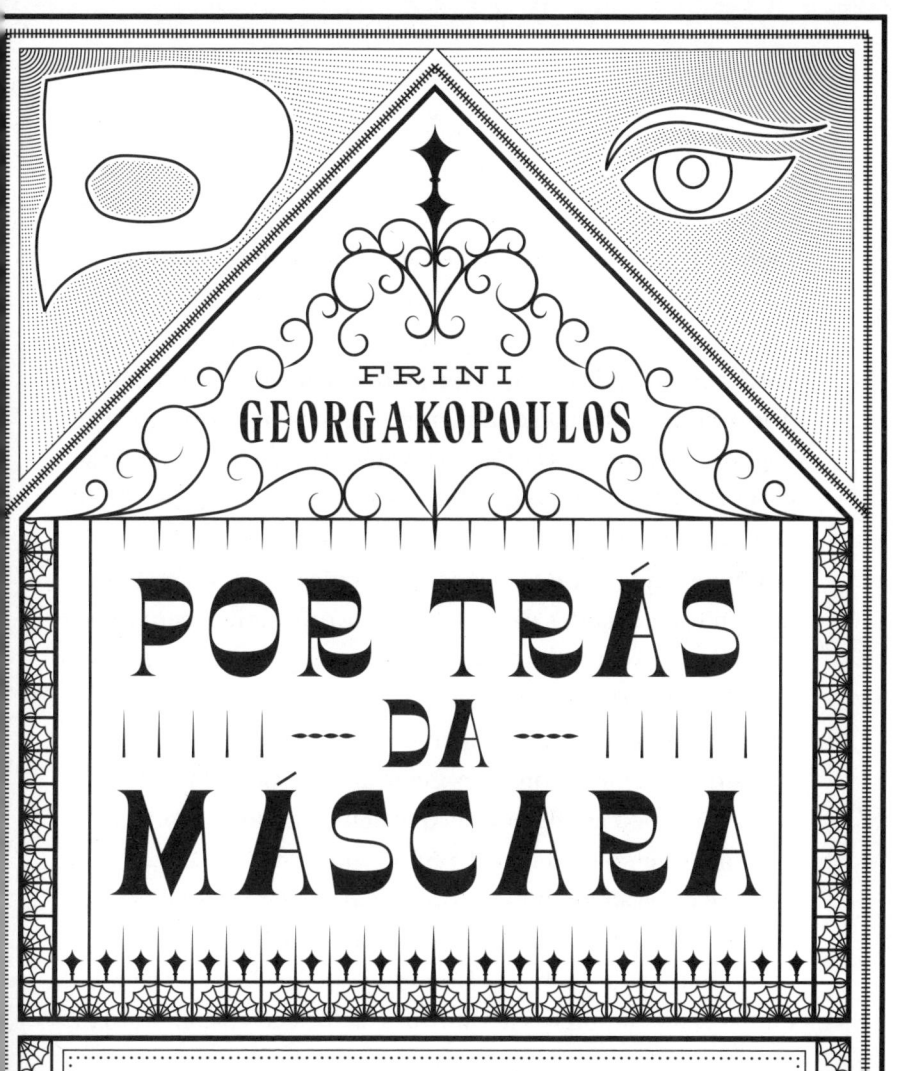

POR TRÁS --- DA --- MÁSCARA

FRINI GEORGAKOPOULOS

- SHOW DE -

CHRISTINE DAAÉ

- REINAUGURA -

TEATRO **ÓPERA**

A CANTORA RECONHECIDA INTERNACIONALMENTE, QUE ESTUDOU AQUI NO INSTITUTO, FARÁ UM SHOW BENEFICENTE ESPECIAL PARA REINAUGURAR O TEATRO ÓPERA.

I

SSO ESTÁ EM TODOS OS postes e quadros de avisos do campus. Está em rodas de conversa, na internet, na imprensa. É o assunto do momento, é o que todos estão comentando e é o que torna tudo ainda mais curioso. Eu, "reconhecida internacionalmente", estou no meio da praça da faculdade e ninguém notou. Acho que as pessoas realmente só veem o que querem, o que foram condicionadas a ver. Tudo bem que o meu cabelo — agora preto — está preso embaixo de um boné e que o look calça jeans, camiseta e coturno é bem diferente dos vestidos de tule negro que uso nas apresentações. Mas mesmo assim, ninguém viu meu rosto. Ninguém. Impossível não considerar irônico.

Parece que foi ontem que ingressei no Instituto de Artes e Literatura. Lembro como a apreensão na espera do resultado se transformou em felicidade, que deu lugar ao receio. E se eu não fosse boa o suficiente? Sempre questionei isso e, bem... Foi esse questionamento que me levou a fazer as escolhas que fiz, e essas escolhas me colocaram onde estou hoje.

O campus do Instituto é enorme. Me lembro da vasta biblioteca, dos inúmeros auditórios e salões de ensaio tanto de dança quanto de música e canto. Salpicados pelo campus estão prédios de alojamentos para os estudantes e os outros com enfermaria, secretaria, salas de aula, refeitório — o melhor que uma das faculdades mais conceituadas do país poderia oferecer. Mas é lá no fundo que fica o meu destino: o teatro desativado. Quer dizer, era desativado, agora foi completamente restaurado.

O Instituto é muito antigo, então sua arquitetura é uma mescla dos prédios originais com os construídos no século XXI.

Mas, ao restaurar o Teatro Ópera — nomeado em homenagem às óperas encenadas aqui no passado —, mantiveram sua fachada original, colunas na frente e uma entrada grandiosa. São três andares de galeria, além de camarins, sótão.

Enquanto caminho em direção ao teatro, me pergunto se por dentro ele continua o mesmo, com suas passagens secretas e cadeiras de veludo vermelhas; alunos e professores passam por mim, seguindo com as tarefas do dia. A expectativa pelo fim de semana e pelo show está no ar, e é contagiante. Posso dizer que a melhor parte em estar de volta é exatamente esta: ver jovens buscando seus sonhos, aperfeiçoando a sua arte, isso me traz esperança.

O clima muda assim que avisto o teatro, afastado dos demais prédios, isolado, próximo à mata que cerca o campus e pertence à propriedade. É como se a temperatura caísse alguns graus. Sinto um aperto no peito e uma leve dormência no corpo. Aos poucos, meus passos diminuem o ritmo até eu parar à beira do estacionamento, de frente para o prédio que foi literalmente o palco de tantas reviravoltas em minha vida. Esse teatro significou um refúgio durante muito tempo, meu cárcere, e agora meu triunfo.

O medo que senti naquele primeiro dia de aula, que se tornou parte de mim durante anos depois, volta a querer se apoderar. Sinto o coração bater mais rápido, e fica difícil respirar. O peito dói, me fazendo fechar bem os olhos. Tento me acalmar. *Pelo amor de Deus, imagina a cena se eu desmaiar no meio do estacionamento?* Faço os exercícios de respiração que aprendi e sussurro:

— Está tudo bem, Christine. Está tudo bem.

Nessa parte mais distante da faculdade, o silêncio é quase absoluto, e o burburinho dos alunos é um murmúrio levado pelo vento. É como se aqui o tempo passasse mais devagar, como se uma redoma separasse o teatro e sua aura de mistério do restante do campus. Aperto o pingente de cristal em formato de lágrima que carrego em uma fina corrente de prata ao redor do pescoço.

— Chega — sussurro, e ando em direção ao prédio que abrigou meu grande amor e maior pavor.

Assim que abro a porta, o cheiro do carpete novo atropela meus sentidos e eu agradeço por isso. No passado, o ar era uma mescla de lugar fechado e um toque sutil de rosas. Sempre me perguntei como um prédio abandonado cheirava a rosas, resposta que obtive mais tarde.

Caminho pelo prédio, comparando como ele era antes e como está diferente agora: vivo, ocupado com sorrisos e a expectativa que precede o momento em que as cortinas são erguidas, e não por fantasmas do passado, por lendas, por medo.

Pessoas chegam a esbarrar em mim e soltam um rápido "perdão", enquanto correm para finalizar seus afazeres. Ninguém realmente me vê, mas isso não anula a sensação de estar sendo observada. Meus olhos buscam por todos os lugares, esperando ver um vulto, ouvir um farfalhar de cortinas, um sussurro chamando meu nome.

— Christine.

Paro de me mover, de respirar. Fico congelada por um, dois, três segundos, até que...

— Christine, é você? Pensei que chegaria mais tarde. — Eu me viro devagar e solto o ar ao encontrar o atual diretor do teatro, Sr. Leroux. Sorrio sem jeito e estendo a mão para ele apertar.

— Sr. Leroux, que prazer. Cheguei mais cedo e achei melhor vir me ambientar com o teatro.

— Claro, claro — diz o Sr. Leroux, simpático, apertando minha mão. Ele é um homem alto, gorducho e com um farto bigode; me lembra aquele leão-marinho do Pica-pau. — E então? O que está achando do nosso teatro? Bem diferente daquela decadência que você viu enquanto esteve conosco, não? — comenta ele, orgulhoso.

Sorrio, assentindo, mas a verdade é que, embora o teatro esteja lindo, no passado ele foi o meu mundo, com tudo incrível e apavorante que isso significou.

— Confio que saiba o caminho para o palco, certo? Preciso resolver algumas pendências antes de iniciarmos o ensaio, então...

— Sei o caminho — digo, interrompendo sua fala. — Encontro o senhor lá depois.

Ele sorri e se afasta. Eu me viro e continuo andando em direção à porta principal, que leva ao auditório. Está aberta, e quando passo por ela, volto a prender a respiração: vida e cor por todos os cantos. Os adornos dos camarotes e ao redor do palco, que em minha memória eram cinzentos e decrépitos, agora são de um dourado fosco que reflete com suavidade a luz do local. Parte da iluminação fica a cargo de um lustre gigantesco que antes parecia uma entidade derrotada por cima de cadeiras. Hoje, restaurado e em pleno funcionamento, ele voltou ao seu lugar de direito, no teto, olhando por todos nós.

As cadeiras ainda são de veludo vermelho, mas a cor é tão fechada que parecem negras. Deslizo as mãos pelo tecido enquanto meus olhos correm para o palco em direção aos camarotes até pousarem no de número cinco. Ao notar as cortinas abertas, sinto o coração pular. Não sei ao certo o que aperta meu peito. Alívio? Decepção? Talvez um pouco de ambos?

Mas a dúvida desaparece rapidamente, pois, ao meu redor, o teatro vibra, está vivo. O Sr. Leroux me reencontra e pergunta se não seria interessante adiantar o ensaio para que eu tenha mais tempo para me preparar até a apresentação da noite. Estar aqui já é um grande passo para mim, mas subir e cantar... Sei que, quando o momento chegar, darei o máximo de mim, como sempre fiz. Mas agora, sozinha, eu não queria.

Quando estou pronta para recusar, ele entra no salão.

— Desculpe o atraso — diz, vindo em minha direção e me puxando para um abraço. — Meu voo atrasou e vim correndo para cá.

— Obrigada por ter vindo — sussurro e o aperto com força antes de soltá-lo.

Meus olhos encontram os dele, claros e brilhantes, um sorriso tímido toma conta de seu belo rosto, e sei que não precisaria nunca agradecer. Basta eu dizer que preciso, e Raul estará lá. Sempre foi assim e sempre será. Ele, então, leva minhas mãos aos lábios e beija os nós dos meus dedos. Me sinto mais segura agora com ele aqui. Dá certo alívio estar ao lado de alguém que sabe tudo que você passou e não julga, só apoia. Concordo com o ensaio, e Sr. Leroux sai satisfeito, dando orientações por onde passa para que o palco seja liberado, e o som, ligado. A banda do Instituto vai me acompanhar neste show e, ao olhar para o palco, vejo músicos tomando seus lugares em uma mescla de apreensão, excitação e felicidade.

Enquanto solto o cabelo e retiro a echarpe azul ao redor do pescoço, escuto Raul dizer:

— Não vou perguntar se você está pronta porque sei que está. Mas quero que saiba que estou aqui para o que precisar.

Eu sei disso, então me apoio nos ombros largos e fico na ponta dos pés para beijar seu rosto. Sorrio e subo ao palco pela escada lateral, que, apesar de escondida, conheço como ninguém.

Uma vez lá em cima, vejo que algumas pessoas pararam para assistir ao ensaio. Raul está sentado na primeira fileira, e seus olhos azuis me encaram e transmitem confiança. Atrás de mim, todos da banda estão extremamente empolgados e mal conseguem ficar em suas posições. Viro de costas para dar atenção para eles.

— É uma honra estar aqui hoje e poder cantar com vocês. Obrigada por aceitarem o convite — digo, e vejo um mar de sorrisos.

Pergunto se essa é a primeira vez que vão tocar para um público grande, e todos assentem.

— Imaginem que estão em suas próprias salas, quartos ou até mesmo aqui, sozinhos. Toquem para vocês e faremos mágica juntos. Ok? — concluo, e eles tornam a assentir, agora com uma postura mais assertiva, mais seguros.

Volto-me ao microfone e a olhar para o camarote número cinco, que continua vazio. E, então, começo a cantar.

2

--- ALGUNS ANOS ANTES ---

"Você, minha pequena, vai ouvir o Anjo da Música um dia! Quando eu estiver no céu, vou enviá-lo para você, eu lhe prometo."[1]

Lembro-me das últimas palavras que troquei com meu pai. Ele já estava doente quando fui aceita no Instituto de Artes e Literatura. Estampava orgulho no rosto, já muito magro e pálido. Eu queria dividir essa alegria com ele, entrar no instituto sempre foi o meu sonho. Mas não assim, sem saber se papai veria minha formatura.

Eu tinha acabado de me formar na escola quando meu pai adoeceu. Adiei todos os planos de ir para a faculdade para cuidar dele e nunca me arrependi. Cada dia com meu pai era uma bênção pela qual eu agradecia fervorosamente. Mas agora,

1 Da versão original de *O Fantasma da Ópera*, de Gaston Leroux.

dois anos depois, percebo que na época eu sabia que não tínhamos muito mais tempo juntos. Então ele me pediu para me candidatar ao Instituto, porque acreditava no meu potencial. Embora minha voz — a voz que ele sempre treinara — não fosse mais a mesma, o velho Gustave não se deu por vencido e pediu que eu me inscrevesse no Instituto, era o seu último desejo. Eu atendi e passei com bolsa integral. E agora, meu pai estava pronto para me deixar. Como era possível meu maior sonho dar espaço ao meu pior pesadelo?

Poucos dias depois que o resultado saiu, o caixão foi fechado. Todos deixaram o cemitério, mas eu permaneci lá, aguardando algum sinal de que tudo estava bem, de que meu pai já estava com minha mãe no céu. Tudo que ouvi foi o vento agitando as folhas das árvores. Anjos de pedra seriam os companheiros do meu pai agora. Eles entenderiam o coração doce do velho Gustave?

Ouvi quando o Dr. Andres, advogado da família havia anos, me ofereceu uma carona. Tudo era tão mecânico. Entrar no carro. Fechar a porta. Afivelar o cinto. Gestos sem sentido. Nada mais teria sentido para mim.

— Christine — chamou o Dr. Andres, fazendo-me virar para ele. — Como você já sabe, todos os bens do seu pai são seus. Ele já deixou as finanças organizadas. Está tudo em ordem, e você não precisará se preocupar com nada. Sei que não é muito, mas...

— É mais do que o suficiente — falei, interrompendo-o. Nunca fomos ricos, mas tínhamos uma situação confortável o suficiente para não passarmos necessidade e não tínhamos nenhuma dívida.

— Entendo que você se mudará para o Instituto de Artes em poucos meses — continuou, e assenti. — Tenho certeza de que seu pai estaria orgulhoso de você, Christine. Pode contar comigo para o que for preciso.

Agradeci e ficamos em silêncio. Durante todo o caminho até a minha casa, fui observando as pessoas nas ruas. Algumas falavam ao celular algo que parecia ser sobre trabalho; outras passeavam contentes, conversando. Famílias levavam filhos à escola e a vida seguia como se o meu mundo inteirinho não estivesse dentro de um caixão.

Passei a vida em teatros, ora cantando ora assistindo aos concertos de meu pai. Os minutos entre o último sinal e o abrir das cortinas são mágicos — no silêncio, no escuro, podemos sentir a energia de todos ao nosso redor. Antes da cortina ser aberta e revelar o teatro para mim, eu sabia se ele estava cheio ou vazio.

Entrei em nosso apartamento — no meu apartamento — e, ao fechar a porta, o vazio e o silêncio atingiram meu peito como um golpe. A sensação forte de ausência me fez bater a porta e cair no chão quase que imediatamente. Não tinha nada atrás desta cortina. Apenas eu, para sempre só eu. Gustave Daaé não voltaria mais.

Foi então que, finalmente, comecei a chorar.

†††

Quando perdemos alguém próximo, alguém com quem dividimos uma vida inteira, não são os grandes momentos que nos fazem sentir falta. É o cheiro de café pela manhã que anunciava que meu pai havia acordado; o som de seu violino, que eu podia ouvir quando virava a esquina da rua; o beijo na testa toda noite.

Minha rotina virou algo mecânico, que consistia em acordar, fazer a higiene necessária, resolver pendências para a inscrição no Instituto, comer (quando lembrava) e dormir (quando conseguia). No momento em que dei por mim, estava de malas prontas e com a vida encaixotada e aos cuidados do

Dr. Andres. Não poderia mais encarar aquele apartamento — agora uma casca vazia repleta de memórias que só me causavam dor. Dei as costas para o lugar que dividi com meu pai e embarquei na direção do futuro, fosse lá qual fosse.

Ao chegar ao Instituto, tentei não ser a típica menina de cidade pequena que fica boquiaberta diante de uma arquitetura grandiosa. Tentei, mas falhei. O lugar era tão majestoso quanto eu esperava, e eu só conseguia pensar em ligar para o meu pai para contar. Levava alguns segundos para lembrar que ele não poderia me atender. Nos primeiros dias, até chegava a pegar o celular. Eu nunca mais ouviria a voz dele.

Sei que meu pai estaria orgulhoso de mim e seu desejo seria que eu seguisse o meu sonho. Então, assim que coloquei os pés no Instituto, jurei para mim mesma que me dedicaria ao máximo a honrar o pedido do meu pai. Afinal, ele havia me prometido uma visita do "Anjo da Música", e aquele seria o local perfeito para encontrá-lo.

Mas o que encontrei não foi um anjo.

As primeiras semanas foram intensas, e eu agradecia silenciosamente pelas horas de estudo e de ensaio. Precisava ter o mínimo de tempo livre para assim ser impedida de despencar em uma espiral de dor, saudade e desespero. Mas quando a noite chegava e tudo ficava quieto, as lágrimas voltavam e eu chorava até dormir ou até amanhecer, o que viesse primeiro.

Odeio ser inconveniente, e quando vi que a tristeza estava afetando o rendimento da minha colega de quarto, solicitei à coordenação mudar de alojamento. Mas, em uma faculdade como o Instituto, não é fácil conseguir um quarto não compartilhado.

— Querida, consegui um quarto para você, mas não é uma boa opção. Acredite — disse a senhora na administração, os enormes olhos castanhos arregalados e quase atravessando os óculos de gatinho. Ao notar minha confusão, ela continuou: — É que pertenceu a uma jovem que não está mais conosco, ficou desativado desde então.

— Como assim não está mais conosco? Ela se formou? — perguntei, intrigada. O silêncio confirmou o que eu já desconfiava. — Mas ocorreu no quarto?

— Ah, não, não! — respondeu a senhora, cujo nome realmente não lembro, afrontada. — Por Deus, não. Foi um acidente terrível. Mas temos nossas lendas e, bem, achamos melhor desativar o aposento.

— Não me importo com lendas. Posso ficar com ele? É que ensaio canto até tarde. O barulho está atrapalhando minha colega de quarto — menti descaradamente, e ela aceitou.

Ainda senti sua hesitação ao me entregar as chaves, orientando sobre como acionar o pessoal da limpeza antes de entrar no quarto — afinal, os tais "aposentos" estavam fechados e intocados havia anos. Saí do prédio, fiz as malas de novo e em poucas horas estava em meu novo quarto.

O local não tinha nada de mais: era um quarto como outro qualquer, com vista parcial para o teatro desativado, ou seja, era tranquilo e silencioso. Cama, penteadeira, escrivaninha e armários seguiam o mesmo padrão dos demais alojamentos do Instituto. Seus únicos diferenciais eram um banheiro privativo e um espelho enorme que ocupava quase uma parede inteira, posicionado na diagonal da cama.

E a vida seguiu: ensaio e estudo de manhã, lágrimas à noite. Até que lendas se provaram ser reais.

†††

— Vamos de novo — instruiu o diretor, e as luzes mudaram, alunos trocaram de lugares rapidamente e recomeçamos o ensaio.

E com ele o martírio que eu vinha sofrendo havia meses.

Estar no palco sempre foi natural para mim. Nunca fui dessas que têm medo de esquecer as falas ou de desafinar. Ou melhor, nunca tinha sido.

Além das aulas teóricas e práticas, os alunos dos quatro primeiros períodos encenavam uma pequena montagem juntos no fim do ano letivo, o que ajudava a destacar quem estava saindo e a preparar quem estava chegando. Era muito interessante conhecer tanta gente de tantas artes e anos diferentes e aprender um pouco com cada um. E eu talvez estivesse adorando a experiência se não precisasse direcionar todos os meus esforços para colocar um pé na frente do outro, cantar uma nota atrás da outra.

— Relaxa — sussurrou Meg ao passar por mim em um passo complexo de balé, mas que ela fazia parecer simples.

Será que a minha tensão é tão óbvia assim?, pensei.

Como aluna do primeiro ano, eu tinha uma participação pequena na produção, mas minha voz se destacou na canção, mesmo que por poucos segundos — foi o suficiente para o diretor solicitar que todos tirassem alguns momentos de descanso e também para que me sentisse fracassando novamente.

— Christine, a sapinha da ópera — escutei Carlota, a soprano principal, sussurrar entre risos ao sair do palco.

Aos poucos, o teatro se esvaziou. Os músicos deixaram seus instrumentos nas cadeiras, se alongaram depois de muito tempo na mesma posição. Alguns deram sorrisos encorajadores na minha direção antes de deixar o teatro. Meg estendeu os polegares para o alto, tentando me apoiar, mas seu doce sorriso não chegou aos olhos. E Carlota... Carlota saiu rindo, triunfante.

Quando a porta bateu, me sentei no meio do palco e fechei os olhos.

Por favor, não me mande embora.

— Christine, precisamos conversar — disse o diretor, que também era professor de teatro do último ano, ao se sentar ao meu lado.

Abri os olhos e o vi me encarando. Sr. Firmin era seu nome. Ele era careca e a pele cor de café com leite realçava seus olhos esverdeados.

— Christine, vou ser bem sincero e espero que você faça o mesmo — afirmou ele, e eu apenas assenti. — Sei que faz poucos meses que você perdeu seu pai. Somos todos compreensivos, mas preciso garantir o melhor para o espetáculo e para seus colegas de turma. No momento, vou te colocar no coro, mas não quero que permaneça lá — disse ele, abaixando um pouco a cabeça e me fazendo voltar a encará-lo. — Você precisa se recompor. Integrei a bancada que concedeu a bolsa de estudos a você. Votei a seu favor porque acredito no potencial da sua voz. Mas, desde que chegou aqui, só vejo mediocridade e não aceito trabalhar assim.

Ele se levantou e estendeu a mão para me ajudar a ficar de pé. Não gostaria de segurá-la depois daquele insulto. Mas também não discordava dele, então aceitei a ajuda. Leo Firmin era mais baixo do que eu, mas sua autoridade era tamanha que ele parecia ser dois metros mais alto.

— Quero que pense no que trouxe você até aqui, no que sente quando a música toca. Quero que volte a se conectar com o que faz você cantar.

Eu queria dizer a ele que, quando a música atingia um crescendo, era como se uma onda se formasse no meu peito. Ela crescia lentamente, ganhando força a cada medida, e quando eu achava que meu coração não ia aguentar mais, ela quebrava, espalhando esse poder pelos meus braços, pernas, indo até as pontas dos dedos. Era uma tormenta particular que terminava e reiniciava enquanto a música tocava, enquanto minha voz ecoava. Eu só me sentia viva cantando. Mas não conseguia sentir aquilo mais. A onda, a força estava calada, ausente. Por mais que tentasse, não conseguia reagir. Não sentia mais nada.

Mas não expliquei. Apenas sorri de leve e assenti.

— Você tem até o recesso de fim de ano. Se até lá não voltarmos a ouvir a voz que te fez estar aqui hoje, não teremos escolha senão ceder sua vaga para alguém mais qualificado. Acha que consegue voltar a nos encantar em tão pouco tempo?

Claro que não!

— Sim, senhor. Farei o possível, senhor.

— Ótimo. Dispensada — disse ele, e pulou do palco com facilidade, se dirigindo à saída do teatro.

Fiquei alguns segundos parada, achando que ele voltaria para me dizer o que eu tinha que fazer para melhorar. Porque eu não sabia! Nem sabia o que fazer para sumir com a tristeza que me consumia desde que meu pai me deixara. Ele me prometeu uma visita do Anjo da Música — uma lenda, eu sei —, mas do jeito que as coisas estavam, só um milagre me salvaria.

A verdade é que, se deixasse o Instituto, eu temia pelo meu futuro. Sonhei em chegar até ali, mas estar lá tinha se tornado um pesadelo diário. Machucava, mas eu também não tinha para onde ir.

E enquanto eu me desesperava mais e mais, a porta voltou a se abrir e uma cabeça loura entrou. Meg era uma das alunas de dança do terceiro ano, e a conheci porque morávamos no mesmo andar do alojamento e tínhamos algumas aulas teóricas juntas. Nos tornamos amigas quase que instantaneamente.

Meg se sentou em uma cadeira na primeira fileira e eu voltei a me sentar na beirada do palco, as pernas balançando.

— Foi muito ruim? — perguntou ela, apoiando os cotovelos nos joelhos.

As sapatilhas deram lugar ao All Star branco e particularmente surrado.

— Tenho até o fim do semestre para encantar os professores ou estarei na rua. Basicamente — expliquei, rezando para não chorar.

— Ah, Chris... o que eu posso fazer para te ajudar? — retrucou Meg, se levantando para vir até mim. Ela apoiou os braços nas minhas pernas e me encarou com seus grandes olhos castanhos.

— Estou aceitando um milagre — falei, sorrindo, e afastei uma lágrima que conseguiu escapar.

— Se ao menos ele... — começou ela, mas parou. Quando a encarei, seus olhos estavam arregalados e praticamente consegui ver as engrenagens do cérebro dela funcionando.

— Você pediu um milagre. Uma lenda urbana vale tanto quanto? — perguntou Meg, e, ao ver minha expressão interrogativa, pegou minha mão e me puxou para segui-la, o que me fez pular do palco com um solavanco. — Vem comigo, mas prometa não me achar uma maluca, por favor — disse ao me guiar para fora do teatro.

Já era fim de tarde e o céu estava limpo. Alunos passavam para lá e para cá, a temperatura tinha caído um pouco e uma leve brisa nos envolvia. Meg soltou minha mão para apertar o passo, e tive que correr um pouquinho para alcançá-la. Então notei que estávamos indo na direção do alojamento. Mas, quando comecei a seguir o caminho que dava no prédio, Meg me puxou de novo, e vi para onde estávamos indo: para o Teatro Ópera, desativado havia muito tempo.

— Tá, deixa eu começar do início. Há algum tempo, quando o teatro antigo ainda funcionava, um professor de canto incrível lecionava aqui — começou ela, enquanto andávamos.

Meg me contou que o tal professor era capaz de lapidar qualquer voz. Suas aulas eram as mais cobiçadas. E, claro, ele era lindo, o que só ajudava. Mas todo o flerte das alunas, e até dos alunos, não o distraía do trabalho. Severo e focado, o professor não descansava enquanto não ouvia a perfeição. Até que um dia, uma aluna atingiu essa perfeição, e ele não somente a transformou em uma estrela como se apaixonou perdidamente por ela. Mas o destino foi cruel e ambos morreram em um trágico acidente de carro. Coincidência ou não, o teatro pegou fogo logo em seguida e está desativado desde então.

— Dizem que o espírito do professor causou o incêndio e que ainda assombra o lugar, em busca da voz perfeita — contou Meg exatamente quando chegamos às grandes portas do Teatro Ópera. — A lenda não acaba aqui, até porque nós, das artes, adoramos um drama — completou ela, e se virou para mim, dando as costas para o teatro. — A lenda também diz que, se você tiver o coração puro e a voz cristalina, ele a ajudará a cantar. Basta ter coragem de entrar no salão principal e cantar para ele.

— Meg, acho que você deu piruetas demais e algo se soltou na sua cabeça — falei, incrédula. Tenho certeza de que olhava para a bailarina como se ela tivesse duas cabeças.

— Ei, você pediu um milagre. Isso é o mais próximo que consigo chegar — disse ela, e voltou para o meu lado, ambas olhando o teatro apagado. — Chris, o que custa entrar e cantar? Você precisa de ajuda, e eu não entendo disso. Mas sei que ele entendia. Entre. Cante. E se nada acontecer, tudo bem. Mas se algo acontecer, abrace! Mude a sua vida, Christine, ou vão mudá-la por você.

Embora a carga dramática fosse alta, ela estava certa.

— Meg, você está pedindo para eu cantar para um fantasma. Que loucura! Não me diga que realmente acredita nisso — respondi, e ela deu de ombros.

O prédio era alto, imponente, mas estava condenado. Era uma metáfora para a minha vida. Que mal teria? Entrar, cantar, espairecer e voltar para o quarto e para a minha rotina de sempre até me expulsarem por ineficácia.

Faria o que Meg pediu apenas em nome da nossa amizade — que aliás era a única que eu tinha no momento — e pelo fato de ela ter se dado ao trabalho de me levar até ali e inventar a história toda. Porque não era possível que fosse verdade.

— Tudo bem. Eu canto — falei, e Meg bateu palmas e deu pulinhos. — Mas se você estiver com câmeras escondidas e tudo for uma pegadinha, sei onde você mora e vou me vingar direitinho, entendeu?

— Juro que não é pegadinha. Quer que eu te espere aqui?

— Claro! Se eu não voltar em dez minutos, chame a polícia — brinquei, indo em direção ao teatro.

Andei sem medo; a porta nem estava trancada. Concluí que ou a lenda era muito forte ou as pessoas eram muito honestas por ali. Ou ambos.

Puxei a porta pesada e fui atingida por aquele cheiro quase tangível que só lugares fechados por muito tempo têm. Tossi algumas vezes e abri mais a porta, deixando a luz da tarde iluminar algo à frente.

— Olá! Tem alguém aqui? — chamei, baixinho, ao entrar. Me senti como a Bela entrando no castelo da Fera. E pensei: *Juro que se um candelabro começar a falar eu saio correndo.*

— Olá! Vou ali no teatro cantar um pouquinho e já saio, tudo bem? Por favor, não me mate! — gritei, me sentindo definitivamente ridícula.

Não havia eco, já que a acústica do átrio era quase inexistente, com todo aquele carpete úmido. Dei mais alguns passos e voltei a olhar para trás. Meg estava sentada do lado de fora, embaixo da luz de um poste, me olhando e gesticulando com as mãos para que eu entrasse de uma vez.

Tirei o celular do bolso e acionei a lanterna. Continuei entrando e de repente me deu uma certa angústia. Tudo era tão escuro, tão quieto, que tive a impressão de estar entrando em uma tumba. Comecei a ter dificuldade de respirar e tive que me concentrar nos movimentos de inspiração e expiração.. Apertei o passo e, ao abrir as portas que imaginei que levassem ao salão principal, arfei, surpresa.

No meio das cadeiras, ou melhor, por cima delas, jazia um lustre de pelo menos uns trezentos quilos. Todo de cristal, ele se esparramava entre as cadeiras centrais como um mamute abatido. Imaginei o pânico que deve ter se instalado quando aquilo se soltou do teto durante o incêndio. *Meu Deus, será que pessoas morreram aqui? Meg não me contou nada disso!*

Antes de ter um ataque de pânico de verdade, notei que, embora estivesse no coração do teatro, ali era mais bem iluminado que o átrio. Ergui o olhar e vi que, no topo da galeria, as cortinas estavam abertas e a luz do fim de tarde banhava o interior do teatro pelas janelas. Fui acalmando a respiração enquanto olhava ao redor. Nada. Ninguém. Mas era possível sentir o cheiro de rosas ao longe. Só podia ser minha imaginação.

— Não acredito que vou fazer isso — sussurrei. — Olá, Sr. Fantasma — falei, mas dessa vez mais alto, deixando minha voz ganhar o teatro. — Meu nome é Christine Daaé e sou aluna do primeiro ano no Instituto. Minha amiga me contou sobre o senhor e... Bem, estou procurando um milagre. Aparentemente, o senhor sabe lapidar vozes. Boa sorte com a minha.

Mas antes que eu pudesse abrir a boca para cantar, lembrei do meu pai, de quando ele me levou em um teatro grandioso como aquele pela primeira vez. Eu devia ter uns sete anos. Fazia tempo, mas eu lembrava como se tivesse sido no dia anterior. Ele ia tocar violino em uma grande orquestra e não tinha ninguém para ficar comigo, então fui com ele para o teatro, me sentei nos bastidores em uma cadeira colocada num ângulo que me deixava à sua vista enquanto tocava no palco. E eu lembrava que, mesmo no auge da infância e com vontade de explorar todo aquele local mágico, eu não conseguia me mexer de tão encantada que fiquei pela música do meu pai. Acho que foi naquele momento que decidi ser cantora.

Mas isso foi muito tempo antes, e o velho Gustave não estava mais ali para me observar ou me inspirar. Tudo que deixou foi um vazio que eu não conseguia mais preencher com música. Não mais. Cantar me machucava, me corroía, me lembrava da vida que eu tinha e perdi. Eu não queria mais cantar, nunca mais. Quando me dei conta, meu rosto estava molhado de lágrimas que não senti cair. Eu estava com muita raiva, raiva de mim, do meu pai, da Carlota, do diretor, da Meg, do mundo. Toquei os cristais empoeirados do lustre, tão derrotado quanto eu naquele momento, e um deles se soltou na minha mão. Era como uma lágrima de diamante reluzente. Apertei o pingente de cristal e comecei a cantar.

1, 2, 3 1, 2, 3, comecei, contando baixinho.

1, 2, 3 1, 2, 3 *drink*. Minha voz subiu. *É minha voz?*

1, 2, 3 1, 2, 3 *drink*, repeti, e tomei fôlego como se minha vida dependesse daquilo (e dependia mesmo) e cantei a plenos pulmões.

I'm gonna swing from the chandelier, from the chandelier
I'm gonna live like tomorrow doesn't exist
Like it doesn't exist
I'm gonna fly like a bird through the night
Feel my tears as they dry
I'm gonna swing from the chandelier, from the chandelier

E de repente não consegui mais parar, porque a letra era exatamente o que eu sentia, o que vivia — tudo que eu tinha.

And I'm holding on for dear life
Won't look down, won't open my eyes
Keep my glass full until morning light
'Cause I'm just holding on for tonight
On for tonight

E um barulho na direção dos camarotes me fez interromper a música. Parei, chamei, mas não ouvi e nem vi ninguém. Então voltei à realidade de que estava cantando em um teatro desativado, pós-incêndio, em busca da ajuda de um fantasma.

Xinguei baixinho e saí de lá, secando as lágrimas que ainda caíam.

Às pressas, levei a lágrima de cristal, e não notei o farfalhar de cortinas no camarote número cinco, exatamente em frente de onde eu estive.

Cantei para um fantasma, mas foi o Anjo da Música quem me ouviu.

4

— Ele não existe — falei ao entrar no meu quarto com Meg logo atrás.

— Mas você ouviu alguma coisa, não ouviu? — perguntou ela, se sentando na cama e me seguindo com o olhar.

— Deviam ser pombos. Não sei como não demoliram aquele lugar. É perigoso — falei ao prender o cabelo e abrir a janela que tinha vista para o teatro.

— Chris, ele te ouviu. Tenho certeza de que ouviu. Agora você vai melhorar e tudo vai ficar bem — disse ela, contente, como se o plano tivesse sido um sucesso.

Sentei ao lado de Meg na cama, ambas de frente para o espelho.

— Eu não estou doente, Meg — falei, baixinho, e deixei que meus olhos encarassem os dela pelo espelho.

— Está, sim, Chris. E sabe disso. Mas o que está sentindo só você pode curar. Eu sei que não existe fantasma algum, mas acho que, se pudesse cantar sem amarras, sem julgamento de ninguém, você poderia perceber de novo o quanto é brilhante.

— Meg, você mal me conhece — falei, mas ela me interrompeu.

— Minha mãe é diretora do corpo de dança do Instituto, você sabe disso. Ela assiste a algumas fitas de testes, e eu meio que espio outras sem que ela saiba. E, antes que você possa me julgar e dizer que não é correto, faço isso só para avaliar o pessoal que está entrando — disse ela, mas ao ver que eu não estava convencida, completou: — Faço isso há anos! Venho tentando trabalhar a minha curiosidade. Enfim, eu vi a sua e... uau!

— Essa Christine já não é mais a mesma — comentei, e deixei meu olhar encontrar meu próprio reflexo no espelho.

Olheiras, cabelos castanhos sem brilho algum, olhos azuis que um dia foram brilhantes e agora estavam sem vida. Até minha postura estava fraca. Tudo em mim era fraco.

— Não é não — responde Meg e pega minha mão.

Eu tinha falado aquilo em voz alta?

— Chris, sei que o fantasma é apenas uma lenda, mas você precisava entender, precisava ver que pode mudar a sua vida. Tente pelo menos, por favor? — pediu Meg, e eu assenti.

Nos despedimos e ela me deixou sozinha novamente.

Entrei no banheiro, liguei o chuveiro morno e consegui relaxar. Enquanto a água descia, lavando minhas lágrimas e o ar viciado do teatro, pensei no que Meg disse. Ela estava certa, cantar sem ninguém ouvindo foi libertador. Precisava voltar a acreditar, e apenas uma música em um teatro empoeirado não resolveria. Talvez pudesse voltar sem ninguém ver e cantar lá de vez em quando. Ajudaria na minha confiança. Não acreditei quando ouvi o som do meu riso. Fazia tempo que não ria com vontade, mas aquela pequena luz no fim do túnel, uma faísca de esperança, foi o suficiente para me ajudar a aliviar um pouco o peso dos ombros.

Antes que me desse conta, estava cantando *Chandelier*, da Sia, novamente.

Eu não sabia se foi o banho, a música ou tudo combinado, mas foi a primeira noite que peguei no sono sem chorar. Dormi pesado e até sonhei que havia recebido a visita do Anjo da Música. Não lembrava exatamente como, mas senti sua presença.

Acordei com Meg me ligando e querendo me encontrar na biblioteca para estudar. Era sábado de manhã, mas ela estava determinada a tirar dez em história da arte.

Sentei na cama, e meu celular apitou novamente.

— Meu Deus, Meg! Já estou de pé! — reclamei, rindo ao desbloquear a tela, mas a mensagem não era da Meg.

DE: NÚMERO PRIVADO
Perdoe-me pela interrupção ontem.

Antes que pudesse tentar entender de que aquela mensagem de texto anônima estava falando, outra chegou.

DE: NÚMERO PRIVADO
Seu vibrato está muito forçado.
Reduza a intensidade e não forçará tanto a voz.

E então, uma terceira mensagem apitou.

DE: NÚMERO PRIVADO
Se quiser minha ajuda, volte ao teatro no mesmo horário.
Sozinha. Não conte a ninguém.

Meu Deus! Ele ouviu. O fantasma ouviu!

Por razões óbvias, não consegui me concentrar em nada
além do tique-taque do relógio da biblioteca. Meg me chamou
a atenção algumas vezes, reclamando que eu estava aérea.

Bem, se o fantasma de um professor te mandasse mensa-
gens por celular, como você estaria?

Naquele momento, eu estava em pânico. Não sabia se queria correr para lá cantar como se não houvesse amanhã, se
chamava a polícia ou se contava para Meg. Minha única certeza era de que ficar como eu estava, sem esperança, não era
uma opção.

— Meg — chamei baixinho e ela levantou a cabeça pra me
encarar. Olhei ao redor para verificar se não tinha ninguém
prestando atenção na conversa antes de continuar. — Como
você soube daquela lenda do fantasma do teatro?

— É só uma lenda. Por que o interesse de repente? — respondeu ela, se endireitando na cadeira para me olhar, desconfiada.

— Por que o interesse? Bem, porque você me arrastou para
lá ontem, e eu entendo os seus motivos. Mas de onde surgiu
a lenda? O professor morreu mesmo? Quem sabe dessa história? — perguntei, rapidamente, tentando sem sucesso masca-
rar minha curiosidade. Sempre fui uma péssima mentirosa.

Meg me olhou de cima a baixo antes de responder.

— Morreu, sim. Acho que minha mãe foi ao enterro inclusive. E não é algo que o Instituto coloca nos folhetos de admis-
são, né? Todo mundo sabe da lenda.

Balancei a cabeça e voltei a atenção para os livros. Se os alunos sabiam, qualquer um poderia ter pregado uma peça em mim ao mandar as mensagens. Se bem que ninguém sabia que havíamos ido lá no dia anterior.

— Ora, ora, se não é a bailarina e a sapinha. Que fofura! — Ouvi a voz límpida de Carlota ressoar quando se aproximou.

A luz da biblioteca só fazia seu longo cabelo ruivo brilhar ainda mais.

— Bom dia, Lady Bathory. Já se banhou no sangue de virgens hoje? — respondeu Meg com um sorriso amarelo.

Não consegui conter o riso ao ouvir a comparação, e vi os olhos verdes de Carlota se apertarem.

— Já, sim, queridinha. Mas você, rodada como é, não tem nada com o que se preocupar — respondeu Carlota, rapidamente; ficou claro que ela não gostou de ser desafiada.

Acho que era contra a religião de Meg não responder à nossa vilã local.

— Ui! Cadê a sororidade? Coisa feia falar isso, Carlota. Esperava mais de você — disse Meg, sem sequer olhar para ela, e continuou escrevendo no caderno.

Carlota praticamente jogou os livros que estava segurando em nossa mesa, fazendo um estrondo enorme, e a atenção de todos em volta se virou para nós. Onde estava a Sra. Flavita, a bibliotecária obcecada por silêncio, quando se precisava?

— Só passei para me despedir de Christine — disse Carlota, e me virei para ela, sem entender. — Ahhhh. Não te avisaram? O diretor te colocou no coro, então falta bem pouco para você nos deixar. Tenho certeza de que foi bom enquanto durou. Tenha uma boa vida — disse Carlota, voltando a pegar os livros e se virando para ir embora, mas não antes de ouvir a última cartada de Meg.

— Carlota, Carlota, minha ruivinha sapeca — disse Meg, ao se levantar lentamente. Ela era bem mais baixa que a soprano.

— Recalque faz mal pra pele, sabia? Christine, você sabia que nossa queridona aqui foi lá no Teatro Ópera cantar para o fantasma e ele a esnobou? — continuou Meg, e juro que vi a pele alva de Carlota ficar quase transparente. — Sim, sim, ela foi mesmo. Cantou, mas ele não deu bola pra ela. Nem um fantasma teve paciência.

Meg deu um passo à frente e seu tom de voz se tornou ameaçador.

— Carlota, você pode ser a principal agora, mas não se esqueça de que falta pouco para se formar. E Christine, que tem uma voz como eu nunca ouvi, está só começando. Quando Christine se formar, você será esquecida antes mesmo da cortina abrir. Aproveite enquanto pode, queridinha.

Carlota olhou de Meg para mim, deu as costas e saiu apressadamente. Meg fez o sinal da cruz com os dedos, sussurrou um "Vade retro, sua mala!" antes de se sentar. Escutei alguns aplausos tímidos vindo de estudantes anônimos espalhados pela biblioteca. Sussurrei o nome de Meg em uma mistura de choque e admiração.

— Como você sabe que ela cantou para o fantasma? — perguntei então, e ela deu de ombros.

— Não sei, mas uma garota nojenta como Carlota com certeza faria de tudo para assegurar o lugar mais alto do elenco. Aposto que assim que ficou sabendo da lenda, e com certeza ficou, foi correndo até lá — respondeu Meg, e minha admiração por ela dobrou.

— Meg, Carlota não é uma boa pessoa, mas canta incrivelmente bem. Você me disse que o fantasma busca uma voz cristalina, e eu nunca ouvi nada como a dela — falei. Meg bateu com o lápis na mesa e olhou para mim, incrédula.

— Por favor, Christine! A única coisa pura que Carlota tem é a água mineral que ela bebe! Você já se ouviu cantando? Dá de mil a zero nela! — respondeu Meg, e fiquei sem palavras.

Se Carlota foi até lá, cantou e ele não mandou mensagens para ela... Meu Deus, eu não sabia mais o que pensar.

Permanecemos na biblioteca até pouco depois do almoço, e Meg decidiu que estudamos o suficiente e que era hora de aproveitar o final de semana. Eu disse que estava cansada e que ia descansar o restante do dia. Demorei um pouco para convencê-la, mas consegui.

Passei a tarde toda olhando para o teatro pela janela do meu quarto e andando de um lado para o outro. Rezei tanto por um milagre, e quando aconteceu, fiquei apavorada.

Quando o fim da tarde chegou, me olhei no espelho e rezei baixinho.

Por favor, papai. Não deixe que um maníaco me mate em um teatro desativado. Me mande um sinal de que tudo vai ficar bem.

Olhei meu reflexo mais uma vez e deixei o alojamento em direção ao teatro. Andei rapidamente até lá para evitar ser vista, mas era sábado e poucos alunos estavam naquela parte do campus — os bares próximos tinham preferência no fim de semana.

Estiquei a mão para abrir a porta do teatro, mas hesitei. Não podia alimentar aquela loucura! Eu tinha a certeza de que ia entrar e o tal fantasma seria nada menos do que alunos brincando com a caloura bolsista. E eu não aguentaria mais essa humilhação.

Dei passos para trás e me virei para voltar para o alojamento quando ouvi um violino tocar.

Congelei.

Impossível.

Era a música que meu pai tocava. Uma composição dele!

Voltei a me aproximar do teatro e abri a porta. Sem dúvida era a música do meu pai.

Entrei correndo no prédio, achando o caminho até o salão principal sem dificuldade. Mas quando cheguei lá, ele estava iluminado pelas janelas e nada mais. Em silêncio. O violino tinha parado. Olhei ao meu redor e consegui me segurar antes de chamar pelo meu pai.

Meu Deus, estou ficando maluca.

— Christine. — Uma voz masculina soou pelo teatro, baixa como um suspiro, mas potente o suficiente para fazer gelar minha alma.

— Quem está aí? — chamei, olhando freneticamente ao redor. — Apareça! Isso não tem graça!

Silêncio.

— Christine, você foi muito bem ontem — continuou a voz.

— Como sabe o meu nome? — perguntei, a voz falhando.

Só então tinha me dado conta de onde estava e de que ninguém sabia disso, o pânico começou a se instaurar e a dificuldade de respirar retornou.

— Você me disse o seu nome ontem, não lembra? — respondeu a voz sem corpo do outro lado do teatro, me fazendo girar tão rápido que acabei caindo sentada numa das cadeiras próximas ao lustre destruído.

— Por favor... por favor. — Suspirei e senti o pânico ganhar força.

— Não tenha medo, Christine.

Impossível, mas eu podia jurar que a voz estava mais perto, tão perto que senti meu cabelo tremer com a respiração próxima.

Fantasma? Anjo? Meu medo era tamanho que eu mal podia me mexer, muito menos buscar o dono da voz.

— Não vou machucá-la. Respire, meu anjo. Respire — comandou ele, e eu inexplicavelmente cedi.

Senti sua respiração. Concentrei-me em sua cadência e a segui, me acalmando aos poucos.

Vários momentos se passaram até que consegui abrir os olhos. Ainda sentia sua presença, mas não consegui me virar. Era como se fosse desrespeitoso de alguma forma.

— O que quer de mim? — perguntei, em um murmúrio, e odiei como soei indefesa.

Uma, duas, três batidas do meu coração soaram forte no peito até eu ouvir sua resposta, impossivelmente próxima.

— Quero que cante pra mim — disse ele, e senti minha pele arrepiar.

Era como se a voz fosse um veludo, me abraçando por completo. Naquele momento, o que ele pedisse eu faria sem pensar duas vezes.

— O que você quer que eu cante? — respondi. A resposta não veio. Esperei alguns segundos, tomei coragem e finalmente me virei. No assento atrás do meu havia uma partitura e um bilhete.

Volte todos os dias no mesmo horário. Não conte a ninguém.
Seu Anjo da Música

Senti lágrimas escorrerem e procurei pelo teatro em busca do meu anjo sem nome. Mas não o encontrei.

A luz do lado de fora foi se esvaindo e o teatro, minuto a minuto, mergulhou na escuridão. Levantei-me e fui em direção à porta, mas senti como se fosse grosseria sair e não me despedir.

— Obrigada — falei, baixinho, deixando o teatro.

Quando cheguei no meu quarto, partitura e bilhete apertados contra o peito, o celular apitou.

DE: NÚMERO PRIVADO
Não me agradeça ainda.

5

— Você está diferente — sussurrou Meg para mim durante um ensaio. — Nem adianta negar, Christine. Vejo a verdade nesses olhos arregalados de quem foi pega no flagra. O que está acontecendo?

Olhei para o palco durante uns instantes. Carlota estava arrasando em mais um solo enquanto eu e Meg aguardávamos na coxia nossa deixa para entrar em cena, o que não deixava de ser irônico, já que era exatamente assim que eu me sentia desde o primeiro dia em que coloquei os pés no Instituto: uma longa espera por algo que não conseguia identificar. Mas desde aquela tarde, na qual meu Anjo me pediu para cantar, essa espera se transformou em uma jornada diferente.

Fazia algumas semanas desde que estivemos juntos pela primeira vez. Embora passássemos horas juntos todos os dias, nunca o vi, nem mesmo uma sombra. Ele ditava instruções num tom que preenchia o vazio do teatro e do meu peito, e eu as seguia. Eu cantava. E, a cada dia, sentia a segurança voltando, e minha voz perdendo os acordes problemáticos.

Às vezes eu achava que ele só existia na minha cabeça, que era algum mecanismo inconsciente para lidar com a perda do meu pai e com a ameaça da minha expulsão do Instituto. Mas quando começava a duvidar da minha sanidade, sentia sua presença. E sua voz reverberava dentro de mim. E eu me sentia em casa.

Podia ser cafona, mas o meu fantasma, meu anjo, me completava.

Mas não contei nada disso a Meg. Apenas sorri e disse "estou praticando mais", e ela entrou em cena, o rosto mostrando que não acreditava em nenhuma palavra do que eu tinha acabado de dizer.

O ensaio continuou. Quando chegou a minha vez de cantar, não desapontei, mesmo estando no coro. Pela primeira vez, não me senti uma intrusa. Pertencia àquele lugar, merecia estar ali.

— Muito bem. Descansem para amanhã. Faremos a passagem do início ao fim — gritou o Sr. Firmin para todos. — Não sei o que você está fazendo, Christine, mas continue. Está dando resultado. Bom trabalho — disse ele e sorriu antes de deixar o teatro.

E eu, claro, fiquei sorrindo sozinha no meio do palco, vendo-o se afastar. Finalmente!

— Ora, ora... Mais uma aluna apaixonadinha pelo professor? Isso nunca acaba bem — comentou Carlota, e me virei para ela.

— O quê? — perguntei.

Obviamente, eu não estava apaixonada pelo Sr. Firmin, mas o que ela disse chamou a minha atenção mesmo assim.

Ela terminou de enrolar uma longa echarpe no pescoço e se aproximou vagarosamente, como uma leoa pronta para atacar. Mas antes que pudesse abrir a boca, madame Giry, mãe de Meg e diretora de dança do Instituto, se juntou a nós.

— Carlota. — Sua voz potente e austera ecoou, tirando o sorriso do rosto de Carlota e me deixando com uma pulga atrás da orelha. — Terminamos por aqui. Próxima aula. Vão. Agora — disse madame Giry.

— Christine — chamou ela, e enquanto Carlota continuou no seu caminho para deixar o teatro, voltei até a diretora esguia no centro do palco.

Ela aguardou Carlota sair para então voltar os olhos negros para mim. Me olhou de cima a baixo como se procurasse alguma pista para o meu segredo.

— Está tudo bem, Christine? — perguntou ela, e balancei a cabeça rapidamente. — Não dê ouvidos a lendas urbanas nem a provocações infantis. Faça seu trabalho e não terá problemas.

Tive vontade de perguntar sobre o fantasma, porque estava claro que era disso que ela estava falando. Mas seu tom não abriu espaço para uma conversa e, francamente, eu tinha um certo medo de madame Giry. Então sufoquei minha vontade de questioná-la e deixei o teatro.

Do lado de fora, Meg estava me esperando com uma combinação que ficaria hilária em qualquer um, mas nela estava perfeita: casaco de capuz, tutu, meia-calça e o All Star branco surrado.

— Eu tenho medo da sua mãe, Meg — falei antes de lhe dar o braço.

— Eu também, Chris. Eu também — concordou, e iniciamos nosso caminho para o alojamento. — Então, vai rolar uma festinha hoje à noite e eu já sei o que você vai dizer, mas preciso que vá — disse Meg. Eu já fui revirando os olhos.

Essas "festinhas" que ela arrumava sempre misturavam muita bebida, e eu ficava no sofá, contando os minutos para ir embora.

— Se for em alguma fraternidade como da última vez, eu não vou — falei, e ela disse que não, que era pertinho de casa e que eu não precisava me preocupar.

Mas quando estávamos perto do nosso alojamento, Meg me parou, e eu já sabia que não ia gostar do que ela ia dizer.

— Christine, a festa vai ser ali. — Ela indicou com a cabeça o prédio que eu considerava minha casa agora, o lugar onde eu podia ser quem sou. O teatro desativado.

— Você só pode estar brincando. Meg! Lá não! — protestei, e precisei me controlar.

Era como se ela estivesse propondo uma festa dentro de uma igreja! Era sagrado para mim!

— Não vai ser nada de mais. Só alguns de nós para aliviar o estresse antes da semana de provas. Vamos, por favor! Preciso da sua ajuda. Meu gatinho vai estar lá e vão ter outros também. Faria bem a você dar uns beijos na boca — disse Meg, e tive vontade de tapar sua boca.

Se meu Anjo a ouvisse dizendo aquelas coisas!

— Meg, esse teatro é perigoso. Não sei se tudo lá dentro está em bom estado. Pode acontecer alguma coisa. — Comecei a listar o que me veio à cabeça enquanto dava as costas para entrar no nosso prédio.

Meg me seguiu.

O que queria mesmo dizer era *você não pode fazer isso na morada do fantasma, sua louca!* Mas claro que não falei nada.

— Ah, qual é, Christine! Não é uma festa de arromba! É só a nossa galera. Considere um rito de passagem!

— Não estou precisando de ritos de passagem, Meg, obrigada. Vou ficar por aqui — respondi ao abrir a porta do quarto.

Meg deu de ombros e saiu andando de costas, ainda falando.

— Então tá. Quem sabe você muda de ideia até a hora da festa.

Queria confirmar que não ia mudar de ideia, mas àquela altura Meg já tinha passado pelo corredor e entrado no próprio quarto.

Fechei a porta e pensei nele. Como ia ser isso? Ele precisava ser avisado que jovens cheios de bebida iam invadir o teatro. Quando pensei em correr até lá, meu celular apitou.

DE: NÚMERO PRIVADO
Eu sei.
Venha também.
Preciso te ver.

E, na mesma hora, um sorriso tomou meu rosto.
Preciso te ver.

Era tão injusto que ele pudesse me ver, mas que nunca aparecesse para mim.

Fui até a janela do quarto, sentei em uma cadeira, apoiei os braços no parapeito e fiquei olhando o teatro. Naquele exato momento, meu Anjo estava lá. Será que conseguia me ver?

Eu, que estava em pânico só de pensar em uma festa no teatro, agora mal podia esperar para estar lá.

— Quando é que você vai aparecer pra mim?— perguntei, baixinho, antes de começar a separar a roupa para a festa: calça jeans, sapatilhas, camisa e um casaco.

Sei que eu não era original nem sofisticada, mas o estilo era confortável. Eu tinha certeza de que ele não ligava para isso.

Horas se passaram, e quando Meg bateu na minha porta para tentar me convencer, eu já estava pronta. E tudo bem que meu fantasma não ligava para o que eu usava, mas aproveitei para dar uma escovada nos cabelos, que já batiam na metade das costas, e tirei as teias de aranha do meu estojo de maquiagem. Um pouco de rímel e delineador dariam uma alegrada no azul pálido dos meus olhos.

Ao entrarmos no teatro, fiquei esperando o breu de sempre, mas daquela vez o ambiente estava diferente. Lanternas, daquelas que parecem de acampamento, estavam espalhadas pelo salão principal, projetando sombras distorcidas nas paredes. Um som baixinho alegrava o ambiente quase fantasmagórico.

Meg não estava brincando quando disse que seria um grupo pequeno. Éramos menos de dez pessoas, e a maioria eu já tinha visto nas aulas ou até conversado. Não eram íntimos para chamar de amigos nem estranhos para me deixarem desconfortável.

Nos aconchegamos no palco, sentados em mantas ou sacos de dormir. Parecia um acampamento, só que no lugar da fogueira, ficamos ao redor de lanternas de luz amarelada. Estaria mais inquieta se não soubesse que ali, de algum lugar, ele estava me observando. E assim eu me sentia segura.

— Olha que sorriso travesso. O que está pensando em aprontar, Christine? — perguntou Robert, sentado do meu lado esquerdo, dando um empurrãozinho com o ombro no meu.

Percebi que pensar no meu Anjo me fez sorrir. Ele era aquele segredo só meu.

— Ai, para com isso, queridinho. Ela não é pro seu bico — disse Meg, e Robert riu, mas seus olhos castanhos continuaram a me fitar.

— Então, vamos começar essa festa! — disse Antônia, uma das bailarinas da turma de Meg.

Ela retirou de uma sacola diversas garrafinhas de uísque e vodca, e um dos meninos sacou da mochila copos e garrafas de outras bebidas.

Eu recusei. Nunca gostei de beber e sabia que fazia mal para as cordas vocais. Além do mais, ele estava vendo. Eu não podia arriscar tanto trabalho.

— Então, Christine? Qual o problema da Carlota contigo, hein? — perguntou Antônia, bebendo um gole de vodca.

Olhei para Meg, que estava ao meu lado, mas também quase no colo do "gatinho" dela, como gostava de chamar.

— Não sei. Presa fácil, de repente? — sugeri, sem graça.

Não entendia o porquê de alguém como a Carlota me perseguir tanto. Eu não representava ameaça alguma.

— Não, acho que ela sacou que você vai mandar melhor do que ela rapidinho e quer, como se diz, cortar o mal pela raiz — respondeu outra menina que eu não conhecia bem, mas sabia que era do curso de literatura.

— Ou vai ver é puro recalque porque o fantasma te ouviu e a ignorou — disse o rapaz que estava abraçado com Meg, e ela lhe deu um beliscão.

— Como assim? O fantasma te ouviu? — perguntou a menina da literatura. De repente, todos os olhares estavam em mim. E meu celular apitou.

DE: NÚMERO PRIVADO
Negue.

— Ninguém me ouviu — falei, rapidamente, e completei: —
O fantasma não passa de uma lenda. Meg tem a língua grande
demais e só me trouxe aqui um dia. Eu precisava desestressar.
Ninguém ouviu, felizmente, porque devo ter desafinado muito — falei, rindo um pouquinho, e Antônia riu junto.

Meg e os meninos sorriram também, mas a menina da literatura não estava convencida. Como dizem, o ataque é a melhor defesa, e resolvi seguir essa estratégia.

— Se vocês acreditassem no fantasma, não teriam feito a
festa aqui hoje, certo? Seria uma afronta — falei, como quem
não quer nada, e tomei um gole da cerveja de Robert, fazendo
com que seus olhos seguissem meus movimentos.

O pessoal trocou olhares e concordou, bebendo. Outros
alunos que estavam mais afastados se juntaram a nós.

— Nossa, o clima pesou de repente. O que foi? O fantasma
cortou a língua de vocês? — perguntou uma das meninas, que
sei que era de artes plásticas, ao se sentar conosco.

— Ai, mas que saco! — exclamou Meg, se endireitando antes de finalizar uma garrafa de cerveja num gole e colocá-la
vazia no meio da roda. — Chega de papinho sobre coisas que
não existem. Vamos jogar um pouco de Verdade ou Consequência para animar.

Todos chegaram mais perto uns dos outros, mas tentei
me levantar. Nunca gostei desse jogo e não queria participar, mas Robert segurou minha mão e me puxou suavemente para mais perto.

— Relaxe, Christine. Se não quiser jogar, não joga. Mas
fica aqui comigo — pediu, com um sorriso sedutor. Senti meu
rosto enrubescer. Meu celular voltou a apitar.

DE: NÚMERO PRIVADO
Cuidado...

— Chris, quem te manda tanta mensagem? — perguntou Meg quase puxando o celular da minha mão, mas consegui bloquear a tela antes disso.

— Meg, você não é minha única amiga, né?

— Tudo bem. Christine não quer brincar, mas a cada verdade dita aqui, ela vai ter que tomar um gole — disse outro rapaz e me entregou uma garrafa, mas Robert a devolveu e colocou outro frasco nas minhas mãos.

— Essa aqui é mais fraca. Vai por mim — disse ele ao pé do meu ouvido.

Eu não queria aceitar e esperei que outra mensagem me guiasse. O que deveria fazer? Por outro lado, se voltasse para casa, viraria uma piada maior do que já era. E Meg ficaria chateada. Mas talvez o maior motivo de todos fosse que eu não queria ir embora. Estar no teatro me aproximava do meu Anjo, e eu também não queria voltar sozinha.

A galera começou a jogar, a beber e a rir um dos outros. Bebi muito pouco, mas depois de uma hora jogando senti que minha vista estava embaçada e que eu estava rindo por qualquer coisa. Achava que, se alguém citasse toda a tabela periódica, eu cairia na gargalhada.

As verdades envolviam confissões embaraçosas e as consequências arrancaram alguns beijos, algumas corridas pelo teatro vazio e uma dança quase erótica. Senti meu rosto pegar fogo de vergonha, e eu nem estava brincando!

— Você fica tão linda quando está envergonhada — sussurrou Robert ao pé do meu ouvido, e fiquei ainda mais sem graça.

Aos poucos, o pessoal foi se despedindo e deixando o teatro. Éramos os últimos. Meg se levantou e me ofereceu as mãos para eu me levantar também. Aceitei, mas quase caí assim que fiquei de pé.

— Ops! Calma! Deixa que eu te ajudo — disse Robert.

Meg disse que estava indo, e eu disse que ia também, mas saiu tudo enrolado e eu soube na hora que alguém ficaria muito zangado comigo no dia seguinte. Mas ainda estava tão longe...

— Vai indo que eu levo a Christine, Meg — ofereceu Robert, e Meg olhou para mim para ver se eu concordava.

Eu ri e acenei. Ou pelo menos achei que tivesse feito isso.

Aos poucos, ficamos só eu e Robert e as lanternas em um teatro escuro e vazio. Um alerta ecoava na minha cabeça, mas ela parecia estar lotada de nuvens.

— Christine, você realmente é muito linda — disse Robert e afastou uma mecha do meu cabelo para atrás da orelha.

— Obrigada — falei, dando um soluço. — Acho que preciso ir dormir.

Saí cambaleando para a coxia. Sabia que lá tinha uma escada que levava ao corredor lateral. Depois era só seguir aquele corredor que daria no fundo do teatro, e em poucos passos estaria no átrio e fora e... onde eu estava mesmo?

Mas, assim que entrei na coxia, fui empurrada contra uma das paredes, no escuro.

— Fica comigo só um pouquinho — disse Robert, e seus braços me pegaram pela cintura enquanto ele afogou o rosto no meu pescoço.

Robert era bonito, forte, tinha um perfume gostoso, mas eu não queria que ele me segurasse daquele jeito. Não queria e disse isso a ele. Mas ele só me apertou mais forte e puxou meu cabelo para trás.

— Me solta. Por favor, me solta — supliquei, tentando me soltar, mas meus braços pareciam feitos de algodão, as pernas estavam bambas e minha respiração... Eu não queria aquilo, não queria.

— Relaxa. Sei que você quer tanto quanto eu...

— Não, ela não quer.

Escutei a voz que fazia minha alma cantar. Ele não gritou, mas soou como se tivesse gritado, tamanha a gravidade de seu tom. Meu Anjo... Eu podia sentir sua presença. Mas tudo estava tão escuro e confuso.

De repente, os braços de Robert sumiram, e eu caí no chão. Não consegui identificar os barulhos que ouvia. Era como se tudo estivesse atrás de muitas camadas. Então, silêncio. Acho que perdi a consciência por alguns instantes. De repente, senti meu corpo levitar suavemente. Mas não estava flutuando como em um sonho. Sentia-me segura. Um leve aroma de rosas tomou conta dos meus sentidos, fazendo com que eu saísse um pouco do torpor da bebida e do que quer que estivesse nela.

Me senti carregada, mas daquela vez por braços mais fortes do que os de Robert. Ele me segurou com firmeza contra seu corpo, e me senti completamente protegida.

— Sshhhh... Não vou te machucar, meu anjo. Você está a salvo.

— Você é real — murmurei ao apoiar a cabeça no seu peito enquanto ele me levava para a escuridão.

No dia seguinte, acordei na minha cama com a maior dor de cabeça da história das dores de cabeça. As lembranças da noite anterior eram apenas do jogo de Verdade ou Consequência. Nem sei como fui parar no meu quarto. Fora isso, apenas alguns flashes: alguns goles de bebida, luzes, Robert, sons, a voz do meu Anjo... seria mesmo? Ou sonhei?

Me perguntei o que exatamente podia ter acontecido, mas a resposta veio em batidas frenéticas à minha porta. Levantei cambaleando de tanta dor e abri para encontrar o rosto de Meg cheio de lágrimas.

— O que aconteceu? — perguntei ao recebê-la em um abraço.

— É Robert — disse Meg.

— Ah, Christine. Robert está no hospital. Ele foi atacado ontem à noite — disse Meg, e eu gelei. Havia uma vaga lembrança dele da noite anterior, mas eu não me lembrava exatamente o que tinha acontecido.

Então, meu celular apitou.

DE: NÚMERO PRIVADO
Temos que conversar.

Meg me contou que Robert foi deixado no hospital, mas ninguém sabia dizer o que tinha acontecido. E ele ainda não havia acordado.

— Como assim ainda não acordou? Meg, qual o estado dele? — perguntei, nervosa, porque de alguma forma me sentia responsável.

— Cris, ele está todo quebrado e inconsciente ainda. A coisa está feia. Os meninos foram para lá agora e vão dar notícias. Sei que chegaram até nós pela lista de contatos do celular dele. Você ficou com ele ontem à noite no teatro, não havia mais ninguém. Se lembra de alguma coisa?

— Não, Meg. Só me lembro de estar muito mal e de que Robert me traria pra cá e... não muito mais do que isso — falei, não era toda a verdade. Mas também não era mentira.

Flashes passavam na minha cabeça, mas eu não conseguia distinguir o que era verdade e o que era sonho.

— Bem, quando ele acordar vamos saber mais. Pensei que essa faculdade fosse segura. Como é que ele foi atacado em uma caminhada tão curta e... meu Deus, Chris! E se tivesse acontecido alguma coisa com você? — Ela me abraçou de novo.

Depois de se acalmar, Meg seguiu para o quarto, e pedi para ela me manter informada. Minha cabeça latejava, e engoli comprimidos para a dor já rezando para que agissem rapidamente.

Meu Deus... O que podia ter acontecido? Por que minhas lembranças estavam tão embaralhadas?

— Christine... — Escutei um sussurro, e meu coração deixou de bater por um instante.

Olhei o quarto inteiro, mas estava sozinha. Abri a porta, mas não havia nada do lado de fora além do vaivém normal do alojamento.

O cheiro suave de rosas me envolveu novamente e... Lembrei de estar bêbada ou drogada ou ambos.

Lembrei dos braços de Robert me apertando.

Lembrei de seus lábios na minha pele e da minha voz pedindo para parar.

Lembrei dele...

Ah, meu Deus...

Agora sim. Eu me lembrava de tudo. Olhei pela janela, já esperando que a segurança do Instituto estivesse ao redor do teatro, mas não havia ninguém lá. Ninguém *visivelmente*, pelo menos. Então desci as escadas e fui correndo para o teatro, ainda usando as mesmas roupas da noite anterior.

Geralmente, eu ia para lá ao cair da tarde para evitar ser vista, mas o que acontecera era urgente demais para esperar. Entrei no prédio apressada e, assim que a porta do salão principal se fechou atrás de mim, comecei a chamar por ele.

— Apareça agora! — gritei com força. — Eu sei o que você fez! — gritei de novo, olhando freneticamente ao redor à procura do fantasma.

Fachos de luz vindos das altas janelas atravessavam a poeira e o ar estagnado, formando focos iluminados no palco e entre as cadeiras. Era como se estivessem aguardando atores tomarem seus lugares no palco. Seria digno de fotos se o momento fosse outro, se eu não estivesse tão apavorada.

— Christine. — Escutei sua voz e estremeci.

Tive certeza de que meu coração sairia do peito.

— O que você fez? — perguntei, já sentindo as lágrimas caírem.

Sentei em uma das cadeiras e chorei. Chorei pela violência, pelo alívio de nada ter ocorrido comigo, mas chorei ainda mais por ter um ideal — meu Anjo — despedaçado.

Esperei ouvir sua voz novamente, mas só havia silêncio agora. Quando finalmente achei que não tinha mais forças para continuar a chorar, enxuguei o rosto, e assim que levantei o olhar, por trás de um dos focos de luz, no fundo do palco, entre uma cortina e a coxia, eu o vi pela primeira vez.

O susto foi tamanho que me encolhi na cadeira, incapaz de disfarçar o impacto que ele tinha sobre mim.

E ele não se mexeu. Se não fosse o ângulo exato em que eu estava, duvido que o teria avistado. Era quase uma sombra, mas, de onde estava, conseguia ver parte de seu rosto, e seu olhar estava fixo em mim, como um predador antes do bote.

— O que você fez? — perguntei novamente, mas não saiu mais que um sussurro, e ele sumiu entre as cortinas.

— O necessário. — Escutei sua voz grave ecoar.

E essas duas palavras me derrubaram. Fui tomada pelo desespero, mas não somente pela vida que estava em perigo, também por ele e por mim. Como era possível o meu Anjo ser tão perverso? Ele, que me acolheu quando eu nada tinha, ele, que inspirava minha voz, minha alma... Tudo acabado, tudo.

— Christine — disse ele, e parecia estar impossivelmente perto.

Levantei o rosto de imediato e, entre lágrimas, pude vê-lo. Imóvel no meio do corredor central do teatro, meu Anjo era feito de carne e osso. Ao mesmo tempo em que se parecia com o que eu havia imaginado, nunca poderia tê-lo concebido em minha mente. A imaginação não faria jus. Alto e esguio não eram suficientes para descrevê-lo. Sua presença exigia atenção, embora sentisse como se ele fosse uma aparição, e num piscar de olhos poderia não estar mais ali.

Meu Anjo olhou para mim por dentro do capuz do longo casaco negro, tornando impossível que eu conseguisse ver completamente seu rosto. Mas o pouco que vi alimentou a tormenta dentro de mim. Seus olhos eram claros, mas de onde eu estava não discernia o tom exato. Tudo que consegui realmente notar foi que seu olhar era desesperado. Arrependimento, talvez?

Me levantei devagar, com medo de que ele sumisse novamente. Mas não. Ele se manteve na mesma posição e seguiu cada movimento meu. Senti vontade de correr para longe e para perto dele, tudo ao mesmo tempo.

— Christine — sussurrou ele. — Se algo acontecesse a você... — Ele respirou fundo, como se só de pensar sentisse dor. Vi suas mãos se fecharem em punhos.

— Eu estou bem — respondi, mal acreditando que tinha conseguido dizer qualquer coisa. — Mas... Robert está no hospital.

— Vai se recuperar — respondeu ele secamente, e dei um passo em sua direção.

E ficamos assim, a alguns metros um do outro, num duelo silencioso de olhares. Eu precisava saber se não estava sonhando, se não era um pesadelo. Mas temia acordar.

— Você precisa ter mais cuidado — disse ele, e deu um passo para trás.

— O que aconteceu não foi culpa minha — falei rapidamente, mas seu olhar me silenciou.

— Você quer continuar suas lições, Christine? — perguntou ele, a voz firme, porém baixa. Lentamente, fiz que sim. — Então terá que seguir minhas regras. — E, mais uma vez, concordei.

Ele esperou alguns segundos e se virou, caminhando como uma sombra em direção ao palco. Quando comecei a caminhar com o intuito de alcançá-lo, ele parou, e eu imitei o movimento e temi até respirar.

— E uma delas é não chegar perto demais — disse ele, sem se virar para mim.

Então um barulho próximo à porta chamou minha atenção. Achei que alguém ia entrar, e quando me virei novamente, ele tinha ido embora. Corri para o palco, busquei pelas cortinas, chamei por ele, mas nada aconteceu. Ele realmente tinha sumido como um fantasma.

Mais tarde, quando estava no quarto, meu celular apitou, e fui olhar correndo, esperando que fosse uma mensagem do Anjo, mas era Meg, dizendo que embora Robert não se lembrasse de nada que tinha acontecido, estava fora de perigo.

Soltei o ar que não notei estar segurando. Não, não tinha pena de Robert. Ele não poderia nem sequer ter pensado em tentar aquilo comigo. Seria possível que sua falta de memória o fizesse tentar novamente?

Meu celular apitou de novo.

DE: NÚMERO PRIVADO
Não deixarei que toquem em você. Nunca.
Estará sempre segura comigo, meu anjo.

Apertei o telefone contra o peito, aliviada.

Mal sabia eu que meu sonho se transformaria em pesadelo e era só o começo.

7

Os meses voaram. Nem parecia que estávamos próximos do fim do ano letivo. A mulher que chegou ao Instituto de Artes e

Literatura com o coração partido e sem esperança de resgatar seu talento tinha mudado. Eu me sentia mais confiante, mais feliz, e embora ainda sentisse saudades do meu pai, eu sabia que estava no caminho certo.

Desde o incidente com Robert, eu vinha seguindo todas as orientações do meu Anjo: nada de festas ou distrações. Eu estudava, praticava, aprimorava o canto, e essa dedicação estava dando resultado. A cada lição particular que tínhamos, minha voz se soltava, e eu sabia que em pouco tempo teria papéis melhores. Nem mesmo Meg acreditava!

— Christine, sei que você está se dedicando muito. Te entendo e admiro. Mas pelo menos um cineminha, vai? Vamos comemorar o final das provas. — Meg quase suplicou antes de entrarmos no ensaio.

— Meg, da última vez que fomos comemorar algo, não deu muito certo, né? Mas vocês podem ir — respondi ao largar a mochila na cadeira antes de subir ao palco para o aquecimento.

— Muito bem, turma — disse Leo Firmin, e todos se reuniram ao redor dele. — Estamos chegando perto da nossa apresentação, e é agora ou nunca. Daqui para a frente, quero que deem tudo de si. Cada poltrona estará ocupada, e até críticos e outras pessoas do meio estarão por aqui. Não desperdicem essa chance — disse ele, sério, mas eu sabia que também estava orgulhoso de todos nós.

Quando eu estava indo tomar o meu lugar, Sr. Firmin me chamou.

— Christine, quero que seja a substituta de Carlota — disse ele, sem cerimônia, e eu quase desmaiei.

Carlota escutou e foi tomar satisfações, mas ele mal olhou para ela.

— Sr. Firmin, eu não preciso de substituta — disse, mas foi ignorada.

— Christine, você conhece o papel, correto? — perguntou ele.

— Cada palavra, nota e verso — respondi, também ignorando a ruiva quase em chamas.

— Ótimo! Vamos ensaiar, pessoal — ordenou ele, e vi Meg bater palmas do outro lado do palco. — E, Carlota, quem decide se você terá ou não substituta ou um papel nessa produção sou eu. Fui claro? — disse o Sr. Firmin.

— Sim, senhor — respondeu ela, entre dentes.

Eu estava incandescente de alegria, mas antes de voltar para o lugar, senti Carlota pegar meu braço com força.

— Você não vai me substituir, sapinha. Entendeu bem? Nunca — disse ela, e me soltou abruptamente.

Eu mal tive a chance de responder.

Então começamos o ensaio. Carlota cantou uma canção, e eu cantei a seguinte, e intercalamos todas até o final. A cada música, eu me lembrava das lições com meu Anjo e cantava como se estivesse naquele teatro empoeirado. Só eu, ele e a música.

— Sério, mulher, não sei o que você anda fazendo, mas quero um pouco. Você arrasou! — disse Meg ao final do ensaio.

Carlota saiu pisando tão duro que até pensei que estivesse de saltos. Ao observar a saída da soprano, reparei em madame Giry me olhando da entrada do teatro. Quase tão discreta e escondida quanto meu Anjo naquele dia, mas a mãe da Meg parecia desconfiada.

Mãe e filha não poderiam ser mais diferentes. Embora a postura de ambas fosse impecável, o que Meg tinha de luz, sua mãe tinha de sombra. Com a cor de asas de graúna, o cabelo de madame Giry estava sempre preso num coque baixo, completo oposto dos cachos louros e soltos da filha.

— Relaxa, Chris — disse Meg enquanto se abaixava para tirar as sapatilhas e colocar os tênis. — Ela anda mais estranha do que o normal. Deve ser a menopausa.

— Ai, Meg. Não fala assim da sua mãe — pedi, meio séria e meio brincando, e ganhei um sorriso da minha amiga.

— Partiu sonequinha da tarde — gritou Meg e pulou do palco.

Eu a segui e, ao passar por madame Giry, ela me pediu que ficasse um minuto. Eu não sabia o que a chefe do corpo de balé queria comigo já que eu não dançava, mas obedeci.

— Christine, você tem se saído muito, muito bem. Parabéns — disse ela, e achei ter visto um sorriso. Agradeci, e o sorriso sumiu. — Anda fazendo aulas particulares? — perguntou ela, sem rodeios, e me deixou sem resposta. Madame Giry se aproximou um pouco mais, e sua voz se tornou quase um suspiro. — Muito cuidado, Christine. Lendas são tão perigosas quanto as histórias que as inspiraram — concluiu, e deixou o teatro me deixando desconcertada.

Escutei o toque do meu celular na mochila. Havia uma mensagem.

DE: NÚMERO PRIVADO
Bravo! Você cantou como um anjo!

Ele tinha ouvido? Como era possível?

Após conseguir despistar Meg no alojamento, fui até o teatro. A luz já tinha começado a baixar e eu sabia que precisava descansar a voz. Mas depois da mensagem, precisava questioná-lo. Na verdade, precisava vê-lo. Embora estivéssemos juntos todos os dias, nunca mais tinha visto meu Anjo. Apenas o ouvia. Ele havia me alertado, que eu não devia me aproximar demais, mas o que tínhamos era muito mais próximo do que qualquer relacionamento. Ele tocava a minha alma, mas não me deixava ver seu rosto. Por quê? Eu me questionava tanto sobre isso que, em certo ponto, achei que estivesse ficando maluca, porque passei até a sonhar com ele! No meu sonho, o fantasma ia até o meu quarto através do espelho, se sentava ao lado da minha cama e beijava a minha testa, como meu pai costumava fazer. Eu realmente estava perdendo a razão, só podia ser.

— Sou um fantasma, Christine. Sou onipresente e onisciente. — Escutei sua voz ecoar assim que a porta se fechou atrás de mim.

Sorri enquanto procurava sua silhueta pelo teatro.

— Suba ao palco. Tenho algo para você — disse ele, e obedeci.

Me coloquei no meio do palco e esperei. Só o silêncio me cercava, e quando estava prestes a chamá-lo, senti que estava atrás de mim. Pelo canto do olho, avistei sua sombra, mas não me virei com medo de assustá-lo.

— Coloque o cabelo para cima — sussurrou ele.

Puxei o cabelo e fiz um coque bem alto de qualquer jeito. Então senti sua respiração próxima da minha nuca. Meu coração acelerou e fechei os olhos na expectativa de alguma coisa, o que quer que fosse. Queria que ele me tocasse. *Precisava* que ele me tocasse.

Então senti algo no meu pescoço.

— Para trazer sorte na estreia — disse ele, ao pé do ouvido, e percebi que era um colar. Quando olhei o pingente, era a lágrima de cristal do lustre que eu havia guardado depois da primeira vez que cantei para ele.

— É lindo! Eu adorei — falei, e tentei me virar, mas ele segurou meus ombros. Pela primeira vez depois daquela noite fatídica na qual me carregou para me proteger, ele me tocou. Suas mãos eram mornas e grandes e apertavam firmemente meus ombros com afeto. Naquele momento, eu poderia desaparecer tamanha felicidade e desejo.

— Cante pra mim — sussurrou ele, e comecei a cantar baixinho. — Sinta cada nota, Christine — disse ele enquanto eu cantava. Suas mãos desceram pelos meus braços até encontrarem as minhas. — Sinta nos seus ossos, deixe-as pulsarem com seu sangue, liberte a voz como se sua vida dependesse disso. E ela depende — disse ele, e eu cantei. Minha voz ganhando o teatro gradativamente.

Cantei como se fosse a única razão da minha existência. Cantei pela memória do meu pai, por mim, para o meu Anjo e por ele. E quando pensei que ia desmaiar de exaustão, suas mãos voltaram aos meus ombros e ele me guiou até que minhas costas estivessem contra seu peito. Então, passou um braço ao redor da minha cintura e o outro por cima do meu peito, me dando um abraço protetor. Apoiei a cabeça no ombro dele e respirei devagar.

— Eu lhe dei minha alma hoje. E estou morta[2] — falei, fechando os olhos e me deixando levar pela cadência de sua respiração.

— Meu anjo... minha Christine — sussurrou ele, e tudo ficou preto.

Sonhei que alguém cantava para mim. Era uma música que falava de perda, de saudade e da esperança da redenção. A voz era forte, mas estava embargada, repleta de tristeza. Despertei na minha cama com os olhos cheios de lágrimas, e senti aquele cheiro suave de rosas que acompanhava meu Anjo. Olhei pelo quarto, mas não o encontrei. Não sabia mais o que era sonho e o que era realidade.

Ao olhar para o despertador na mesa de cabeceira, encontrei uma rosa vermelha amarrada a uma fita preta de cetim. Nenhum bilhete, nada. Ao me esticar para pegar a rosa, senti algo no pescoço, e foi quando vi reluzir aquela lágrima de cristal. Não havia sido um sonho! Meu Anjo realmente estivera comigo! E, pelo visto, havia me carregado de volta para o quarto, mas como conseguiu fazer isso sem ser visto?

2 Fala do original *O Fantasma da Ópera*, de Gaston Leroux.

Meu celular apitou ao lado da rosa, mas não era o som que indicava a chegada de mais uma mensagem, e sim aquele que avisava que o aparelho estava descarregando. Levantei num sobressalto e coloquei o telefone para carregar.

Então ouvi uma batida na porta. Era Meg, toda sorridente. Ela entrou no meu quarto sem qualquer cerimônia. Rapidamente, coloquei o pingente para dentro da blusa. O Anjo tinha me orientado que devíamos permanecer em segredo. Só eu e ele e a nossa música.

— Menina, quando você disse que ia descansar um pouquinho, não imaginei que seria a tarde toda. Já passa das dez da noite, Christine — disse Meg, tirando o casaco para jogar na minha cama. Ela foi até o espelho e arrumou o cabelo, solto e esvoaçante.

— Como foi o filme? — perguntei, e tentei disfarçar a surpresa.

Eu realmente tinha dormido demais!

Mas Meg não respondeu. Ela arregalou os olhos em uma expressão de surpresa e se virou de repente. Em dois passos, estava com minha rosa entre os dedos.

— Ora, ora, Christine Daaé. O que a senhorita tem escondido de mim? — perguntou Meg com aquele tom jocoso, e meu rosto ferveu.

Eu tinha me esquecido de esconder a rosa, e agora tinha que inventar alguma desculpa. Queria contar para ela que tinha sido um presente do meu Anjo, que ele me completava, me inspirava e... Mas não podia e não devia.

— Encontrei na porta quando cheguei no quarto. Alguém deve ter deixado por engano, mas é tão linda que não quis deixar lá fora — respondi, enquanto Meg examinava a flor e olhava para mim.

— Ok, Chris. Sei que está mentindo, mas não vou forçar a barra. Quando você estiver pronta, me conta quem é esse seu gatinho, tá? — disse. — Mas aviso logo, se ele não te colocar no pedestal que você merece, vai ter que sofrer muito, porque farei da vida dele um inferno!

Eu ri. Mal sabia ela...

Àquela hora, não tínhamos mais o refeitório aberto, e minha barriga chegava a roncar alto. Então Meg e eu descemos para um prédio próximo ao refeitório que chamávamos de Comuna. Era basicamente uma sala com poltronas, sofás e mesas que não combinavam, máquinas de comidas, bebidas e snacks, e uma enorme TV com consoles de videogame.

Ficamos por lá durante algum tempo e quase ganhei de Meg no *Just Dance* — o que a revoltou e divertiu outros alunos presentes —, mas lembrei de repente que havia deixado o celular carregando. Outra regra quebrada! Não poderia ficar sem ele! Ele me avisou que deveria estar com o celular carregado e comigo sempre!

Voltei correndo para o quarto, dando uma desculpa esfarrapada. Cheguei e corri para o aparelho, já vendo que havia mensagens não lidas.

Nenhuma era dele.

Sentei na cadeira em frente à escrivaninha, arfando, mas aliviada. Ele não saberia que eu havia esquecido o... O celular apitou.

DE: NÚMERO PRIVADO
Que isso não se repita.

— Desculpe — sussurrei como se ele pudesse ouvir. E emendei: — Obrigada pela rosa.

O celular apitou.

DE: NÚMERO PRIVADO
De nada.

Um frio percorreu a minha espinha. Ele havia dito que era um fantasma, que tudo via e tudo sabia, mas quando me segurou nos braços... aqueles músculos eram bem reais. Sua voz ao pé do meu ouvido não foi uma alucinação. Meu Anjo era real e eu precisava mais do que mensagens.

8

"Srta. Christine Daaé,
não é a política do Instituto de Artes e Literatura
permitir que os alunos permaneçam nos alojamentos
durante o recesso de fim de ano. Mas como seu caso
é excepcional, está convidada a estender sua estadia
conosco até o próximo período letivo.

Avisamos que os prédios principais permanecerão
abertos, mas os demais ficarão fechados durante as
festas de final de ano.

Esperamos que sua estadia prolongada seja benéfica
para seus estudos.

Sinceramente,
A direção"

O bilhete havia sido entregue por baixo da minha porta. Meg me convidara para passar as festas com ela, mas admito que a ideia de ficar dias com a mãe dela me observando como uma ave de rapina não era atraente. Estava preocupada com o que faria durante as duas semanas de recesso, mas agora que a direção do Instituto me permitiu ficar, tudo já parecia mais fácil. Seriam duas semanas sem compromissos e que me dariam a oportunidade de explorar a cidade, já que permaneci confinada no Instituto durante todo o semestre.

Será que meu Anjo apareceria durante esse período? De repente senti um receio de ficar quase sozinha com ele. Alguns professores e funcionários moravam próximos da faculdade e aproveitariam a proximidade para preparar o semestre seguinte, e algumas matérias ofereciam cursos de férias, como dança e literatura, mas só de estar em um prédio praticamente vazio... Talvez tivesse sido melhor aceitar a oferta da Meg.

— Qual é, Chris? Prefere ficar sozinha enclausurada no estilo *O iluminado* por duas semanas a vir comigo? Tô magoada — disse Meg enquanto nos dirigíamos para o teatro.

Quando estava colocando o celular no modo vibratório, vi a luz piscar. Nova mensagem!

DE: NÚMERO PRIVADO
Fique aqui. Tenho planos. Confie em mim.

Quando fiz menção de responder a Meg, a porta do teatro se abriu e uma das alunas que integrava o coro comigo saiu falando ao telefone, quase esbarrando na gente.

— Isso mesmo que você ouviu, querida. Carlota está fora do espetáculo — disse ela, e levantou o polegar para mim, sorrindo, deixando o teatro.

Meg e eu trocamos olhares e entramos, sem saber o que tinha acontecido. Então vimos todos reunidos nas primeiras fileiras e o Sr. Firmin no palco.

Assim que entramos, todos se viraram, e o diretor anunciou:

— Ah, aqui está ela. Senhoras e senhores, nossa soprano principal, Christine Daaé!

Em meio aos aplausos de todos, Meg pulou no meu pescoço como se eu tivesse acabado de ganhar o concurso de Miss Universo. Mas eu não entendia como tudo aquilo era possível.

Depois que consegui me desvencilhar dos colegas de turma que fizeram questão de me congratular, cheguei até o Sr. Firmin.

Acho que minha expressão dizia tudo, porque ele foi logo explicando que Carlota estava completamente sem voz. Havia ingerido algum tônico que fez efeito contrário. Ela tinha passado de ano, estava formada, mas não concluiria a carreira acadêmica no palco. Embora ela sempre tivesse sido absurdamente horrível comigo, foi impossível não ficar triste por ela.

Mas essa minha tristeza durou pouco, dando lugar ao pânico. Embora estivesse completamente pronta para a estreia, o medo de errar, de voltar a ser aquela Christine sem vida, me atormentava.

Nos três dias depois do anúncio até o dia da estreia, ensaiei como nunca. Mas sozinha. Meu Anjo não apareceu para mim e nem mandou mensagem. Não sabia interpretar isso, seria porque eu estava pronta ou porque não tinha mais jeito e ele havia desistido de mim?

Então, o grande dia chegou. Agora só dependia de mim. Os camarins estavam lotados de figurinos e alunos cantando escalas para aquecer a voz. Cenários tinham sido pendurados, bailarinas se aqueciam no palco atrás da cortina, e através dela era possível ouvir a orquestra da faculdade afinar seus instrumentos.

Aquela expectativa que tanto amava tomou conta de mim e, aos poucos, fui acalmando a respiração. Então, ouvi um violino tocar a melodia favorita do meu pai. Quis correr para longe do camarim, em direção ao palco, mas quando cheguei à porta, notei que a música não vinha de fora da sala, e sim de dentro. De costas para a porta, procurei de onde a música poderia estar saindo. Então vi meu celular. A melodia era o toque do aparelho, e o número era privado.

Atendi com a voz falhando, meio que esperando ouvir a voz do meu pai do outro lado da linha, mas o que ouvi fez minhas pernas adquirirem a consistência de gelatina.

— Seu pai lhe prometeu o Anjo da Música. Ele cumpriu a promessa. Cumpra a sua — sussurrou meu Anjo.

— Cantarei só para você.— Ele desligou.

Então, subi ao palco e ganhei a plateia. Cantei com a alma e me entreguei em cada nota, cada verso. No fim, quando já não tinha mais forças, recebi dezenas de flores e aplausos de pé. Minha estreia foi triunfante, e nunca mais poderiam me chamar de sapinha. Nunca mais.

De volta ao camarim, depois de ter ouvido todos os elogios possíveis dos meus colegas e de ter agradecido, mas declinado o convite de Meg de passar o recesso com ela, uma conversa do lado de fora da porta chamou minha atenção.

Quando abri, dei de cara com um rapaz muito alto, de cabelos curtos cor de areia e olhos azuis. Ele argumentava com um funcionário do teatro, dizendo que podia entrar para me ver sim, embora a equipe do teatro não estivesse deixando o público passar para os camarins.

— Raul! Raul Visconde! Meu Deus! — Eu o abracei com força, e ele me levantou do chão com facilidade.

— Viu? Eu disse que ela me conhecia — disse para o funcionário enquanto me colocava de volta ao chão.

Eu o convidei para entrar, e nos sentamos de frente para o espelho, de mãos dadas.

— Mal posso acreditar que está aqui, Raul! Da última vez que nos falamos, você estava do outro lado do país — falei, e sua expressão pareceu entristecer um pouco.

— E eu estava. Mas depois que... Bem, depois do falecimento do seu pai. Christine, me perdoe não ter conseguido chegar a tempo para o funeral — disse ele, e beijou minhas mãos.

— Não há motivo para se desculpar, Raul. A vida segue — expliquei e ele apertou suavemente minhas mãos.

— Bem, de qualquer forma, resolvi que não poderia deixá-la sozinha, então pedi transferência para cá. Começo meu terceiro ano de literatura no semestre que vem. Queria ter vindo antes, mas a burocracia estudantil é cruel! E quando soube da apresentação hoje, não poderia ficar sem aplaudi-la. Você foi perfeita, Christine.

— Raul, gostaria de ser uma pessoa mais correta e dizer que não precisava se preocupar comigo, mas é muito bom que esteja aqui e que veio para ficar! Estou tão, tão feliz! — falei, sorrindo.

Com Raul sempre foi assim: ele me deixava tão à vontade que meu sorriso vinha fácil. Não acredito que meu melhor amigo desde a infância atravessou o país e estaria de volta ao meu lado.

Então a porta abriu com força, e Meg entrou rindo, mas parou e ficou olhando para mim assim que me viu de mãos dadas com Raul, um extremamente perto do outro. Vi as engrenagens da cabeça dela funcionando. E antes que eu pudesse dizer qualquer coisa, ela falou:

— Finalmente vou conhecer o gatinho da Christine! MUITO lindo! É por isso que estava escondendo ele de mim, sua safada? — disse Meg rapidamente, estendendo a mão para cumprimentar Raul.

— Não sei o que quer dizer, mas, obrigado — respondeu Raul, se levantando e retribuindo o gesto. O seu sorriso era perfeito, e tinha ficado mais lindo.

— Somos amigos de infância, Meg. Mas faz alguns anos que nos afastamos por causa da faculdade. Só que agora Raul se transferiu para cá — expliquei e Raul passou um braço pelos meus ombros.

— Ah, tá. Claro. Amigos. Claro. Vou nessa então, porque não vou segurar vela. Me liga depois, Chris — disse Meg e se despediu, piscando para mim antes de sair.

— Sua amiga é sempre assim? — perguntou Raul, claramente entretido pela reação de Meg.

— Geralmente é até pior — respondi, e nós dois caímos na gargalhada.

— Christine, temos tanto para conversar, mas você está exausta. Vamos combinar de tomar um café? — propôs Raul, e ouvi o meu celular vibrar.

— Claro, me dá seu número e a gente combina — desconversei e entreguei papel e caneta para ele, evitando que ele pegasse o meu celular.

— Me liga então. Temos um tempinho antes das férias e precisamos colocar o papo em dia. — Ele se aproximou e segurou minhas mãos novamente, beijando cada uma delas antes de seguir para a porta do camarim. — Seu pai estaria orgulhoso.

Mas, antes de fechar a porta ao sair, voltou a me chamar.

— Lembro que seu pai costumava dizer que você receberia uma visita do Anjo da Música. Lembra disso, Christine? Pela maneira como cantou hoje, acho que você é o próprio anjo. — Ele abriu aquele sorrisão antes de fechar a porta e fiquei sozinha novamente.

Meu Anjo da Música...

O celular apitou outra vez, e desbloqueei a tela.

DE: NÚMERO PRIVADO
Sem. Distrações.

Faltavam poucos dias para o Natal, e o Instituto de Artes e Literatura estava vazio. Na cidade, a cafeteria local estava toda adornada para as festas, e a expectativa que vinha com a virada era quase tangível. Sempre adorei essa época porque era quando meu pai ficava mais tempo em casa comigo. Aquele seria o primeiro Natal sem ele, e embora eu estivesse me sentindo bem melhor, eu sentia um frio no peito, como se uma pedrinha de gelo tivesse sido esquecida lá dentro. Eu me sentia sozinha sem ele.

— Sei o que você está pensando e acho bom parar com isso, Christine. — Ouvir a voz de Raul me levou de volta ao presente. Ele me entregou uma caneca de chocolate quente com pequenos marshmallows boiando. — Gustave era único, assim como você. Esse nível de talento não vem de graça. Solidão é um preço a pagar.

— Como é possível que depois de tanto tempo você continue sabendo exatamente o que dizer pra mim? Você me assusta, Raul! — falei, sorrindo.

— Christine, meus dotes psíquicos só aumentaram com o passar do tempo, e estudar literatura é muito eficaz nesse departamento — disse ele e abriu aquele sorriso perfeito. — Sem contar que o fato de as suas mensagens terem começado a ficar cada vez mais esparsas e telegráficas... é muito óbvio que está triste e tem estado durante muito tempo.

— Por favor, não me diga que foi por isso que atravessou o país? Eu não te pedi para fazer isso e me sentiria extremamente mal se você... — comecei a falar, mas Raul esticou o braço por cima da mesa e apertou a minha mão, me interrompendo.

— Christine, relaxa. Você é minha melhor amiga e não te deixaria na mão mais do que já deixei. Você não precisa pedir nada. Nunca precisou e nunca vai precisar, entendeu? — Ele disse e eu assenti.

Raul sempre foi muito charmoso, e eu notei que não era a única a perceber isso: a barista e duas mulheres da minha idade estavam trocando olhares e sorrisos insinuantes, tentando chamar a atenção dele. Mas seus olhos azuis estavam fixos em mim.

— Então, não querendo soar como uma tia enxerida, mas já sendo: como vão os namorados? — perguntou Raul e tomou um gole de café.

— Tenho um relacionamento sério, mas totalmente aberto, Raul — falei, e vi suas sobrancelhas se erguendo. — São muitos para nomear, mas você conhece alguns. Bizet, Mozart...

— Antes que pudesse citar mais nomes de compositores, Raul soltou uma gargalhada gostosa que tinha som de abraço.

— Christine, vai me dizer que está solteira? Por favor, não insulte minha inteligência! — disse ele, sorrindo.

— Não é insulto, apenas a realidade. Não tenho tempo para... distrações. — A palavra que meu Anjo usou deixou meus lábios com um gosto amargo.

Queria questioná-lo, explicar que sempre segui tudo que ele pediu, fiz o que solicitou e talvez pudesse relaxar agora. Mas eu me sentia constantemente observada. Era como se sua sombra me acompanhasse a qualquer lugar que eu ia, inclusive ali, sentada fora do Instituto numa cafeteria. Eu sabia que ele, de alguma forma, estava comigo.

Meu Deus, estou ficando louca...

— Ei. — Ouvi Raul dizer enquanto tocava minha mão com delicadeza. — Para onde você foi?

— Desculpe — falei, sem jeito, tomando mais um gole do chocolate. — Foi um ano intenso. — Raul apertou de leve minha mão antes de soltá-la.

— Christine, vou permanecer no Instituto durante o recesso de fim de ano. Então, no que precisar, pode contar comigo. Não quero que fique sozinha.

— Você não vai voltar para casa? É Natal, Raul! Se me lembro bem, seus pais adoram essa época.

— Sim, adoram, mas eu tenho um seminário para preparar. Meus pais estarão ocupados com meus irmãos e sobrinhos. Nem sentirão minha falta.

— Impossível não sentir sua falta — falei, e ele sorriu.

Conversamos sobre amenidades e política e entretenimento. Era tão fácil conversar com Raul. Estar em sua companhia.

— Você não notou ou se fez de bobo, Raul? — perguntei e recebi um olhar interrogativo como resposta. — Pelo menos três mulheres lá dentro estavam dando muito mole pra você. Não me diga que não viu.

— Vi, sim — disse ele, e passou o braço ao meu redor. — Mas elas não fazem o meu tipo.

Confesso que por um instante me surpreendi e pensei que ele estivesse flertando abertamente comigo, mas algo em sua expressão dizia que não. Era como se quisesse me contar algo. Antes que pudesse questioná-lo, estávamos de volta ao alojamento do Instituto. Entrei no quarto e vi que Raul ainda tinha aquela sombra no olhar. Como se fosse um segredo, ou uma vontade, talvez?

Encostei no batente da porta, tentando decifrar o que estava errado. Então ele se aproximou, sua mão tocou minha nuca, me puxando levemente para perto, mas antes que eu começasse a entrar em pânico, pensando que ele fosse me beijar, seus lábios tocaram minha testa. O beijo foi tão simples, mas tão íntimo, que quase me fez chorar. Eu o abracei com força, e ele, tão mais alto do que eu, deitou o rosto na minha cabeça.

— Chega de choro à noite. Você não está sozinha — disse ele, e senti as lágrimas rolando.

— Você realmente me conhece — falei, rindo, mas ainda que ele tivesse retribuído o gesto, o sorriso não alcançou seus olhos.

— Raul, tem algo que você queira me contar? — perguntei.

— Muita coisa, Christine. Mas não agora. Teremos bastante tempo e várias oportunidades. Agora, você precisa pensar no que vai me dar de presente, e eu tenho que sair para comprar o seu. Afinal, é Natal — disse ele, e comecei a rir.

Quando nós dois éramos pequenos, nossas famílias moravam no mesmo bairro, e sempre brincávamos juntos. Eu devia ter uns treze anos quando decidimos que trocaríamos presentes, mas seria algo só nosso, um segredo. Desde então trocamos cartões, lembranças e coisas do gênero. Tudo que tivesse vínculo com nossa história. Eu precisava mesmo pensar em algo para presenteá-lo e manter a tradição. Então meu celular apitou, e senti uma angústia. De volta à realidade.

DE: NÚMERO PRIVADO
Teatro. Agora.

✝✝✝

Sem questionar, corri para o teatro e entrei no salão principal esperando encontrar Meu Anjo, mas o local estava, como sempre, vazio.

— Minhas regras são claras e absolutas, Christine. — Sua voz grave sibilou o meu nome. — Sem. Distrações.

— Mas Raul é uma distração tanto quanto Meg. Ele é apenas um amigo e... — tentei explicar, mas ele me cortou.

— Depois de tudo que fiz por você, é assim que retribui? — Ouvi raiva em sua voz. E tristeza.

— Ah, não, não. De maneira alguma. Você é meu mentor e nada mudaria meus sentimentos por você — falei, já no palco, procurando meu Anjo por todos os cantos.

O tempo nublado deixava o teatro na penumbra, mas eu sabia que ele estava próximo. Senti sua presença antes mesmo de ouvir seus passos.

— Sentimentos? — perguntou ele, a voz mais próxima.

Assenti, meio sem jeito. Não tinha planejado me declarar assim, mas agora que estava ali, não consegui evitar.

— Com você eu me sinto viva, com você... estou em casa.

Então eu o vi. Ele estava na beira da coxia esquerda, olhando para mim das sombras. Seu rosto continuava parcialmente escondido pelo capuz, mas o que consegui ver me encheu de alegria e apreensão. E se o que eu sentia não fosse recíproco?

— Eu nem sei o seu nome... — deixei escapar num sussurro, mas não foi minha intenção.

— Meu nome — disse ele, dando um passo à frente e deixando as sombras para se aproximar de mim — vem com um compromisso que não sei se está pronta para assumir.

Sua presença me impactou de tal maneira que foi difícil respirar. Já tinha notado sua altura e o porte físico, mas tê-lo tão próximo para me sentir queimada pela intensidade do seu olhar me tirou a capacidade de raciocínio.

Cinzentos. De longe, não sabia se seus olhos eram azuis ou verdes, mas estando mais próximo, pude ver que eram da cor do céu antes de uma tempestade.

Senti as costas da sua mão correndo suavemente pelo meu rosto, e automaticamente pousei as minhas em seu peito e senti seu coração bater tão forte quanto o meu. Ele me permitiu tocá-lo, e isso me fez sorrir. Então segurou minhas mãos até que nossas testas se encostaram. Mantive os olhos fechados e mal pude acreditar que o tinha tão perto.

— Sonhei com isso tantas vezes — sussurrei.

— Minha Christine — respondeu ele, e senti seus lábios tão próximos dos meus.

Minha Christine. A forma como ele pronunciou meu nome me fez aquecer por inteiro. Eu era completamente dele, de corpo e alma.

Virei o rosto para receber o beijo que tanto esperava e abri os olhos para encontrar os dele, mas o que vi me assustou, e não consegui evitar um sobressalto.

Seu capuz havia caído, deixando à mostra algo bem diferente do rosto de um anjo, um emaranhado de pele, músculo e dor. O lado direito do rosto era cheio de cicatrizes. O tom pálido da pele ressaltava o rosado das marcas, que começavam na raiz do cabelo escuro, não tocavam seus lábios por milímetros e desciam pelo pescoço. Estremeci não por medo, mas pelo inesperado. Mas foi o suficiente para ele abrir os olhos e revelar chamas naquele temporal.

Ele segurou meus pulsos com força e me empurrou para longe. Caí no palco, e ele se virou de costas, puxando o capuz sobre a cabeça com força, andando apressado de volta para as sombras.

— Não vá! — gritei.

Fui ficar de pé, mas tinha virado o pulso ao tentar aparar a queda, e reclamei baixinho querendo me levantar. Então me sentei e o procurei na escuridão.

— Por favor, não vá. Desculpe. — Ele não estava mais à vista.

— Avisei para não chegar perto demais, Christine! — urrou ele de algum lugar na escuridão, e tremi dos pés à cabeça.

— Desculpe. Não foi por mal — falei, em desespero. Não podia perdê-lo. Não podia!

— Saia daqui! — gritou ele, tão alto que me fez ficar de pé e correr o mais rápido que pude para o alojamento.

Já no quarto, chorei até cair no sono e só vi a mensagem no meu telefone no dia seguinte.

DE: NÚMERO PRIVADO
Esta gárgula, que queima no inferno, secretamente anseia pelo paraíso.[3] Você manchou meu paraíso, Christine.

Quando li a mensagem, me desesperei. Como podia fazê-lo entender que sua aparência não me importava? Ele era real, estava ali comigo e o que tínhamos era mais forte do que tudo.

3 Fala do musical *O Fantasma da Ópera*, de Andrew Lloyd Webber.

Eu precisava voltar até lá, e gritaria tudo que estava engasgado aos quatro ventos, até que ele me respondesse. Não importava que meu pulso ainda estivesse latejando, ele ia me ouvir!

Eu estava determinada, e quando abri a porta do quarto, dei de cara com Raul, punho erguido e pronto para bater à minha porta.

— O que aconteceu, Christine?

Não podia contar a Raul sobre meu Anjo. Não podia, mas ao ver a preocupação nos olhos dele, me lembrei da noite anterior e comecei a chorar. Minha determinação sumiu, e tudo que queria era que alguém me dissesse que ia ficar tudo bem.

Raul me abraçou forte e fechou a porta do quarto depois de entrar. Me segurou nos braços e me deixou chorar em seu peito.

— Christine, você está me assustando. O que aconteceu? Você está machucada? — perguntou Raul, buscando as respostas em meus olhos.

Ele me sentou na beira da cama e se ajoelhou de frente pra mim. Passou as pontas dos dedos suavemente embaixo dos meus olhos, enxugando as lágrimas.

— Eu vou ficar bem — falei, entre soluços, e tentei sorrir.

— Essa não vai colar, Daaé. Você vai ter que me explicar o que aconteceu ou ficaremos aqui até o ano que vem.

Raul precisava de uma resposta, e eu precisava dividir o que estava acontecendo, mas como fazer isso sem ferir ainda mais meu Anjo?

— Lembra que Meg achou que você era... — falei, e ele me interrompeu.

— Seu gatinho. Sim, eu lembro — disse ele, agora segurando minhas mãos.

— Bem, o tal gatinho e eu tivemos uma grande briga ontem — falei, e mais lágrimas escorreram. — Nem sei se posso chamá-lo de meu mais. — Comecei a soluçar. Raul se sentou ao meu lado e me abraçou de novo.

— Ah, Christine — sussurrou ele no meu cabelo enquanto me abraçava. — Se ele te fez chorar dessa forma, quem sai perdendo é ele. Aliás, quem é ele?

— Não importa. O que importa é que acabou e a culpa é minha — falei, e Raul me afastou para que eu pudesse encará-lo.

— Vou dizer uma vez e não vou repetir. Você é preciosa demais para se desvalorizar assim. Não vou permitir isso. Se terminou, terminou. Mas não vou deixar que se sinta assim por alguém que claramente não te ama.

Claramente não me ama.

Se Raul tivesse me apunhalado com uma espada em brasas teria doído menos.

Mais uma batida na porta me sobressaltou, e Raul olhou pra mim com curiosidade. Meu Anjo nunca tinha ido até o meu quarto e certamente não bateria na porta. Mas, em segundos, Raul a abriu, e vi um rapaz do outro lado. Ele era tão alto quanto Raul, mas menos atlético. Seus cabelos eram um emaranhado ruivo e seus olhos familiares. Ao vê-lo, a tensão na postura de Raul se dissolveu, e ele abriu caminho para o ruivo entrar. Ambos olharam para mim, e não tive ideia do que estava acontecendo.

— Falei para você esperar lá embaixo — disse Raul baixinho e voltou para o meu lado.

— Isso foi há vinte minutos. Fiquei preocupado — disse o ruivo se aproximando, meio sem graça.

— Christine, eu tinha planejado algo menos... intenso, mas esse é Benjamin — disse Raul, e o ruivo abriu um sorriso e me estendeu a mão.

— Ben, por favor. É um prazer, Christine. Raul me falou tanto sobre você! Desculpe incomodar vocês — disse ele, e então olhei de um para o outro e comecei a gargalhar.

— Era para ser apenas surpresa, Christine. Não galhofa — disse Raul, tentando parecer insultado, o que ele devia saber que não era a minha intenção.

Quando finalmente parei de rir, fiquei de pé e abracei Raul.

— Por que não me contou antes? — perguntei, e ele deu de ombros ainda me abraçando.

— Estava esperando a oportunidade certa — disse Raul e segurou uma das mãos de Benjamin.

— Se você tem o coração dele, tem minha amizade. Mas se o magoar, farei da sua vida um inferno — falei para Benjamin antes de abraçá-lo também.

— Você estava certo, Raul. Eu já gosto dela — afirmou Ben e sorriu.

— Ótimo! Tudo resolvido! Maravilha! Agora temos que levar Christine para almoçar porque ela está com problemas românticos — disse Raul.

— Querida, tome um banho, se arrume e vamos comer porque ninguém é feliz com fome. E enquanto nos empanturramos, você me conta tudo sobre o safado que partiu seu coração — disse Ben antes de fechar a porta e sair.

Minutos mais tarde, estávamos no melhor restaurante italiano da cidade. Uma pizza e uma garrafa de vinho depois, fiquei menos aflita, embora sentisse os caquinhos do meu coração rasgando o peito.

Durante a refeição, Raul e Ben me contaram como se conheceram na faculdade. Ben tinha se formado em literatura e fora convidado para dar aulas no recesso de férias do Instituto, com a possibilidade de assumir um posto permanente. Então entendi mais um dos motivos para Raul se transferir para cá e não ter voltado para casa durante o recesso! E me senti menos culpada.

— O bom é que mesmo eu tendo me formado, ele não vai se livrar de mim tão cedo — disse Ben, cutucando Raul com o ombro, e meu amigo corou. Que fofo! — E embora ame minha família, é uma boa não estar em casa durante as festas de fim de ano. Depois do que aconteceu com a minha irmã, prefiro ficar na minha. — Ben encheu a taça de vinho.

— O que aconteceu com ela? — perguntei enquanto espetava um pedaço de pepperoni.

— Ela era a soprano principal, mas aí rolou algum estresse no espetáculo de formatura que ela se recusou a me contar. Só disse, bem, escreveu né, porque sua voz só começou a voltar agora, que tinha tomado um tônico para melhorar o rendimento e teve o efeito oposto. Quase ficou muda, tadinha!

Eu quase cuspi a pizza na cara deles.

— Você é irmão da Carlota? — perguntei, incrédula.

— Irmão gêmeo. Você a conhece? — perguntou Benjamin e eu ri, virando o resto do copo em um gole.

— Sim. Ganhei o lugar dela no espetáculo — contei, e vi o queixo de Ben cair. — Sinto muito pelo ocorrido. Carlota tem uma voz linda.

— Tem, sim. Espero que ela volte a cantar, porque as coisas não estão bem. A razão de existir de Carlota é cantar. E o humor dela, que já é péssimo, só piorou. Mas não é culpa sua, querida! Estamos aqui para melhorar o clima e não o oposto.

— Um brinde — disse Raul ao erguer o copo, movimento que eu e Ben imitamos. — À amizade.

— Ao amor — completou Ben.

— À arte — respondi, e brindamos.

Agradável, fácil, sem drama: a tarde foi assim. E eu não queria que acabasse. Admito ter ficado preocupada com Carlota e queria que ela se recuperasse plenamente. O mundo precisava do talento dela, e digo isso sem ressentimentos. Ela era realmente muito boa. Mas, ao ver o relacionamento de Raul e de Benjamin, senti uma pontada de inveja. Queria aquilo pra mim, andar de mãos dadas, sair para jantar. Mas se aquela realidade já parecia distante antes, se tornou inexistente. Tinha acabado.

— Nada disso. Nada de lágrimas — disse Raul e segurou minha mão. — Ele não te merece.

Ainda estava sorrindo quando fechei a porta do quarto e quase enfartei ao acender a luz. Uma única rosa vermelha tinha sido deixada sobre o meu travesseiro e uma fita de cetim preto amarrada a ela trazia um bilhete. A caligrafia era desenhada, apenas duas palavras e meu coração deu cambalhotas.

Me perdoa.

Peguei o bilhete e o abracei.

— Eu que peço perdão. Por favor, não me deixe — sussurrei, e ouvi meu celular apitar.

DE: NÚMERO PRIVADO
Nunca.

Sorri, e em poucos minutos, estava de volta ao teatro. Queria ouvir a voz dele, ter certeza de que estávamos bem. Esperava encontrar o local no escuro como sempre, mas, ao chegar, havia velas acesas no palco; suas chamas projetavam sombras compridas nas cortinas, deixando o restante do lugar na penumbra.

— Acha prudente acender velas em um teatro que pegou fogo? — perguntei, buscando por ele.

— Prudência sumiu do meu vocabulário ontem à noite — respondeu ele, e segui sua voz.

Ele estava no camarote de número cinco, exatamente acima de mim.

Dei alguns passos e olhei para cima, encarando-o. Sem desviar os olhos dos meus, ele deu passos para trás e sumiu.

Aguardei de frente para a porta de entrada, e instantes depois lá estava ele. O capuz mantinha seu rosto escondido e sua postura era rígida, como uma corda de violão puxada a ponto de arrebentar. Ele fechou a porta e deu um passo à frente.

— Ontem à noite — comecei a falar, mas ele ergueu uma das mãos, pedindo silêncio. Obedeci.

— Quebramos uma regra, e olhe o que aconteceu — disse, seu tom grave, como se estivesse dando uma lição. — Mas você não correu. Por quê?

— Por que eu correria? — perguntei, incrédula. Mas logo entendi. — Seu rosto não me dá medo. Sinto medo quando estou longe de você — confessei, mas não tinha coragem de olhar em seus olhos.

Mantive o olhar no tapete desbotado. Senti sua aproximação e, a cada passo, meu coração acelerava. Ele parou ao meu lado. Virei o rosto para ficarmos de frente, e nossos olhos se encontraram na penumbra.

Ele me ofereceu o braço e aceitei. Lentamente, me guiou em direção ao palco iluminado; sob o meu toque, sentia seus músculos rígidos e tudo que eu queria era abraçá-lo para nunca mais soltar.

— Quero dividir um segredo com você, Christine. — Sua voz soou macia, mas notei a apreensão em seu tom.

— Mais um? — perguntei, e ele se voltou para mim.

Eu estava sorrindo de leve e, aos poucos, seus lábios carnudos também se abriram em um tímido sorriso que fez meu estômago se revirar como se estivesse em festa.

Não existia opção pra mim. Onde ele fosse, eu iria.

Ao alcançarmos o palco, ele me ajudou a subir os degraus na escuridão. Já na coxia, acendeu um lampião e me guiou até o fundo do palco. Quando passamos pelo amplo pano preto pendurado ao fundo, percebi que o palco era muito mais profundo do que eu achava. E, depois do pano, havia um enorme buraco no assoalho, que só vi quando meu Anjo apontou o lampião para o chão.

— Durante o incêndio, o piso atrás do palco cedeu. A madeira não aguentou o peso do órgão — contou ele. — Esse teatro é peculiar, Christine. A regente responsável pelo Teatro Ópera entendia de acústica como ninguém. Por isso, em vez de instalar o órgão na igreja do Instituto, ela o trouxe para cá — continuou, apontando o facho de luz para um instrumento tão enorme e magnífico quanto o lustre que jazia no salão do teatro.

O órgão de tubo estava no centro da sala, de onde caíra.

Meu Anjo me levou ainda mais para as sombras, e descemos para as profundezas do teatro. Uns dois andares para baixo, avistei o órgão, e ele aparentava ter sido restaurado. A fragrância de rosas era mais forte ali, e finalmente entendi por quê.

Na parte do cômodo que estávamos, dezenas de rosas do mais profundo vermelho estavam plantadas em canteiros improvisados. Vi uma luz fraca vinda de cima e notei que eram as velas acesas no palco.

— E as rosas? Como crescem aqui no escuro? — perguntei, e ele apontou para cima.

Segui a direção e entendi. Passando pelo teto, que era o chão do palco, e todos os níveis de onde pendem cenários e cortinas, meu olhar encontrou o céu. O teto do teatro estava completamente aberto ali, deixando luz, chuva e tudo mais entrar e chegar até os canteiros. O órgão escapava dessa exposição por centímetros.

— Por que rosas?

— Me fazem companhia — disse ele com um sorriso tímido. — Venha aqui — pediu meu Anjo ao se sentar no banco à frente do órgão.

— Quando você ouve uma música em um instrumento como esse, qual é a primeira coisa em que pensa?

— Igreja, anjos — falei, e ele olhou para mim com intensidade antes de continuar.

— Precisamente. O órgão de tubo é a tentativa mais artística do homem de se aproximar do céu — explicou meu Anjo, enquanto as pontas dos dedos acariciavam as teclas. — Mas, ao mesmo tempo, é um instrumento extremamente humano porque precisa de ar para ser tocado. — E apontou para os pés, que estavam em cima de diversas teclas compridas. — É um milagre o incêndio não tê-lo danificado permanentemente — disse e se posicionou para tocar.

Mas coloquei a mão sobre a dele, que olhou pra mim, assustado.

— Alguém pode ouvir — expliquei rapidamente, e um sorriso surgiu em seus lábios.

— Uma das vantagens de viver em um teatro considerado assombrado — disse ele e começou a tocar "Tocata e Fuga em Ré Menor", de Bach.

O som do órgão fez meu corpo tremer. A música era forte, e além de reverberar pelo meu corpo e pelo teatro, finalmente pude ver a destreza com que meu Anjo tocava. Era como se ele e a música fossem um só.

Olhei para cima, vi estrelas e pensei no que meu Anjo tinha acabado de dizer. Fechei os olhos por um momento e deixei a sensação tomar meu corpo: a fragrância de rosas me cercando, a música ganhando o teatro e o meu coração, o céu. Imaginei o que os poucos alunos e professores no Instituto deviam estar ouvindo naquele momento. E sorri. Era um segredo só meu, só nosso. E era real.

Cheguei mais perto enquanto ele tocava e, assim que a melodia chegou ao fim, deitei a cabeça no seu ombro e senti a tensão.

— Obrigada por isso. É lindo — falei, e segurei seu braço numa tentativa louca de fazê-lo entender que eu não ia fugir, não ia a lugar algum.

— Christine — disse ele, e me virei para olhar.

Mas ele não disse nada, seus olhos estavam perdidos nos meus. Lentamente, minhas mãos seguiram para o capuz e o deixei cair, revelando o rosto ferido. Ele fechou os olhos e começou a se virar, mas o segurei e puxei de volta para mim. Seus olhos encontraram os meus novamente e a tempestade nele estava tão, tão triste.

Com as duas mãos, toquei o rosto ferido e explorei devagar cada centímetro da sua bela face. Parei quando senti as lágrimas nas pontas dos dedos.

Não aguentava vê-lo sofrer assim, então passei os braços por seus ombros largos e o abracei com força. Demorou alguns segundos até eu sentir os braços dele ao meu redor, uma das mãos afagando meus cabelos.

— Erik — sussurrou ele. — Meu nome é Erik.

II

Era irrevogável: eu estava perdidamente apaixonada. Agora ele tinha um nome, e eu me sentia como aquelas meninas que desenhavam corações e as iniciais do amado nos cadernos.

Enquanto caminhava para a biblioteca, relembrei a noite anterior, a música, as rosas, o céu estrelado e seu abraço. Fisicamente, me doía estar longe, mas ele foi enfático quando disse que precisávamos manter segredo sobre nosso relacionamento. Claro que concordei, embora quisesse gritar aos quatro cantos que o amava.

Ao me guiar até a porta do teatro no dia anterior, Erik segurava minha mão com delicadeza, mas, ao girá-la, senti o pulso doer, o que me fez reclamar baixinho. Ele parou e se voltou pra mim, erguendo a manga da minha blusa com calma, expondo o pulso levemente arroxeado.

— O que aconteceu? — perguntou, em seu tom grave e baixo, como um furioso ronronar.

— Eu caí... não é nada — respondi, tentando soltar o pulso, mas ele segurou um pouco mais forte e olhou para mim.

— Quando?

— Ontem.

Ao se dar conta de que o ferimento — que realmente estava quase curado — fora causado involuntária e indiretamente por ele, suas feições mudaram num átimo de raiva para dor e então para desespero.

— Christine. — Meu nome morreu em seus lábios num sussurro antes de ele beijar meu pulso e em seguida a palma da minha mão com muito cuidado, como se eu fosse quebrar.

— Não é nada. Já está quase bom — falei, tentando fazê-lo se sentir melhor, mas vi o arrependimento em seus olhos.

Ele me puxou para si delicadamente e me colocou em seus braços, os punhos juntos e apoiados em seu peito.

— Me perdoe, meu anjo — disse ele ao me abraçar apertado.

Eu podia ficar ali para sempre!

Meu Deus, eu estava apaixonada por um homem que nem sequer tinha beijado ainda!

†††

Eu continuava sorrindo e lembrando nossos momentos juntos quando entrei na biblioteca. O bom do Instituto estar quase vazio é que não precisávamos falar aos sussurros na biblioteca. Já da porta ouvi Raul e Benjamin debatendo. Mesmo à mesa, era difícil dizer quem estava ganhando.

— Ah, Christine, me ajude, por favor — disse Raul ao me ver chegar. — Explique ao Ben aqui como Jane está mais do que correta em deixar Rochester depois de descobrir que ele mantém a esposa louca trancada no sótão.

— Pelo amor de Deus, Raul. Olha o *spoiler*! — respondeu Ben, exasperado.

— Tudo bem. Eu li *Jane Eyre* — falei para acalmá-los. — O que vocês estão discutindo exatamente? — perguntei e me sentei em uma cadeira ao lado da de Raul, embora os dois estivessem de pé, discutindo e procurando passagens no livro para provar seus pontos de vista.

— Raul aqui acha que Jane estava certa em deixar Rochester. Eu argumento que existem vários lados da história. Mas Raul...

— É razoável e entende que ficar sabendo que o grande amor de sua vida mantém a esposa, com ênfase no fato de que ele ainda é casado, no sótão de casa é um grande absurdo — respondeu Raul.

— O que você acha, Christine? — Ben tirou os óculos e me perguntou.

Os dois estavam me encarando como se minha opinião fosse mudar algo de um clássico da literatura inglesa.

— Bom, acho que ela seguiu sua convicção e foi coerente ao deixá-lo. E que isso desencadeou o drama necessário para o fim da história, que acaba meio que bem na medida do possível. Jane e Rochester eram apaixonados, mas o relacionamento não era perfeito — argumentei, e Raul passou as mãos nos cabelos como se estivéssemos discutindo mais do que personagens fictícios.

— Não era perfeito? Christine, ele mantinha a esposa trancada! Que relacionamento sobrevive a um segredo desses?

— Não é um documentário! É um clássico escrito por uma mulher que buscou mostrar a importância de suas convicções e da igualdade entre gêneros. Bem, dentro do possível para a época — respondeu Benjamin, mas Raul não estava convencido.

— Mas o seminário que você vai apresentar é sobre o quê exatamente? — perguntei a Ben.

— Quero apresentar exemplos clássicos e contemporâneos de romances e como consideramos perfeitas histórias que, na verdade, não são.

— Tipo *Romeu e Julieta*, que termina com duplo suicídio? — perguntei, e Ben apontou para mim e olhou para Raul.

— Adoro ela. Porque não nos apresentou antes? — disse ele, e Raul riu.

Conseguimos quebrar a tensão.

— E, Raul, só para que você não fique chateado, entendo o que quer dizer sobre Jane deixar Rochester e concordo. Mas gosto de saber que ela voltou para ele e que as coisas ficaram bem no final.

— É... sei que sim. Você adora um final feliz — disse Raul e beijou o topo da minha cabeça.

— E Catherine e Heathcliff? Qual a opinião de vocês? — perguntei, e os dois trocaram olhares e caíram na risada.

— Bem, digamos que concordamos que Catherine merecia um chega pra lá e que Heathcliff é um espetáculo mesmo sem banho de loja — respondeu Ben e levantou a mão para Raul bater.

Eu não tive opção senão rir da cena.

— E por falar em incêndios e tudo mais, vocês ouviram alguma coisa ontem à noite? — continuou Ben enquanto voltava a se sentar e a arrumar suas anotações.

Congelei.

— Você quer dizer a música? Ouvi, sim. De onde veio? — perguntou Raul.

— Do antigo teatro incendiado. Pelo menos é o que parecia. Christine, você fica perto do teatro. Ouviu alguma coisa? — perguntou Ben, e os dois voltaram a me encarar.

— Não. — E balancei a cabeça. — Dormi cedo. Que música? — perguntei, folheando os livros que estavam na mesa.

— Daqueles órgãos de igreja, sabe? Deu frio na espinha — disse Ben ao empilhar seu material e colocar na pasta.

— Mas, se era de igreja, por que acha que era do teatro? Não faz sentido — sugeri, mas deveria ter ficado calada, porque Raul olhou para mim de maneira estranha.

— Pelo que sei, tinha um órgão aqui na faculdade que ficava no teatro, mas deve ter sido destruído no incêndio. Acho que com o Instituto tão vazio, o som se espalha mais fácil. Deve ter sido de outro lugar.

— Ou o teatro é assombrado mesmo — disse Raul, os olhos fixos em mim, então comecei a rir.

— Raul, você não pode acreditar que essa lenda seja verdadeira — falei, tentando fazer pouco-caso.

— O que eu acredito é que a faculdade alimentou essa lenda para tirar a atenção da realidade. Um professor matou uma aluna e acabou morrendo — disse Raul, sem rodeios, e me calei.

— Como você sabe disso tudo se acabou de chegar aqui? — perguntei a Raul, mas foi Ben que respondeu.

— Pesquisei muito antes de vir pra cá e concordo com Raul. Um Instituto que tem a fama de envolvimento entre alunos e professores não pode ser boa coisa. Natural manterem algo assim quieto, mesmo tendo sido um incidente isolado.

— Alunos e professores. Hum, e como fica a situação de vocês dois? — perguntei e, enquanto Ben corou, Raul respondeu com um sorriso.

— Não estamos na mesma turma.

— E por falar em drama, romance e tudo mais, você parece mais alegre hoje, Christine. As coisas se resolveram com seu gatinho? — perguntou Ben enquanto andávamos em direção à porta da biblioteca.

— Estamos no caminho certo — respondi, e senti o rosto ferver.

Era só pensar em Erik que meus joelhos ficavam moles e minha pele queimava.

— E quando vou conhecê-lo? — perguntou Raul, e eu não tinha resposta.

Ninguém podia saber do meu Anjo. Ai, por que tive que abrir a boca?

— Quando ela tiver a certeza de que você não vai bancar o irmão mais velho como está fazendo agora — respondeu Ben, me salvando.

Eu ri, e ele se meteu entre nós, entrelaçando os braços nos nossos antes de sairmos para comer alguma coisa.

Almoçamos juntos e depois passamos a tarde na Comuna, vendo adaptações cinematográficas de *Jane Eyre*, apontando o que foi cortado e mantido.

Já era tarde quando resolvi voltar para o quarto e Raul me acompanhou, mesmo eu tendo insistido que não era necessário.

— Fico feliz em saber que você não está mais triste, Christine — disse ele na porta do meu quarto.

— Obrigada, Raul — falei, e ele sorriu, mas tinha mais alguma coisa que o estava incomodando.

— Christine... se você estiver envolvida com algum professor, por favor, não...

— Não é um professor, Raul. Pode ficar tranquilo — interrompi e segurei as mãos dele. *Bem, não exatamente.* — Só gosto de manter segredo porque, bem, porque não sei onde isso vai dar ainda.

Ele balançou a cabeça e se mostrou menos apreensivo. Beijou a minha testa e deixou o alojamento.

Fechei a porta do quarto e senti o silêncio me abraçar. Como queria estar com Erik naquele momento!

Fui até a janela e olhei para o teatro, o enorme prédio apagado. Dezenas de pessoas passavam por ele todo dia sem saber o gênio que ele abrigava.

Meu celular vibrou no bolso da calça e o puxei para ler a mensagem, esperando ser dele. Mas era de Meg.

DE: MEG GIRY
Chris, como estão as coisas por aí?
Não morreu de tédio ainda, néam!? Me escreve,
porque minha mãe está me deixando maluca!
E meu convite continua de pé: pode vir passar
as festas comigo e me SALVAR DA VEIA!

A mensagem de Meg me fez sorrir. Travei o telefone e me deitei na cama. Dois dias para o Natal e eu ainda não tinha comprado os presentes. Precisava pensar em algo para Ben também, mas o quê?

Fiquei deitada pensando e mexendo no pingente em forma de lágrima de cristal que Erik me dera antes da estreia. E foi pensando nele que adormeci por cima das cobertas, com um sorriso no rosto.

12

A cidade era pequena, e na antevéspera de Natal estava cheia. Embora o Instituto estivesse sem alunos, as vitrines das lojas estavam decoradas e havia opções de presentes para todos os gostos.

Entrei em um sebo em busca de presentes para Raul e Ben e não saí desapontada: um exemplar de *Orgulho e Preconceito* com capa de couro para Ben e *Um conto de duas cidades* para Raul. Ele adorava Dickens! Para Meg foi mais fácil: um par novo de All Star porque o dela estava quase andando sozinho! Mas e Erik?

Fui a várias lojas, mas nenhum presente parecia adequado. Quando saí de uma delas, esbarrei em uma muralha de músculos e deixei uma das sacolas cair no chão.

Me recompus e quando fui pegá-la o rapaz em quem esbarrei se adiantou e me devolveu a sacola, pedindo desculpas.

— Robert!

Desde aquela fatídica noite, nunca mais tinha encontrado com ele.

Sua expressão ao me ver se transformou. De repente ele era uma presa encurralada por um predador. Só que não fazia sentido. Os papéis estavam invertidos ali. Seus olhos buscaram por toda parte, e ele começou a tremer. De repente, pulou para trás, se encolhendo, como se eu o tivesse ferido, mas eu não havia nem me mexido.

— Por favor, não toque em mim — disse ele, um tom de súplica na voz.

Levantei as mãos, as sacolas correndo para a dobra do meu braço. Dei passos para trás e mostrei que obviamente não era uma ameaça.

— Ele disse para não encostar em você. Para não olhar para você. — Ele começou a falar baixinho como se estivesse sozinho ali, como se tivesse perdido a sanidade. Mas então, subitamente parou e me encarou. — Desculpe por tudo, Christine. — E saiu correndo como se o próprio demônio estivesse no seu encalço.

Ele se lembrava de tudo!

Corri de volta para o Instituto e fui direto para o teatro. Entrei no prédio chamando por Erik, mas ele não apareceu. Então me sentei em uma das cadeiras perto do lustre e esperei. Nenhum barulho. O silêncio era quase tangível. Me virei para o camarote de número cinco, mas estava fechado.

— Meg disse que Robert não se lembrava do que tinha acontecido. Mas ele lembra.

Silêncio.

— Me encontrei com ele agora.

Olhei para a frente e avistei Erik no fundo do palco, entre as sombras.

— Ele se lembra, Erik — falei ao me levantar e seguir em direção ao palco.

Erik caminhou até onde eu estava e pulou do palco ao meu encontro com uma agilidade felina.

— Ele tocou em você? — perguntou, segurando os meus ombros como se buscasse um arranhão em uma boneca de porcelana.

— Nos esbarramos em uma loja — falei, e ele suspirou com alívio. — Erik, ele disse que você o mandou ficar longe de mim. — Levantei a cabeça para encará-lo.

— Já deixei claro que a protegerei a qualquer custo e mantenho minha palavra — disse ele e apertou meus ombros para enfatizar.

— É que... ele pareceu completamente desequilibrado. Me pediu desculpas e saiu correndo. — Erik me soltou abruptamente, dando um passo para trás.

— Christine, porque se preocupa com alguém que... que estava prestes a... — disse ele, mas a raiva em sua voz o fez perder as palavras.

— Não me preocupo com ele! — falei, e busquei a mão do meu Anjo, que não repudiou meu toque, mas manteve distância. — Eu me preocupo com você. Não quero que faça algo que possa te ferir.

Vi a tensão deixar seus ombros e ele baixou a cabeça levemente, soltando a respiração.

— Erik — chamei, baixinho, e ele ergueu o olhar para mim, mas não a cabeça. — Você é tudo que importa.

Ele segurou minha mão e me puxou para perto com ternura, mas também com certa urgência. Seus braços me envolveram com facilidade, e me senti segura naquele abraço forte, a cabeça mergulhada no seu pescoço.

— Minha Christine — sussurrou ele em meu cabelo antes de me afastar um pouco, nossas testas se tocando novamente.

E tudo que mais queria era que esse abraço não acabasse. Queria que ele tocasse no meu queixo, erguendo meus lábios para encontrar os dele.

— O que é isso? — perguntou ele, e nos soltamos.

Vi seus olhos nas sacolas de presentes.

— Presentes para meus amigos — falei e voltei a encará-lo. — Não consegui pensar em nada para comprar pra você de Natal. Desculpe. — Dei um sorriso desapontado, e ele me puxou de novo.

— Tudo de que preciso está bem aqui — disse ele e abraçou minha cintura, sussurrando: — Canta pra mim.

E eu cantei.

A noite de Natal foi um desafio, porque eu queria ficar com Erik, mas sabia que Raul ia desconfiar se não passasse com ele e Ben. Então encontrei os rapazes na Comuna e seguimos para jantar em um restaurante mais requintado.

— Eu trouxe presentes! Sei que vocês já têm esses livros, mas acho que nunca é demais uma edição bonita na estante.

— Christine, Darcy nunca é demais. E Lizzie é muito necessária na vida de todo mundo — disse Ben e beijou meu rosto em agradecimento.

— Sydney Carton em *Um conto de duas cidades* é um exemplo. Obrigado, Christine — disse Raul e beijou o topo da minha cabeça, como sempre fazia.

— Não gosto muito de Carton — falei. — Ele se sacrificou pela mulher que ama, mas ela se casou com outro. Não tem final feliz.

— Nem sempre boas histórias têm final feliz. Mas não quer dizer que não tenham valido a pena — respondeu Raul e sorriu.

— Raul, e o presente dela? Não me diga que você esqueceu.

Raul então abriu uma enorme sacola de papel. De dentro, retirou um casaco pesado e muito antigo. E de imediato soube o que era e me arrependi de ter passado rímel.

— Era do seu pai. Ele me emprestou no dia em que eu conheci você e eu caí na água atrás da sua echarpe. Estávamos passeando na beira da praia. Lembra? — É claro que eu me lembrava. Raul me dera outra echarpe e eu lhe dei um CD com uma compilação de músicas. E assim começou a nossa tradição. — Esqueci de devolver. Pedi para o meu pai mandar pra mim.

— Não chore, Christine — disse Raul, baixinho, e em um pulo os dois estavam com os braços em volta de mim enquanto eu agarrava o casaco como se ele ainda tivesse o cheiro do meu pai. Mas não tinha. Estava lavado e bem guardado. Se não fosse a cor desbotada e o modelo antiquado, seria um casaco novo. Mas para mim era uma lembrança e era mais do que o suficiente.

— Obrigada — sussurrei, e os abracei de volta.

Jantamos juntos, rimos, conversamos, e quando estávamos saindo, senti vontade de visitar o túmulo do meu pai, pelo menos. Mas eu estava tão longe. Então resolvi passar na igreja do Instituto antes de encerrar a noite. Só que não queria dividir esse momento com os meninos, e deixei que me guiassem até o alojamento, me despedi e aguardei uns minutos antes de vestir o casaco do meu pai e sair novamente.

A igreja — que era ecumênica — estava vazia, mas algumas velas tinham sido acesas. Era Natal afinal. Entrei, rezei e pensei no velho Gustave, seu sorriso enorme, sua gargalhada profunda e seu abraço único. Fui até as velas e usei um longo palito para acender uma para o meu pai. Pensei em tudo que vivemos e no que viveríamos se a doença não o tivesse arrancado de mim.

Pensei, rezei e chorei em silêncio. A saudade ardia.

Então escutei um violino tocar baixinho. Era o violino do meu pai? Antes de achar que estava ficando maluca, busquei pela igreja e o vi perto de uma das portas laterais, na penumbra. Sorri entre lágrimas. Erik tocou a melodia favorita do meu pai até o final e então, milagrosamente, em vez de sumir sem se despedir, foi ao meu encontro.

— Feliz Natal, Christine — disse ele, beijando minha mão e se sentando ao meu lado.

— Como sabia que eu estaria aqui? — perguntei, mas não me importava muito a resposta.

A felicidade de estar ao lado dele era maior do que tudo.

— Conheço você. Sei como o Natal é difícil para quem está sozinho — disse Erik ao olhar para a frente, o capuz cobrindo parte do rosto. Então ele se virou pra mim. — Mas você não está sozinha. Não mais.

— Nem você — respondi e apertei sua mão, uma promessa selada.

— Venha — chamou Erik, e deixamos a igreja pela porta lateral, que levava aos fundos do Instituto.

Se continuássemos andando na beira do bosque que cercava a propriedade, sabia que íamos parar de volta no Teatro Ópera.

Então me dei conta de que, pela primeira vez, estávamos do lado de fora e não enclausurados.

— Erik, por que você vive em um teatro abandonado? — perguntei, e esperava um rompante temperamental, mas ele seguiu andando, uma mão na minha e a outra carregando a caixa com o violino.

— Porque é o meu lugar — respondeu, como se fosse óbvio.

— Como assim? — Parei abruptamente, e ele seguiu meu movimento e se virou, cheio de dúvida nos olhos cinzentos. — Como assim é o seu lugar? Você é um gênio! Por que se esconde?

Então vi algo mudar em seu olhar. Algo perigoso quase veio à tona, mas se conteve.

— Christine. — Ele disse meu nome baixo e deu um passo à frente. Estremeci. — Só porque você me aceita não quer dizer que todos o façam.

— Ora, Erik, não é por suas cicatrizes que você se esconde, é? É o século XXI! Ninguém o julgaria pela aparência e... — falei, e sua gargalhada cortou minha linha de raciocínio.

Foi tão forte, mas não tinha absolutamente graça alguma. Ele deixou a caixa do violino no chão e se voltou para mim.

— Minha doce e ingênua Christine — disse, segurando meu rosto. — É uma bênção que tenhamos durado tanto, e não quero ter que... — Mas ele não completou a frase.

Seus olhos se perderam nos meus. Senti meu coração acelerar ao vê-lo dar mais um passo, minimizando a distância entre nós.

Levantei o rosto para sustentar seu olhar e quando o vi chegar mais perto, fechei os olhos. Esperei seus lábios finalmente tocarem os meus, mas ele hesitou até estar a milímetros de distância. Então sussurrou meu nome, e o que quer que o impedira até então se esvaiu. Seus lábios eram macios, gentis e tomaram os meus em uma dança perfeita.

Suas mãos deixaram meu rosto e encontraram a minha nuca e cintura, me puxando para mais perto, impossivelmente perto. Era tudo que eu esperava e mais. Erik me abraçava como se temesse que eu partisse, como se eu fosse tudo para ele, assim como ele era pra mim. Eu estava no céu!

Mas não estávamos sozinhos.

13

Erik sabia que amigos meus tinham ficado no Instituto durante as festas de final de ano, então não queria atrair atenção.

A consequência dessa cautela era que passávamos menos tempo juntos do que gostaríamos, mas o que deveria ter me deixado triste e com saudades de seu beijo só serviu para potencializar meus sentimentos por ele.

Quando não estávamos juntos, eu estava com Raul e Ben, passeando pela cidade, ajudando a preparar as aulas para o próximo semestre ou só jogando papo fora. E durante esse período, recebia mensagens de Erik.

DE: NÚMERO PRIVADO
Invejo essa lágrima de cristal porque
ela está próxima de você.

Quando essa chegou, eu estava lendo na biblioteca. Benjamin pesquisava algo em um dos computadores e Raul tivera que se ausentar. Assim que vi a mensagem, olhei ao redor, mas não o vi. Então, me sentindo extremamente ousada, peguei o pingente com as pontas dos dedos e o levei aos lábios, dando nele um beijo longo e, esperava eu, sexy.

Devia ter dado certo, porque meu celular voltou a apitar.

DE: NÚMERO PRIVADO
Assim você me deixa maluco.

Mordi o lábio inferior na tentativa de segurar o sorriso. Senti o peito inflar de orgulho e meu pulso acelerar de desejo. E o celular voltou a apitar.

DE: NÚMERO PRIVADO
Seção de romances.
Segundo andar.
Agora.

Sem questionar, levantei da mesa em que estava e passei sem fazer barulho para o outro lado da biblioteca, evitando que Ben notasse minha movimentação. Subi as escadas correndo e fui direto para a seção de romances, que ficava convenientemente situada próxima a uma saída de emergência.

Assim que entrei no corredor, vi Erik no fundo, próximo à porta. Acho que nunca tinha estado mais lindo. Embora suas roupas fossem sempre escuras e bem cortadas, acompanhadas pelo inseparável e longo casaco de capuz, Erik exalava elegância. Seus cabelos escuros eram curtos, os fios macios. Seu porte atlético e esguio o fazia parecer um lorde, e seu rosto... seu queixo era marcante, e seu nariz reto o fazia parecer esculpido. Os lábios cheios me faziam tremer, mas era seu olhar que me mantinha refém. Aqueles olhos cinzentos que conseguiam ser adoráveis e ameaçadores simultaneamente.

Quando o avistei apoiado em uma das prateleiras, não consegui falar nada. Queria poder dizer algo meio safado ou até romântico, mas não encontrei palavras. Tudo que fiz foi apertar o passo até meu corpo estar imprensado contra o dele. Afundei as mãos em seus cabelos enquanto nossos lábios se devoravam. Aquele beijo não tinha nada de casto nem inocente. Era fome, urgência e desejo. Uma de suas mãos se prendeu à minha nuca e a outra serpenteou em volta da minha cintura, me trazendo para tão perto que precisei parar o beijo para conseguir respirar. Minhas mãos puxaram a gola do seu casaco e nossas testas se encostaram. Sorrimos como dois adolescentes apaixonados e ficamos assim, no escuro, dando uns amassos até a porta da biblioteca se abrir e a voz de Raul soar.

Achei que ele chamava por mim, mas estava quase vendo estrelas e não me importava nada mais além de estar enlaçada por Erik no momento. Mas então Raul e Benjamin começaram a conversar, e o tom me chamou atenção.

— Como você não viu aonde ela foi? Ben, Christine estava bem aqui! — berrou Raul, e Ben se levantou.

— Raul, se acalma. Ela deve ter ido ao banheiro. O que aconteceu? — perguntou Ben.

De onde estávamos, era possível ver o andar de baixo, e Raul estava fora de si, andando de um lado para o outro da biblioteca como um leão enjaulado.

Ver Raul assim me preocupou, mas quando fui me soltar do abraço de Erik para ir até meu amigo acalmá-lo, ele me segurou, como se a mera menção do meu nome por Raul fosse uma ameaça.

— Ben, eu acho que Christine está correndo muito perigo — revelou Raul, e senti Erik prender a respiração.

Quando olhei para Erik, vi de novo a tempestade em seus olhos. Se não o conhecesse, seria o suficiente para me amedrontar. Lentamente, segurei seu rosto e beijei seus lábios. Tentei mostrar que estava tudo bem. Ele assentiu e recuou.

— Meu Deus, isso aqui é uma biblioteca. Que gritaria é essa? — indaguei do parapeito do andar de cima, tentando soar despreocupada. Mas quando vi Raul virar para cima e correr para as escadas, meu corpo gelou. Olhei para trás e vi a porta de emergência fechar.

— Graças a Deus — disse Raul, e me abraçou forte. — Nunca mais faça isso, Christine, por favor.

— Fazer o quê? Ler? — perguntei, sorrindo.

Raul me soltou e olhou nos meus olhos. Senti um calafrio ao ver que havia mais do que preocupação nele. Dei um passo para trás.

— O que houve? — perguntei, tentando soar inocente.

— Aqui não — disse ele e saiu da biblioteca me puxando pela mão.

Corri e só consegui me soltar de Raul quando chegamos a uma praça no centro do campus.

— Para! Você está agindo feito um maluco!

Raul deu mais alguns passos e passou as mãos pelos cabelos cor de trigo, agonia estampada nos olhos.

— Raul, o que está acontecendo? Você está me assustando — falei, e ele parou, as costas largas viradas para mim.

Respirou fundo e se virou, a expressão de puro desespero. Então segurou minhas mãos, nos fazendo sentar no banco frio de concreto na praça. O vento do fim de tarde soprava levemente, levantando fios do meu cabelo.

— Christine, preciso que confie em mim e faça o que vou pedir — disse ele, escolhendo bem cada palavra. — Preciso que pare de ver seu namorado.

— O quê? — perguntei e tentei me afastar, mas ele enterrou os dedos nos meus pulsos e me manteve no lugar.

— Christine, ouça. Ele não é quem diz e...

— Como você sabe e... O que... Minha vida não é da sua conta — gritei e consegui me soltar.

Levantei e comecei a andar para longe de Raul, mas ele veio atrás, se mantendo a alguns passos de distância.

— Há alguns anos, um professor se envolveu com uma aluna e os dois sofreram um acidente de carro.

Ele continuou a falar e eu apressei o passo. Não queria ouvir.

— O nome do professor era Erik. — Eu parei de andar. — Erik Fantôme, e desconfio de que ele não tenha morrido como a história, a tal lenda, conta. Acho que você já sabe disso, Christine. — Raul me alcançou, as lágrimas começavam a descer pelo meu rosto. — Acho que você sempre soube — disse ele e tocou meu ombro.

Eu não conseguia falar, me mover, pensar. No fundo, sempre soube que Erik não era um fantasma, um anjo, mas ele foi tudo isso e muito mais para mim. Quando mais precisei, quando estava me afogando em mágoa e tristeza e insegurança, foi ele quem me salvou, quem me mostrou que eu ainda poderia ser feliz.

— Christine — sussurrou Raul e deu um passo à frente, mas parou quando recuei. — Christine, por favor, pare de vê-lo. Ele é perigoso. Precisamos falar com a polícia.

Lendas são tão perigosas quanto as histórias que as inspiraram.

Madame Giry havia me dito isso uma vez. Ela sabia!

Dei mais um passo para longe de Raul, e fui andando de volta para o alojamento. Eu chorava compulsivamente quando o ouvi gritar meu nome, mas pedi que me deixasse sozinha e comecei a correr.

Quando estava subindo para o quarto, peguei o celular e liguei para Meg. Tentei controlar a voz, mas foi impossível. Meg atendeu no segundo toque e não lhe dei chance de falar amenidades.

— Meg, posso falar com a sua mãe, por favor? — pedi, cortando-a, e senti seu tom mudar.

— Christine... o que aconteceu? — perguntou ela, tensa.

— Só preciso falar com ela. Fazer uma pergunta.

Ouvi Meg chamar a mãe. Instantes depois, a voz de madame Giry não soou austera, mas curiosa, preocupada, como uma mãe.

— Christine? — chamou ela e minha coragem sumiu por alguns segundos.

— Você sabia. Por que não disse nada? — perguntei. A voz que ouvi não era minha, era fria, dura e raivosa.

Lágrimas ainda desciam pelo rosto, e a raiva e a decepção espremiam o meu coração. Ouvi sua respiração pelo fone e Meg ao fundo, querendo saber o que estava acontecendo.

— Porque ele não permitiu — respondeu madame Giry, finalmente, e parei onde estava.

Levei a mão à boca e fechei os olhos apertados. Senti como se um punho monstruoso tivesse atravessado meu corpo, pegando de uma só vez minhas entranhas e as arrancando. Não conseguia respirar tamanha a dor.

Sentei no degrau da escada e desliguei o celular, ignorando a voz de madame Giry me chamando. Ela tinha tentado me avisar, mas eu não ouvi. Eu não *quis* ouvir. Foi por isso que ela insistiu tanto para que eu passasse as festas com Meg. Ouvi alguém entrando no alojamento e temi que fosse Raul atrás de mim. Apressei o passo, mas quando fechei a porta e acendi a luz do abajur, quase desmaiei. Ele era tão alto que parecia tomar conta de todo o ambiente. Era como se estivesse fora de contexto, um gênio, um mentiroso, um controlador, no quarto de uma inocente universitária.

Ele estava de frente para mim, e seus olhos não continham mais a raiva que eu tinha visto antes, mas o desespero de um homem despedaçado. Sem pensar duas vezes, fui em sua direção e minha mão ardeu em seu rosto. O tapa fez o capuz cair para trás, e comecei a bater no peito dele com toda a força. Bati, esmurrei, e ele me segurou em um abraço apertado até que não consegui mais me mover e desabei no chão aos prantos.

— Antes de me odiar, deixe-me explicar — disse ao meu ouvido, e eu odiei como sua voz ainda fazia meus joelhos se transformarem em manteiga.

E ficamos abraçados, durante muito tempo. Chorei tanto que achava que não tinha mais lágrimas. Então, ele começou.

— Sabíamos que estávamos fazendo algo errado. Mesmo apaixonado, tentei terminar, mas ela não aceitou. Estávamos voltando de carro de um jantar quando... ela... o acidente aconteceu. Batemos, e o carro pegou fogo. Eu consegui sair, mas não consegui tirá-la e... sinto muito por tudo, Christine — disse ele.

Eu me afastei o suficiente para olhá-lo de frente. Seu rosto ferido, deformado pela batida e pelo fogo, sem qualquer disfarce.

— Por que não me disse? — perguntei, minha voz rouca de tanto chorar.

— Porque sei que, no fundo, você sabia. E eu tinha medo de que, se contasse... com todas as palavras, você me deixasse.

— Eu preciso ficar sozinha.

— Christine, por favor... — começou, mas o interrompi.

— Não consigo pensar com você tão perto. Por favor, vá embora — pedi e me dirigi ao banheiro.

Me tranquei lá e esperei o som da porta do quarto abrir e fechar, mas isso não aconteceu. Mesmo assim, quando voltei, ele tinha sumido. Eu estava sozinha novamente.

Ou era o que eu pensava.

14

— COMO É QUE É? — perguntou Meg.

Passei os demais dias do recesso no quarto. Não atendi as ligações de Raul, nem de Meg, e Erik não mandou mensagens. Depois da virada do ano, eu me sentia um zumbi de coração partido, mas precisava tentar voltar à realidade. Era sábado e as aulas só começavam na segunda, mas alguns alunos aproveitavam o fim de semana para voltar para o Instituto e organizar os quartos, rever amigos e se inscrever nas aulas mais concorridas.

Eu e Meg estávamos na biblioteca. Eu estava sentada em uma poltrona, abraçada aos joelhos, olhando para ela, que fumegava de raiva.

— Então... então o seu gatinho era na verdade o fantasma, mas que na verdade é o professor Fantôme, que não morreu? — perguntou, e pedi que não falasse tão alto, embora estivéssemos só nós duas na sala.

— Meg, pensei que não desse para sofrer mais do que quando cheguei aqui no ano passado, mas me enganei — falei, enxugando uma lágrima que teimava em cair.

— Chris — disse Meg, baixinho, e ajoelhou-se no chão à minha frente. Ela apoiou as mãos nos meus joelhos. — Querida, sei que você está sofrendo, mas precisamos avisar a alguém. Tem um homem morando no teatro e abusando de estudantes, precisamos...

— O quê?! — perguntei, incrédula, e me levantei em um movimento rápido, fazendo com que Meg caísse sentada. — Você ficou maluca, Meg? Ele não está abusando de ninguém! — Eu estava quase aos berros.

— Chris, ele te manipulou! Isso é abuso, sim! — respondeu Meg, igualando o meu tom e ficando de pé.

— Abuso é o que eu teria sofrido nas mãos do Robert, seu amiguinho, se o Erik não tivesse me salvado. — Tentei defendê-lo, mas me arrependi assim que falei.

— Peraí... Erik foi quem atacou Robert? Christine, você sabia disso? — perguntou Meg e pegou meu braço, mas eu me soltei, já me encaminhando para fora da biblioteca. Ela veio atrás.

— Ele não atacou ninguém, só me protegeu — falei, tentando ficar longe de Meg.

— Christine! — berrou ela e parou na minha frente. — Eu não fazia ideia do que ele tinha feito com você, e isso é mesmo muito grave. Christine. — Meg repetiu meu nome e segurou meu rosto nas pequenas mãos. — Me promete que não vai voltar a falar com ele até resolvermos o que fazer. Me promete, Chris, por favor.

— Eu prometo — falei, baixinho, e Meg me abraçou.

Ainda estávamos abraçadas quando vi Raul entrar na biblioteca e ficar perto da porta, me esperando. Seus olhos já pediam desculpas mesmo que não tivesse dito nada.

Meg me soltou, notando a chegada de Raul.

— Por que ele tem que ser gay? Se não fosse, você poderia viver feliz para sempre com ele. Eu também poderia — disse ela, e me arrancou um sorriso.

— Se ele não fosse gay, não seria o meu Raul — falei, e ela sorriu, saindo da biblioteca e acenando com a cabeça para o meu amigo como quem diz "agora é contigo".

Raul entendeu o sinal e se aproximou. Quando ele ia começar a se desculpar, eu levantei a mão, pedindo silêncio.

— Eu só quero saber como você descobriu — pedi, e ele me conduziu de volta para a sala de estudo na biblioteca para nos sentarmos.

Raul então me explicou que tinha me visto com alguém no Natal. Lembrei que Erik e eu passeamos um pouco e foi quando demos nosso primeiro beijo.

— Sinto muito por não ter anunciado minha presença, Christine. Mas achei algo estranho. Era como se ele estivesse constantemente tentando se esconder, te esconder. Então, quando vocês se separaram, eu o segui até o teatro e... bem, comecei a juntar as peças.

— Mas todo mundo pensava que ele tinha morrido no acidente. Como você...? — Não finalizei a pergunta porque o olhar de Raul me gelou por dentro. Tinha mais alguma coisa que eu não sabia.

— Christine, eu ouvi Ben conversar com os pais durante o feriado, e ele me contou que a irmã está recuperando a voz, mas teve que procurar ajuda psicológica.

O quê? Ajuda psicológica?

— Ben disse que ela passou a ter problemas para dormir e que seus pais a internaram. Ela gritava à noite e... bem, aparentemente ela não se lembra de ter tomado tônico nenhum para melhorar a voz. Christine, ela tem pesadelos com um fantasma a forçando a tomar o tal remédio.

Não conseguia sentir minhas pernas, meus braços, nada. Eu estava dormente por dentro, por fora e provavelmente para sempre. Raul estava me dizendo que Erik não somente havia esmurrado Robert como também teria atacado Carlota, obrigando-a a ingerir sei lá o que foi que a fez perder a voz? Tudo por minha causa?

— É culpa minha. — As palavras morreram num sussurro em meus lábios e quando vi Raul já estava ao meu lado.

— Christine, quero que me escute com atenção. Você não tem culpa de nada. Você foi manipulada desde o início.

— Acha realmente que sou fraca assim? Que não teria notado uma coisa dessas, Raul? — respondi, voltando a me levantar.

Raul seguiu meus movimentos.

— Mas é claro que não! Eu te conheço e exatamente por isso sei que a morte do seu pai a deixou muito fragilizada, e sei que foi isso que permitiu que esse... Que esse monstro te usasse dessa maneira. — Então Raul deu a volta na mesa e segurou meus ombros, abaixando um pouco para que nossos olhares se encontrassem. — Nada disso é sua culpa, Christine. Você se apaixonou por uma máscara, uma mentira. Você foi uma vítima aqui. Entende?

Isso chamou minha atenção, e pisquei várias vezes para tentar me focar nele. Malditas lágrimas!

— Eu tenho que tirar você daqui. Vou arrumar o carro e levarei você para a casa dos meus pais. Ficaremos lá e podemos trancar sua matrícula até que tudo se resolva, mas você não pode ficar aqui. Não sabemos como ele ficou tanto tempo sem ser notado, mas aqui não é mais seguro para você. Vamos deixar o Instituto amanhã e quero que passe a noite com a Meg, combinado? Não fique no seu quarto. — Erik tinha desaparecido, mas tanto a direção do Instituto quanto a polícia o procuravam.

— Por quê? Ele nunca me faria mal, Raul — falei, quase catatônica.

O rosto de Raul se transformou em uma máscara de dor. Naquele instante eu percebi que tudo ia piorar e que algum outro segredo estava prestes a ser revelado. Eu não queria saber, mas não havia escolha.

— Querida, o seu quarto pertencia à Anna Sierra, a estudante que morreu no acidente. Esta aqui é ela. — Ele me entregou uma foto da menina, e ela se parecia muito comigo.

Cabelos castanhos, pele pálida, só os olhos eram diferentes. Enquanto os dela eram verdes como esmeraldas, os meus têm um tom claro de azul. Era como se eu fosse um rascunho de Anna.

Embora a informação fosse absurdamente mórbida, o que mais pesava era a mentira. Erik não tinha se interessado pela minha voz e nem me amou por quem sou. Eu simplesmente o fazia se lembrar dela.

— Vou para o quarto da Meg, Raul. Não se preocupe. — E a Christine robótica, sem vida, estava de volta.

†††

A noite chegou, e Meg fez de tudo para me alegrar: comprou cheeseburger e pegou filmes que eu adorava. Só que eram todos romances, e eu não queria ver finais felizes porque sabia que eu não teria o meu.

Por fim, ficamos deitadas na cama de casal — madame Giry podia ser severa, mas pelo menos conseguiu um quarto individual para Meg —, comendo besteiras e vendo as notícias na televisão. Meg futucava o celular de tempos em tempos, e suspeitei que estivesse mantendo Raul informado do meu estado.

Então me peguei pensando em Erik. Agora que eu não era mais a única conhecedora fiel de seu segredo, o que aconteceria com ele? Demoliriam o teatro? Ele seria preso? Ele mentiu para mim, mas o pior de tudo era que eu o amava. Ele me tirou de uma depressão quando eu achei não ter mais saída. E eu seria grata a ele para sempre por isso. Mesmo que essas lembranças me matassem.

A exaustão me venceu e adormeci. O domingo chegou e o Instituto estava começando a ficar mais movimentado, pronto para receber os alunos no dia seguinte. Resolvi, então, ir com Meg até a secretaria para trancar a minha matrícula. A mesma senhora que me atendeu quando precisei mudar de quarto estava atrás do balcão. Expliquei a ela tudo de que precisava, e ela buscou a papelada necessária.

— Que pena que vai trancar, Christine. Mas também, com tantos convites, é bom escolher o que realmente quer e... — disse ela, mas Meg a interrompeu.

— Convites? Como assim? — perguntou ela e me cutucou para que prestasse atenção.

— Ora, depois do espetáculo de final de ano, é normal olheiros, agentes e até mesmo outros conservatórios convidarem os alunos para se juntarem a eles. Recebemos vários convites em seu nome, Christine. Mandamos todos para o seu quarto. Não recebeu?

Nem tive forças para negar, apenas balancei a cabeça.

— Meu Deus! — sussurrou Meg; com um braço pegou a papelada e com o outro, a minha mão.

— Aonde estamos indo? — perguntei, seguindo Meg e ainda tentando entender o que estava acontecendo.

Corremos de volta para o meu quarto, e Meg começou a tacar tudo que eu tinha, que não era muito, nas malas.

— Droga, cadê o Raul? — berrou ela com o celular, e o meu tocou.

Automaticamente, nós duas paramos e olhamos para o aparelho, assustadas. Meg pegou e atendeu.

— Oi, Ben — disse ela, aliviada, e eu soltei a respiração que não percebi estar segurando. — O QUÊ? — berrou Meg. — Onde ele está? Onde você está? — perguntou ela, e comecei a ficar nervosa.

Então Meg desligou, largou tudo que estava fazendo e me segurou pelos ombros.

— Primeiro você precisa saber que Raul está bem.

— Por que ele não estaria, Meg? — perguntei e comecei a sentir minha pulsação acelerar.

— Porque ele bateu com o carro, mas está bem, consciente e vindo pra cá. Vou no meu quarto pegar minha bolsa e já volto. Você vai ficar aqui e me esperar. Os meninos estão vindo do hospital e vão encontrar conosco na frente do Instituto.

Ele voltou. O pânico me impediu de respirar. Caí no chão com Meg ainda me segurando e tentei me acalmar, respirar mais devagar, mas a tristeza, a raiva e a revolta estavam tomando conta.

Meu celular apitou.

DE: NÚMERO PRIVADO
Você não vai a lugar algum.

— Você me enganou — sussurrei, e Meg afagou meu cabelo, tentando em vão me acalmar. — Me entreguei por completo, cegamente...

Olhei para o espelho do quarto e, num surto de raiva, arremessei o celular ali. Choveu cacos de vidro perto de nós duas, e esperei ver meu celular quebrado no chão e uma parede sólida por trás, mas o que vi foi escuridão.

— Ai, meu Deus — sussurrou Meg, e nos levantamos.

O espelho quebrado mostrava uma passagem oculta e escura, que levava a um corredor.

— Meg, avise Raul o que aconteceu — falei, e peguei o telefone de volta. Embora a tela estivesse danificada, consegui acender a lanterna sem problemas.

— TÁ LOUCA!? — gritou Meg e segurou meu braço. — Você não pode descer. Christine, ele é criminoso, é maluco.

Me soltei, atravessei o espelho quebrado e escutei Meg listar todos os palavrões que eu conhecia antes de sair do quarto correndo. Então comecei a seguir o caminho na escuridão, com a luz solitária da lanterna do meu celular como único guia.

15

O corredor era estreito, e geralmente lugares como aquele me fariam sentir claustrofobia, mas naquele momento eu só sentia uma mescla forte de tristeza e raiva. Conforme fui andando, vi algumas portas identificadas por plaquinhas e entendi como Erik exercia sua "onipresença": os antigos túneis e passagens secretas do Instituto. Andei muito, desci, andei mais, até que não sabia exatamente onde estava, mas a fragrância de rosas foi como uma bússola. Embaixo de uma porta, uma luz tremulava como se uma TV estivesse ligada. Prendi a respiração e abri a porta tentando fazer o mínimo possível de barulho. Esperava encontrar Erik ali, mas o que vi foi mil vezes pior.

O cômodo tinha uma cama em um canto, e, do outro lado, uma parede alta abrigava centenas de fotos e recortes de jornal. Monitores mostravam imagens diferentes, como um circuito interno de segurança. Procurei uma luz no quarto e a acendi, e foi quando o meu mundo desabou de vez.

Recortes sobre a carreira do meu pai pendiam das paredes, inclusive uma cópia da partitura que ele compôs e o tornara conhecido. Fotos minhas estavam por toda a parte. Eram momentos capturados durante ensaios, aulas teóricas, na biblioteca, com meus amigos. Mas quando avistei fotos minhas dormindo foi que meu estômago se revirou. Ele invadiu minha privacidade de todas as formas, violou minha confiança enquanto me fazia acreditar que estava me protegendo.

Me aproximei de uma das mesas e vi que os monitores mostravam meu quarto, os teatros, todo o Instituto. Desviei o olhar para os papéis e encontrei dezenas de cartas endereçadas a mim. Afoitamente, abri algumas: eram os convites que a senhora da secretaria tinha mencionado, convites de faculdade, pedidos para integrar o corpo lírico de uma ópera e até para participar de reality shows. Eu precisava sair dali!

Ao sair, mais uma vez usei as rosas para encontrar o caminho até o teatro. Mas, quando finalmente cheguei no topo da escada, meu coração parou. Ele estava no centro do palco, à minha espera. Não consegui desviar os olhos. O casaco de capuz tinha sumido, e os dois botões abertos da camisa eram o bastante para eu notar que as cicatrizes que marcavam o seu rosto desciam e tomavam parte do pescoço.

— Era por isso. — Sua voz ecoou com nojo — Era para evitar esse olhar de asco que mantive meus segredos.

— Não são segredos. São mentiras — falei, e minha cabeça começou a latejar.

A fragrância das rosas estava misturada a outro odor que não consegui identificar, algo forte demais.

— Christine... eu não menti pra você.

— Nem quando disse a ela que foi Anna quem bateu o carro quando na verdade foi você? — questionou Raul da porta do teatro, seguido de perto por Benjamin e Meg.

Vi bandagens em seu braço e ferimentos na testa.

Com dois passos, Erik estava atrás de mim, um braço em volta da minha cintura e o outro esticado segurando um objeto metálico.

Um isqueiro. Então entendi o odor que estava sentindo.

— Não, por favor — pedi, baixinho, e ele colou os lábios no meu ouvido.

— Você prometeu que não me deixaria, e eu vou fazer com que honre essa promessa — sussurrou ele, mas sua voz, que já me fizera tremer de prazer, agora gelava minha alma.

— Você não pode ganhar seu amor ao torná-la sua prisioneira[4] — gritou Raul, e deu mais passos adiante. Mas Ben e Meg puxaram seus braços para trás, impedindo-o de continuar.

— Não os machuque, por favor — implorei, desesperada.

— Conte pra ela, Erik, como Anna tentou terminar tudo e você não aceitou. — Raul cuspiu as palavras olhando para Erik, que me apertou mais forte. — A ideia era que os dois morressem no acidente, mas Erik teve sorte. Se é que isso pode ser chamado de sorte.

— Se sou um monstro é porque vocês me fizeram assim — urrou Erik, completamente fora de si.

— Você é um monstro, sim — berrou Raul de volta. — Você já era antes do acidente. Um professor que utiliza sua influência para se envolver com uma aluna inocente é um monstro.

— Raul, o teatro está ensopado de gasolina — disse Ben ao puxar o namorado para trás.

— Tire-os daqui, Ben — pedi, e recebi um grito de Raul em resposta. Erik me apertou mais forte. — Por favor, deixe-os ir.

Ouvi Raul instruir Ben a tirar Meg dali, mas ninguém se mexeu.

— Por favor, Erik. Se você me amou algum dia, deixe-os ir. Eu fico com você — falei, e o aperto relaxou.

Ben não esperou outra oportunidade e praticamente carregou Meg para fora do teatro, mesmo com ela aos berros. Mas Raul ficou, seus olhos duas redomas de puro desespero.

4 Fala do musical *O Fantasma da Ópera*, de Andrew Lloyd Webber.

— Você amava Anna e sei que ama Christine. Não repita o mesmo erro — disse Raul, devagar.

— Saia. Daqui. — Erik sibilou cada palavra.

E então acendeu o isqueiro.

Me assustei e virei para Raul, implorando com o olhar para que deixasse o teatro. E ele entendeu que não tínhamos escolha. Se o isqueiro caísse, todos morreríamos nas chamas.

Então Raul lutou contra cada passo, mas recuou até estar do lado de fora. As últimas palavras que ele disse antes de fechar a porta foram:

— Os freios do meu carro foram cortados, Christine.

E voltamos a ser só nós dois no teatro abandonado. Como antes. Como tantas vezes. Lágrimas mais uma vez inundaram meus olhos, e caí de joelhos no palco assim que Erik me soltou.

— Fiz tudo por ela. Eu a treinei e a amei como ninguém, e ela se apaixonou por outra pessoa — disse Erik agora andando pelo palco, impaciente, fora de si. — Ela era o meu mundo inteiro — continuou, e meu coração apertou.

— Foi por isso que me escolheu? — perguntei, levantando a cabeça para encontrar seu olhar. — Porque me pareço com ela?

Em um movimento abrupto, Erik se ajoelhou na minha frente, e sua mão quase tocou meu rosto.

— Não, Christine. Eu te escolhi por sua voz e... E eu te amo por você ser quem é — disse ele.

Quando deixei que me tocasse, havia ternura no gesto. Ele disse que me amava, e finalmente o meu maior sonho se tornara meu maior pesadelo.

— O que você fez... Não se faz isso com quem amamos, Erik. Você inspirou minha voz, me tirou da tristeza, mas com todo o resto... Erik, você me quebrou por dentro — falei, e ele se afastou como se minha pele o tivesse queimado. — O seu rosto nunca me assustou. É a sua alma que abriga sua verdadeira distorção.[5]

Então me levantei, mas Erik continuou ajoelhado no chão, sentado sobre os pés. Seus olhos cinzentos me encaravam.

— Queria que fosse diferente — disse ao me aproximar e segurar seu rosto. — Nunca haverá um dia em que não vou pensar em você.

Beijei sua testa e voltei a olhar nos olhos dele, que estavam marejados.

Soltei seu rosto e me virei para descer do palco. A cada passo, meu coração se contorcia e voltava a se quebrar. Queria que fosse diferente, que tudo não tivesse passado de um trágico acidente, que pudéssemos deixar as ruínas do teatro e construir uma vida juntos. A cada passo, o fantasma do que poderia ter sido ficava mais forte.

Quando cheguei à porta, consegui ouvir as sirenes do lado de fora. Alguém tinha chamado a polícia. Voltei o olhar para o palco, mas Erik não estava mais lá. Assim que saí do teatro, os bombeiros entraram correndo. O prédio estava em chamas.

Fui aparada por Raul e caí de volta na escuridão.

16

O incêndio tomou conta do teatro, mas ninguém foi encontrado.

Depois de acordar e deixar o hospital, me instalei na casa dos pais de Raul. Meg confrontou a mãe, que, mesmo sabendo da presença de Erik na faculdade, não disse nada. Madame Giry se aposentou, e Meg pediu transferência para o Observatório de Dança, onde se formou com louvor. Eu acabei aceitando um

---

5 Fala do musical *O Fantasma da Ópera*, de Andrew Lloyd Webber.

daqueles convites que por pouco não ignorei, e minha carreira deslanchou.

Semanas depois do incêndio, visitei Carlota na clínica onde estava internada. Sua voz estava de volta, o que era um milagre. Mas o que ela disse ainda assombra a minha mente.

— Falei tanto, mas eu quase fui a sapinha da ópera — disse ela, e riu antes que os olhos e a postura enrijecessem. — Nada foi culpa sua. O amor é inebriante, e nem sempre é possível lidar com ele.

— Acho que obsessão é a palavra mais adequada — respondi com cautela.

— Obsessão é fruto do amor. O importante é entender a quem amamos mais: a nós mesmos ou ao outro.

Eu ainda não tenho resposta para isso. Sempre seria grata a Erik por tudo que fez por mim, por ter inspirado minha voz, por todos os momentos que passamos juntos, mas somente algum tempo depois, relembrando aquele ano turbulento no Instituto, foi que me dei conta do quanto ele havia sido abusivo. Se não fosse por aquela fatídica noite, talvez tivesse demorado mais tempo para me dar conta. Talvez nunca chegasse a essa conclusão. E ainda não sei como tive forças para reconstruir o meu mundo mais uma vez. Mas tive, e é isso que importa.

17

--- HOJE ---

Pessoas ocupam cada poltrona do Teatro Ópera, agora completamente reformado. Os camarotes estão lotados, e até mesmo nos corredores alguns alunos estão sentados no chão.

Meu camarim está repleto de flores — todas, menos rosas — e estou terminando a maquiagem para subir ao palco. A saia longa de tule negro combina perfeitamente bem com meus coturnos de vinil e o corpete mantém minha forma, mas é confortável o suficiente para eu cantar e me mover. Meu cabelo, agora negro como a penugem de um corvo, se estende liso até a cintura, e meus olhos azuis estão destacados pela maquiagem pesada.

— Fala pra mim que essa saia é recalque por nunca ter usado um tutu — pergunta Meg ao entrar no camarim, seguida de Raul.

— É bem possível — respondo e me viro para os dois.

A expressão em seus rostos é uma mescla de apreensão e empolgação.

— Relaxem. Eu estou bem — digo com sinceridade, e eles parecem respirar, aliviados.

— O teatro está lotado. Não tem nem lugar pra gente! Vamos assistir da coxia, tá? — diz Raul, e concordo.

Acho até melhor ter alguém tão perto de mim durante a performance, mas não digo isso a eles.

— Eu não ia falar nada, mas dane-se. O Ben pediu aos seguranças uma varredura total do teatro, do porão ao sótão. Disse que você era supersticiosa e psicótica com segurança — diz Meg rapidamente. — E não acharam nada, Chris. Nenhum sinal dele.

Faço que sim e respiro fundo. Quando dou por mim meus amigos estão segurando minhas mãos.

✝✝✝

Me posiciono no centro do palco e sinto a vibração das pessoas do outro lado. Quando a cortina abre, um tsunami de aplausos me cobre por todos os lados, e é impossível não sorrir.

Levanto singelamente as mãos pedindo silêncio, e o teatro obedece. Corro os olhos pela plateia e vejo alunos, professores, pais, convidados. Todos ansiosos pelo show, empolgados por estarem juntos. E, pela primeira vez, o teatro, o meu teatro, tem vida.

— É uma honra estar aqui hoje — digo, suscitando mais aplausos. — Obrigada pelo convite e por resgatarem esse prédio. Esse teatro é muito especial para mim e merece o respeito de todos nós. Por diversos motivos, não me formei no Instituto, mas foi aqui que conheci e reencontrei meus melhores amigos — olho para a coxia e Meg, Ben e Raul estão de mãos dadas, acompanhando cada palavra. — E foi aqui que eu me reencontrei. Então, hoje eu canto para vocês e para quem me ajudou naquela época de trevas. Aproveitem o show.

Os primeiros acordes começam a tocar e o público vem abaixo.

I've been screaming
On the inside
And I know you feel the pain
Can you hear me?
Can you hear me?

Say it's over
Yes, it's over
But I need you anyway
Say you love me, but it's not enough

Canto "The Change" do Evanescence porque preciso dizer essas palavras. E emendo com "My Immortal", da mesma banda, porque canto pelo meu pai e pelo que poderia ter sido.

These wounds won't seem to heal
This pain is just too real
There's just too much that time cannot erase

Então misturo outras músicas com minhas composições no set list e fecho o show com "Who you are", da Jessie J, a pedido da Meg, que é fã da cantora, mas sei que tem mais por trás desse pedido.

Don't lose who you are in the blur of the stars!
Seeing is deceiving, dreaming is believing,
It's okay not to be okay.
Sometimes it's hard to follow your heart.
Tears don't mean you're losing, everybody's bruising,
Just be true to who you are!

Sinto o lustre tremer com os aplausos. Meu cabelo está grudado na testa, a maquiagem está borrada, mas meu coração pulsa com tudo, e nunca me senti tão viva. Aplaudo a orquestra da faculdade, que é só sorrisos. Agradeço ao microfone e olho para o camarote número cinco. Lotado, ninguém de capuz.

Após um bis — "Chandelier", da Sia —, as cortinas se fecham, e os três que estavam agoniados na coxia tomam o palco e me afogam em abraços.

— Você foi uma completa diva! — diz Meg.

— Até chorei — completa Ben.

— Perfeita, como sempre — diz Raul.

Agradeço, e depois de combinarmos de nos encontrar do lado de fora para irmos jantar, volto ao camarim para tomar um banho e trocar de roupa. Deixo a água morna relaxar meus músculos e rezo baixinho para que, onde quer que ele esteja, esteja bem.

Volto a vestir jeans, camiseta, jaqueta e sapatilhas. Aplico uma maquiagem mais leve e seco o máximo possível os cabelos, amarrando-os num coque alto. Estou prestes a enrolar a echarpe quando me dou conta de que ainda tenho a lágrima de cristal em volta do pescoço. Olho para ela no reflexo do espelho e volto a colocá-la dentro da blusa.

— Espero que tenha gostado do show — digo, baixinho, e espero meu celular apitar em resposta.

Mas o aparelho segue silencioso.

Me encaminho para fora do teatro, ao encontro de Raul, Meg e Ben, mas ouço Sr. Leroux vir apressado atrás de mim.

— Sr. Leroux, obrigada por tudo. Espero que tenha apreciado o show — digo, e ele estende a mão para apertar a minha.

— Minha querida Christine, sua voz é como a de um anjo! Não poderia ter sido mais perfeito. — Agradeço mais uma vez e me despeço. *Como a de um anjo*. A comparação sempre faz meu coração saltar.

Encontro meus amigos e insisto para tirarmos uma foto juntos na frente do teatro.

— Vamos lá! Passamos por muita coisa e continuamos juntos. Em nome de novas e mais alegres lembranças! — digo e aponto o celular para uma selfie, pegando nós três e os andares de cima do teatro.

Nos dividimos nos carros em que viemos e combinamos de encontrar no restaurante italiano da cidade. Quando chego no carro, meu coração para.

Em cima do capô, há uma única rosa vermelha amarrada com uma fita de cetim preto. Nenhum bilhete, nada. Com cuidado, retiro a rosa do capô e olho em volta, mas não vejo ninguém. Meu celular não apita. Nada.

— Obrigada — sussurro ao colocar a rosa em cima da placa comemorativa de reinauguração do teatro.

Volto para o carro, entro e dou a partida. E a vida segue.

Só anos depois, quando estou finalizando a mudança para uma casa maior com minha família, volto a encontrar e realmente olhar a foto que tiramos naquela noite. E noto a silhueta familiar em uma das janelas do teatro.

RAPHAEL MONTES

O SORRISO DO HOMEM MAU

2017

HOMEM ABRE O ALÇAPÃO E desce as escadas, mas o prisioneiro não se move. A luz do dia entra pelo quadrado no teto e deixa entrever a sombra deitada no colchão fino e embolorado, como um graveto retorcido. O lençol fede a urina. O homem não fala nada sobre o cheiro ou sobre o silêncio. Deixa a bandeja diante do prisioneiro e acende a lanterna, o feixe de luz nos olhos do outro.

— Acorda, amor.

A voz bate nas paredes de concreto e escapa pelo alçapão. O prisioneiro abre os olhos lentamente e se encolhe. Os ossos doem. Os tornozelos estão em carne viva, feridos por Regina e Sofia.

— A comida — diz o homem. — Fiz pro meu bebê.

Empurra o prato de alumínio com sopa de tomate. Há também uma espiga de milho, esverdeada, com fungos e casca. O prisioneiro continua deitado e encara o homem: pantufas cor-de-rosa nos pés sujos, meias de bolinhas e um avental com os dizeres AQUI TEM GENTE FELIZ que cobre a barriga peluda. Está exausto, mas acha graça.

— Alguém fez cocô — diz o homem. Franze o cenho, sacode a cabeça em tom repreensivo e some escada acima.

Nos primeiros dias, o prisioneiro ficava envergonhado. Agora não faz diferença. Os primeiros dias soam como fantasia, um tempo difuso que só existe no terreno das palavras. Tenta girar o corpo, mas não consegue. Respira de modo arfante e sua muito. A boca seca e a língua têm o ranço desagradável de quem não escova os dentes há muito tempo. Esforça-se para mover as pernas. A cabeça zune, Regina e Sofia o detêm. Tem vontade de chorar. Debate-se de modo epiléptico, faz soar a orquestra de metais. A dor invade seu corpo, mas ele não para. Não pode parar. Geme, grita, xinga. Não chora.

Há dias em que ele acorda resignado. Sem qualquer oposição, deixa que o homem realize o procedimento. As horas correm mais depressa quando ele não tem esperanças. No porão, o tempo é um conceito ilusório: segundos e dias se confundem de modo que uma linha cronológica — se fosse possível traçar uma — seria feita de instantes recortados e reutilizados à exaustão; corte e colagem infinitos. O prisioneiro sequer chama aquilo de rotina, pois — ainda lembra — a rotina é capaz de oferecer rescaldos e epifanias sutis. Chama de procedimento.

— Pablo! — grita ele. A angústia o corrói. — Pablo!

Nenhuma resposta. O prisioneiro mal reconhece a própria voz. Caso se olhasse num espelho, também não encontraria seu rosto. É disforme, tosco, uma aberração. Sua identidade escorreu com o suor, com a tinta e com a dor. Restou o corpo flácido e repleto de cicatrizes. Se pudesse, ele se mataria. Certo dia (os conceitos de dia e de noite também são difusos, guiados apenas pela luz que chega através de Reiner), ele tentou cortar o pulso com a faca do almoço. A faca não tinha serra, de modo que a carne ofereceu resistência. Pele e artéria custaram a se romper, e o sofrimento prolongado trouxe à tona o grito. O homem chegou a tempo de estancar o sangue e, desde então, não deixa que ele coma de faca ou de garfo. Apenas colheres.

O prisioneiro fez amigas no porão. Quando o homem está presente, suas amigas ficam caladas, pois também sentem medo. Sozinhas na escuridão, falam muito, tentam distraí-lo dos dias ruins. Victoria, sua predileta, é uma espécie de princesa generosa que mata sua sede. Anda silenciosa nos últimos dias e é possível que esteja tendo problemas familiares, pois chora a conta-gotas. Regina e Sofia também são bondosas, enroscadas em seus tornozelos, com menos de cinquenta centímetros de comprimento cada uma. São mãe e filha, e Regina parece mais gasta: já tem uma coloração avermelhada e áspera que irrita a pele, marcando os pontos de contato com inchaços. O prisioneiro sabe que as duas não fazem de propósito. São vítimas da própria matéria: presas à parede, impedem que ele se movimente. Elas não gostam de fazer isso com ele e pedem desculpas pelo inconveniente.

— É nossa obrigação — dizem, num lamuriar ferruginoso.

O prisioneiro responde que não há problema, que sabe que elas o apoiam, assim como Victoria. Os quatro contam histórias de vida, fazem piadas, visitam o passado e projetos de um futuro esfumaçado. Nunca falam sobre *O Grande Dia*. Regina,

Sofia e Victoria sabem que este é um assunto muito doloroso para o prisioneiro. Melhor esquecer. *O Grande Dia* já foi, não tem mais volta.

A vontade de fugir é unânime. Cochicham baixinho planos de escape para que Reiner não escute. Sentem-se ameaçados pela presença dele. Imponente, Reiner fica no teto a observá-los e escancara a boca ameaçadora para que o homem desça as escadas. O prisioneiro não gosta de Reiner, e nunca conversam.

O homem surge com o pacote de fraldas. Coloca a mão na cintura, soltando o peso das ancas largas sobre as pernas.

— Vamos limpar esse bumbum! — grita lá do alto e desce os degraus como uma velha com trombose.

— Água — pede o prisioneiro.

Evita conversar. Sabe que tentativas de diálogo alimentam a fantasia do homem. O silêncio é recomendável, mas a sede vence a cautela.

Os dedos compridos do homem giram Victoria, que expele água em abundância. O prisioneiro bebe do copo e quase se engasga. Tosse. Não vomita porque não comeu. É puxado pelos pés imundos e escuta os trincos de Regina e Sofia se soltarem. Nesse breve momento de liberdade, o prisioneiro deveria tentar lutar. Mas não tem força nem ânimo: deixa que o homem o leve para perto de Victoria. A água está quente, pois o dia está quente, e o sol ferve a caixa d'água. Com sabão de coco, as pernas cabeludas são esfregadas. A imundície descola da pele e escorre pelo piso. Tinta preta, lâminas de epiderme e crostas cicatrizadas. As pernas são erguidas, os adesivos laterais da fralda, soltos. Nova fralda com cheirinho de talco e jasmim.

Regina e Sofia envolvem seus tornozelos novamente.

O prisioneiro intui o que vem a seguir e grita. Sabe que não será escutado e que o homem não terá pena dele. Ainda assim, grita. Para espantar a sombra de dor. Adia ao máximo.

Sempre dói. Não adianta. O homem reaparece com a maleta nas mãos. Maleta de couro vermelho. Vermelho sangue. Deita a maleta diante dele, faz correr o trinco num barulhinho tão sutil quanto perturbador. Por um instante, ele pensa que deve argumentar, dizer que aquilo não é preciso, que já chega. Desiste. Ele é um brinquedo inanimado, um objeto de fetiche. Por isso, desiste.

O homem tira a agulha comprida da maleta e passeia os dedos por ela. Testa a ponta afiada. Espeta o próprio indicador, marcado agora com um ponto de sangue. Não importa, deixa sangrar. O homem insere a agulha na esferográfica vazia e a conecta ao motor do barbeador elétrico desmontado. Abre o pote com tinta nanquim cor preta, molha a ponta da agulha. Examina o prisioneiro com seus olhinhos dementes. Desta vez, terá que ser na sola do pé esquerdo.

Liga a *tatoogun* caseira à tomada. *Tzzzzzzzzzzz*. A agulha faz ameaças em seu vaivém automático, o som de besouro traz recordações indigestas. *Tzzzzzzzzzzz*. O prisioneiro cerra os olhos, ainda grita. Sacoleja. Regina e Sofia não conseguem deixá-lo ir muito longe. Sente a pele queimar e urra de dor. O homem investe a agulha contra o pé do prisioneiro, rasgando carne e deixando tinta. O trabalho é cauteloso, mas pouco profissional. Desenha um 7 seguido dos números 3, 0 e 5. Ao desenhar o número 5, a agulha invade a pele com mais profundidade. *Tzzzzzzzzzzz*. Cheiro de carne tostada. Mais tarde, a pele expelirá a tinta em excesso, tornando o desenho ainda menos nítido. De todo modo, o homem não se importa com detalhe ou beleza. Diariamente, talha um número no prisioneiro. Quase não se vê pele, mas um corpo de cascas grossas e negras que cobrem partes de números disformes espalhados aleatoriamente. Tatuagem nas costelas. Tatuagem nos lábios, nas orelhas, no ânus. Como um calendário vivo, o prisioneiro geme e sangra. Cada dia está ali, contabilizado.

— Agora come — manda o homem.

Devolve a *tatoogun* à maleta e estica o prato com sopa e milho.

— Por que milho?

Estão ali há muito tempo e nunca houve milho. O prisioneiro sabe. O milho não faz parte do procedimento.

— Olha o número na sola do seu pé. 7.305 dias — diz o homem.

Ele não entende.

— Não seja preguiçoso e faça as contas! — insiste o homem. E sorri. — Hoje faz vinte anos. Vinte anos que estamos aqui juntos. Só eu e você, amorzinho.

1997

--- DIA I ---

Pablo acorda todo dia às seis e meia para tomar um banho quente, demorado, e se vestir sem pressa. Depois, ajuda Regina, sua esposa, a colocar a mesa do café da manhã e apressa Sofia, que insiste em enrolar no chuveiro, numa tentativa sempre falha de faltar ao colégio. Aquela simples rotina matinal é um de seus momentos favoritos no dia: ele aproveita para conversar com a família e saber das novidades do dia que virá; ama as duas mulheres mais do que tudo no mundo e se alguém lhe perguntasse o que falta em sua vida, ele responderia: nada. Tem a família dos sonhos, e também o emprego dos sonhos, dono de seu próprio consultório de odontologia, muito querido pelas crianças que atende e que fazem questão de pular em seu colo porque ele é alto e consegue levantá-las até quase o teto.

— Ei, ei... Planeta Terra chamando... — diz Regina, encostando sutilmente na mão do marido. — Por onde você anda com a cabeça?

Pablo sorri, mordendo o sanduíche. Serve-se de mais café.

— Desculpa, eu tava repassando as pendências do dia.

A esposa não devolve o sorriso. Na verdade, sua expressão é séria, de quem não gosta nada do rumo da conversa.

— Você tá dormindo melhor, Pablo? Ou continua tendo aqueles pesadelos?

Desta vez, é ele quem encosta a mão na dela, de modo a deixá-la mais tranquila.

— Não mente pra mim — Regina insiste.

— Os pesadelos acabaram — mente.

Nas últimas semanas, ele foi invadido por dores de cabeça súbitas no meio do trabalho, quedas de pressão, pesadelos na madrugada e lapsos de memória (na terça passada, acordou em um banco na praia sem saber como havia chegado lá). Caiu na besteira de comentar as estranhas ocorrências com a esposa, o que só fez aumentar a dimensão do problema.

— Vou marcar o médico pra você — diz ela. — Vê se não falta dessa vez.

Ela insiste que ele deve procurar um psiquiatra, como se ele fosse um doente mental. Pablo acha que não é o caso de uma atitude tão extrema; sem dúvida, aquilo vai passar logo. É questão de tempo.

— Não preciso de médico, amor. Já falei que tá tudo bem comigo.

— Mamãe, o papai tá bem! — diz Sofia, dando uma piscadela para ele. No auge de seus oito anos, é uma menina esperta, de olhos azuis muito atentos ao que acontece a seu redor. Nada lhe escapa, e ela faz questão de entrar na conversa como se também fosse adulta.

Regina solta sua xícara e ergue as mãos, na defensiva.

— Ok, ok, eu desisto — diz, mas de maneira gentil. — Alguma novidade sobre a casa da sua mãe?

— Marquei de mostrar pra um senhor interessado depois de amanhã.

Já faz mais de um ano que a mãe de Pablo, uma senhora de setenta anos, faleceu de infarto fulminante. Desde então, eles têm tentado vender a casa que ela deixou de herança ao filho único: um imóvel pequeno, numa rua residencial de um bairro de subúrbio pouco valorizado. Não tem sido nada fácil. Ele percebe como aquele assunto deixa a esposa angustiada.

— Agora que a crise está passando, vamos conseguir vender — completa, com otimismo.

— Papai, tá na hora de descer.

Pablo olha o relógio. Termina o café e pega sua maleta vermelha de trabalho na poltrona. Precisa estar na portaria dali a dois minutos, quando a van escolar passa para buscar Sofia. Joga um beijo no ar para a esposa e dá a mão para a filha ao entrar no elevador.

A van já os espera diante do prédio. Um ano antes, ele e a esposa refletiram bastante sobre a necessidade do transporte escolar para Sofia — achavam que ela era muito nova para isso. Mas o consultório fica no sentido oposto, e não faz sentido dar uma volta tremenda só para passar na escola. Depois de envolver a filha num abraço apertado, Pablo desce até a garagem e entra em seu carro último tipo. Coloca o cinto, gira a chave na ignição e, antes de dar partida, solta o volante, respirando fundo e fechando os olhos. Massageia as têmporas, tentando firmar a vista em algum ponto fixo. A maldita dor de cabeça não passa...

AQUI TEM GENTE FELIZ, diz o slogan na entrada do consultório, com a imagem de um grande sorriso com aparelho dentário. Betina, a secretária, já o aguarda com a agenda do dia e dois pacientes na espera.

— Dá pra encaixar? — pergunta ela.

Ele faz que sim, cumprimentando a todos com gentileza. Em sua sala, veste o jaleco e as luvas, realiza os ajustes finais na bandeja de instrumentos e manda o primeiro paciente entrar. Trabalha por cinco horas seguidas, mal vê o tempo passar. Gosta de fazer os atendimentos sem pressa, escutando as demandas das mães e orientando as crianças na escovação dental — a verdade é que todo mundo tem mesmo preguiça de escovar os dentes na hora de dormir.

Pablo sente um carinho especial pelos pequeninos: gosta da inocência, das verdades enunciadas desprovidas de preconceito. Por exemplo, certa vez, há cerca de dois meses, uma de suas pacientes, de 7 anos, lhe dissera: "Tio Pablo, você é meu torturador favorito!" Ele caiu na gargalhada. Entendia o medo que a cadeira do dentista trazia à mente das pessoas, realmente a ideia de alguém mexendo com aparelhos metálicos em sua boca não é nada agradável. Por isso, ele sempre se esforça para tornar a experiência mais leve e até divertida — seu consultório é repleto de joguinhos, máscaras coloridas, músicas animadas e folhas brancas para desenhar.

Na hora do almoço, Pablo sai do consultório e avisa à Betina que não demora. Mas, em vez de ir ao térreo comer no restaurante árabe do final da galeria, desce até a garagem e pega seu carro. Dirige por alguns quilômetros, até a esquina da Escola Sagrado Coração, onde estaciona atrás dos tapumes que fecham uma área em obra no cruzamento. Desde que as dores de cabeça e os pesadelos começaram, Pablo vai para aquele lugar na hora do almoço, em vez de comer. Não sabe por que faz isso, não tem nenhum motivo lógico que o leve até ali, àquela esquina. Parece que sua cabeça vai explodir a qualquer momento, um zunido alto e perturbador ressoa em seu cérebro, e ele quer fazê-lo parar, precisa fazê-lo parar. Continua dentro do carro, com o pisca alerta ligado, por pelo menos meia hora.

É hora do rush e, diante do muro amarelo, pais e mães se aglomeram para buscar os filhos no turno da manhã. Um senhorzinho serve sacos de pipoca e espigas de milho a uma fila de adolescentes; o segurança diante do portão fica atento ao fluxo dos menores no jardim de infância. Pablo já conhece a rotina: a mãe que anda de moto, de capacete rosa, e busca uma menina loirinha, de cabelos trançados; dois homens que chegam sempre juntos, de terno, e abraçam carinhosamente um menino negro de uns 11 anos — é um dos poucos negros naquela escola de classe média alta; os grupos de adolescentes que saem de uniforme amassado, as mochilas cheias de rabiscos, alguns de mãos dadas, beijam-se calorosamente na esquina antes de se despedirem e entrarem no ônibus ou caminharem até a estação de metrô.

Pablo não vai embora até que Eric apareça. Eric é um de seus meninos favoritos, com 15 anos e espinhas no rosto sardento que fazem Pablo se lembrar de sua própria infância. Eric costuma demorar a sair (arruma a mochila sem pressa e, ao contrário dos outros, tem sempre impecáveis a bermuda escura e a camisa azul do uniforme). Em geral, um carro preto aguarda Eric na porta. Só quando Eric entra no carro é que Pablo dá partida e volta ao seu consultório dentista para continuar o trabalho do dia. Mas hoje, por algum motivo, acaba sendo diferente: Eric passa pelo portão de cabeça baixa, vai até a barraca do senhorzinho, compra uma espiga de milho e olha ao redor — não tem nenhum carro preto a sua espera. O garoto coloca os fones de ouvido e caminha sem pressa rumo ao ponto de ônibus.

A cabeça de Pablo gira. Ele olha para suas mãos trêmulas, vê a flanela e o recipiente que segura, e entende o que vai fazer. Não quer fazer aquilo, mas se sente reduzido a um cantinho do cérebro, algo maior e mais potente está no controle, agindo sobre seus movimentos. Sai do carro, calculando o momento certo. Molha a flanela com o líquido do recipiente. Eric acabou de passar por ele, dobrando a esquina, distraído no celular e comendo milho. Pablo se aproxima, alcançando o ritmo dos passos. Antes que Eric tenha tempo de olhar por sobre o ombro, Pablo o agarra por trás. Dura menos de trinta segundos. Eric desmaia quando respira o clorofórmio e Pablo sustenta seu corpo, puxando-o depressa até o banco traseiro do carro — escondido pelos tapumes de obra.

Coração a mil por hora, Pablo se senta no banco do motorista e dá partida, com Eric desmaiado no banco de trás.

--- DIA 2 ---

Pablo desperta devagar, como que barganhando mais alguns minutos de sono. Com os olhos entreabertos, vê o relógio de cabeceira: sete e quinze. Perdeu totalmente a noção da hora. Senta-se depressa, enroscado às cobertas, sentindo uma dor forte que percorre os músculos. Ombros e braços ardem, como se ele tivesse malhado por muitas horas ou carregado um peso enorme. Regina entra no quarto, já vestida com jeans e uma blusa de cor pálida. Olha para ele, sacudindo a cabeça sutilmente, e se senta ao seu lado na cama, colocando as mãos frias em seu rosto.

— Fui deixar a Sofia lá embaixo — diz, exausta. — Vai me contar o que aconteceu ontem?

Ele pisca, perdido. As pontadas em sua cabeça são como farpas entre os neurônios. *Como assim?*, tem vontade de perguntar, mas seria entregar de mão beijada para sua esposa que ele realmente precisa procurar um psiquiatra. Não se lembra de ter feito nada fora do normal no dia anterior, nada que justifique aquela expressão de desconfiança dela, nada que explique seus músculos doloridos. Prefere continuar calado.

— Você chegou de madrugada. Passou a tarde sem atender o celular e a Betina disse que você não voltou ao consultório. Aonde você foi?

Pablo dá um sorriso amarelo. Ele não faz a menor ideia. Olha para os móveis ao redor em busca de algum fiapo de memória, alguma informação que o ajude a reconstruir os fatos da tarde anterior, mas não encontra nada.

— Fui ao médico — mente. — Você insistiu tanto para eu marcar uma consulta...

— Jura? E a consulta durou até de noite?

— Depois resolvi caminhar na orla, beber uma água de coco.

— Você podia ter me avisado— diz ela. — Eu teria ido com você.

— Eu queria ir sozinho.

— O que o médico falou?

— Que deve ser estresse. Pediu alguns exames.

— Fico preocupada com você.

— Não precisa ficar.

Regina sorri e ele retribui — o sorriso de um homem bom. Abre os braços e enlaça a esposa. Dá beijos carinhosos em sua testa. Ele não gosta nem um pouco de mentir para ela. Mas, nesse caso, a mentira se fez necessária. Sua mente continua atormentada pela dúvida: *o que eu fiz ontem à tarde?* Regina ergue o queixo e lhe dá um selinho, encarando seus olhos. Será que ela desconfia de alguma coisa? Nesse momento, o toque do celular — uma música instrumental indefinida — ecoa pelo quarto, assustando os dois e interrompendo a conexão visual. Regina consulta o visor: é Victoria, sua irmã. Dá outro selinho no marido antes de se levantar e caminhar preguiçosamente até a mesa de cabeceira para pegá-lo.

— Oi, Vicky — atende, animada. Mas sua expressão muda na mesma hora. Volta a se sentar na cama, zonza. Pablo percebe e se aproxima em seu socorro. — Calma, Vicky, calma... Você já chamou a polícia? Não fica assim. Calma, não chora. Estou indo praí. Avisa ao Reiner que o Pablo vai comigo. Se acalma. Ele vai aparecer.

Regina desliga o telefone e enxuga uma lágrima que escorre por seu rosto. Pablo encara a esposa, assustado. Quer entender o que está acontecendo. Ela tem os olhos agitados e os lábios crispados. Sua voz falha, fúnebre, ao dizer:

— Nosso sobrinho desapareceu.

†††

Pablo encara Regina enquanto eles descem de elevador até a garagem. Ela agora parece mais calma, ainda que ansiosa, como quem decidiu encarar a situação extrema de maneira prática. Ao chegar à garagem, o carro está estacionado na mesma vaga de sempre, mas de uma maneira que ele não costuma parar, com a frente voltada para a parede, como se não tivesse se dado ao trabalho de fazer o contorno e estacionar com a traseira. Ele mal se lembra de ter parado o carro no dia anterior. Como é possível?

Devido à posição, a porta do carona está muito próxima a uma das pilastras de concreto que sustentam o prédio, tornando impossível que sua esposa entre no carro. Por isso, ele se senta no banco do motorista, coloca a chave na ignição e se prepara para dar ré e liberar a porta. Ao olhar pelo retrovisor, Pablo percebe uma máscara de Frankenstein caída no banco traseiro. Vira o corpo e estica o braço dolorido para pegar a máscara plástica, daquelas vendidas em lojas de fantasia, e a encara em seu colo, confuso. Em seu consultório, ele tem várias máscaras, as crianças adoram brincar com elas, mas não faz ideia de por que aquela específica está ali no banco traseiro.

Regina dá dois soquinhos no vidro traseiro, apressando-o. Sem pensar muito, Pablo abre o porta-luvas para guardar a máscara, como quem esconde as provas de um crime. Lá dentro, vê um recipiente vazio de clorofórmio. *Merda, o que é isso?* Ele engole em seco, desesperado. Coloca o frasco de clorofórmio dentro da máscara e guarda tudo no guarda-volumes da sua porta. Se tiver alguma sorte, Regina estará tão preocupada com o sobrinho que não vai reparar em nada.

O trajeto até a casa de Victoria e Reiner dura menos de trinta minutos, pois já passou a hora do rush matinal. Pablo aproveita um semáforo fechado para ligar para Betina e desmarcar todos os pacientes do dia. Informa que teve um problema familiar, mas prefere não entrar em detalhes. Seus cunhados moram em um bairro nobre da cidade, com casas de três andares, varanda, jardim, piscina e segurança interna do condomínio. Reiner é um homem pouco simpático, autossuficiente, de educação alemã, que cresceu com as próprias pernas no mercado financeiro. No passado, quando Pablo começou a namorar Regina, ele sentia certa disputa entre as irmãs para ver quem tinha o marido mais bem-sucedido. Até que Pablo percebeu como era ridícula essa guerra de egos: sem dúvida, Reiner ganhava mais dinheiro, mas não necessariamente era mais feliz.

Quando eles chegam à casa dos cunhados, há um carro de polícia parado diante do portão da garagem. Pablo precisa dar a volta e estacionar rente ao muro, num ponto mais distante da entrada principal. Victoria os aguarda na porta. Está com o rosto inchado de tanto chorar, o nariz vermelho como o de um palhaço, e os cabelos secos, arrepiados como quem tomou um choque elétrico, presos num coque desleixado. Reiner vem até a porta para recebê-los: mesmo naquela situação, veste um terno impecável e mantém a expressão séria, de quem vive de analisar o comportamento humano. Enquanto Regina abraça sua irmã e as duas choram juntas, Pablo cumprimenta Reiner e diz:

— Estou aqui pra ajudar... Vai dar tudo certo!

Logo depois, percebe como soa falso aquele otimismo. A gente nunca sabe o que dizer nessas horas. Ao encostar em Victoria, Pablo tem a impressão de que sua cunhada está prestes a desmoronar. Ou a explodir. Ele sabe como ela é frágil e teve uma adolescência conturbada, com surtos de depressão e tentativas de suicídio. Seu grande sonho era formar uma família, mas foi complicado para ela ter aquele filho — seu único êxito após infinitas tentativas de tratamento e fertilizações. Torce para que tudo dê certo e para que a polícia encontre logo seu sobrinho. Victoria precisa disso. Sentada em um sofá, ao lado de policiais à paisana que lhe servem água de tempos em tempos, ela conta pela vigésima vez sua versão dos fatos. Segura nas mãos suadas um pano de linho, que usa para limpar o rosto e assoar o nariz.

— Foi o pedido dele de aniversário de 15 anos: que a gente parasse de mandar o carro pegar na escola... Os amiguinhos implicavam, falavam que ele era criança, que precisava de babá pra levar e pra buscar. Ele disse pra gente que queria viver a própria vida, que precisava de mais liberdade, essas coisas de adolescente. Pediu pra voltar sozinho de ônibus. Eu não queria, mas o Reiner achou que estava na hora, que ele precisava de espaço. Ontem, foi a primeira vez que a gente liberou. E ele não voltou pra casa...

— Ontem? — pergunta Regina, sem entender. — Por que você só me ligou agora?

— A polícia proibiu que a gente ligasse pra qualquer pessoa antes.

— Mas eu sou da família!

Um policial intervém:

— Em geral, sequestradores entram em contato nas primeiras doze horas. Quanto menos gente envolvida, melhor.

— Alguém entrou em contato pedindo resgate? — pergunta Pablo.

— Ninguém ainda.

— Eu quero meu Eric. — Victoria chora, num surto. Joga o copo d'água na parede e começa a socar o sofá. — Eu quero meu filhinho!

Pablo se sente incomodado com a situação e escapa para a varanda. Não gosta de assistir à dor dos outros, assim, tão de perto. Tem pena de Victoria e de Reiner. Mal consegue imaginar o que ele faria se perdesse sua linda Sofia. Diante dos recentes acontecimentos, sua dor de cabeça só aumentou. Esgotado, sentindo o corpo doído, ele apoia os cotovelos no parapeito da varanda diante da vista do jardim vizinho e tenta relaxar. Tem que estar com a cabeça fresca para conseguir ajudar seus cunhados. Ao apoiar seu peso nos braços, sente uma pontada de dor no cotovelo esquerdo.

Acha estranho e gira o braço, esticando o pescoço para alcançá-lo com a vista. Seu cotovelo tem um machucado recente, ainda não cicatrizado. Ele não faz ideia de onde conseguiu aquilo. Acaba pensando na máscara e no frasco de clorofórmio. Como pode não se lembrar de nada? Sente-se culpado, mas não sabe exatamente do quê. Pouco a pouco, vai recolhendo os cacos de memória e montando o quebra-cabeça do que fez no dia anterior. Por um instante, tem medo do que pode acabar descobrindo.

--- DIA 3 ---

Pablo desperta em sua cama no meio da madrugada, o lençol está encharcado de suor, e ele pressente que todo aquele calor veio de seu corpo febril. Levanta-se ofegante e vai ao banheiro lavar o rosto. Sua dor de cabeça está impossível, como um martelo que nunca para de bater. Regina aparece atrás dele, com o rosto sonolento.

— Teve pesadelo?

— Essa história do Eric mexeu muito comigo.

— É. Também não consigo dormir. Não paro de rezar.

Pablo abraça a esposa e sente o hálito ruim de quem dormiu sem escovar os dentes. Não tem coragem de dizer para ela o que sonhou. As imagens ainda são muito vívidas: ele vestindo a máscara, apertando o pescoço de Eric até o menino sufocar e morrer em suas mãos. Sem dúvida, um pesadelo absurdo, fora de propósito. A mente humana tem a péssima mania de viajar para lugares obscuros, precipícios perigosos onde conhecemos o pior de nós mesmos.

A esposa volta para a cama para aproveitar os minutinhos finais de sono antes do raiar do dia. Pablo entra no banho, passando os dedos pálidos pelos cabelos com xampu. Sabe que tem algo de errado com ele e precisa reagir. Mas não faz ideia do próximo passo. Um problema maior se impõe: seu sobrinho foi sequestrado, e ele precisa ajudar.

Após se vestir, envia um e-mail a Betina informando que ela deve desmarcar todos os pacientes da semana. Durante o café da manhã com a esposa e a filha, confere sua agenda para garantir que não há nenhuma outra pendência nos próximos dias. Quer estar cem por cento disponível. Lembra-se de que combinou de mostrar a casa de sua mãe a um comprador interessado.

— Você não pode cancelar — diz Regina, levantando-se para ir à cozinha. — A gente tem que vender a casa, amor.

Sua esposa está certa. A casa está caindo aos pedaços, desvalorizando cada dia mais. Além disso, graças ao crescimento de uma favela na região, o bairro se tornou perigoso e a maioria das casas estão vazias, invadidas por moradores de rua. Se Pablo demorar a vender, a casa que herdou acabará invadida também. Quando Regina volta, trazendo uma jarra de suco, ele diz:

— Deixo você na sua irmã e vou mostrar a casa. Volto o mais rápido possível.

Ela concorda, observando sua filha com o canto dos olhos. Precisam conversar por códigos e frases curtas, pois decidiram esconder de Sofia que seu primo mais velho desapareceu. A menina toma café da manhã com a fome dos dias normais. Já Pablo mordisca a mesma fatia de pão há algum tempo, sem a menor vontade de comer. Levanta-se para levar Sofia na entrada do prédio, onde a van escolar a espera. Sua dor de cabeça finalmente começou a diminuir, mas ele ainda se sente doente, com o corpo moído.

— Você está bem? — pergunta Regina, como se pudesse ler seus pensamentos.

Ele entra no elevador sem responder.

Pablo estaciona o carro diante da casa de sua mãe. Chegou vinte minutos antes do horário combinado com o possível comprador. Melhor assim. Pode entrar para acender as luzes, abrir as cortinas, tirar as teias de aranha do porão subterrâneo e testar a descarga do banheiro e as torneiras da cozinha. Aquela casa lhe traz uma enorme nostalgia: viveu sua infância ali, jogando futebol na rua com os amigos da vizinhança e comendo salgados de um bar vagabundo que fechou há muitos anos.

Caminha pelos cômodos, checando os interruptores e o estado das pinturas de parede — tem uma infiltração feia atrás do armário no quarto de seus falecidos pais. Seu quarto continua praticamente o mesmo — uma cama de solteiro e as paredes repletas de figuras técnicas, com partes do corpo humano. Dentro do armário, encontra o esqueleto de plástico com que costumava brincar. Quando criança, seu sonho era ser médico, salvar vidas. Acabou se tornando dentista. Não chega a ser medicina, mas pelo menos as mães de seus pacientes o chamam de doutor. E ele gosta dessa alcunha: doutor.

Continua a checagem pela casa. Lembra-se de sua mãe cozinhando nas tardes de domingo, e das refeições que faziam na mesa da cozinha, rodeada por cadeiras de plástico. É uma casa humilde, mas Pablo sente orgulho de ter nascido ali e agora morar em um apartamento dois quartos num bairro um pouco melhor. De certo modo, venceu na vida. Não tanto quanto Reiner, claro. Mas Reiner vem de família rica, estudou nos melhores colégios, não foi difícil para ele fazer os contatos certos e se tornar um empresário de sucesso. Pablo estudou em escola pública, batalhou para conseguir seu espaço, prestou vestibular para medicina por três vezes até aceitar que não teria como estudar o suficiente se continuasse a trabalhar como telemarketing na maior parte do dia. A odontologia se revelou uma paixão inesperada e lhe deu tudo o que ele tem: um consultório, um apartamento e até uma família — ele conheceu Regina nos corredores da faculdade.

Após uma rápida limpeza na cozinha, Pablo segue para os fundos da casa, para o acesso ao porão — um espaço com entulhos, caixas de revistas e livros velhos, ferramentas enferrujadas e sua antiga bicicleta, agora com os pneus murchos. Ao chegar diante do alçapão que leva às escadas, encontra-o trancado com um cadeado novo em folha, reluzente sob a luz do sol. Um arrepio gélido percorre seu corpo. Como a máscara, o clorofórmio e o machucado no cotovelo, ele não reconhece aquele cadeado. Enfia a mão no bolso, pega o molho de chaves e o encara, assustado. Só agora percebe a existência de uma chave nova, que ele não sabe para que serve. Testa a chave no cadeado. *Clic.* Funciona.

Com as pernas trêmulas, Pablo entra pelo alçapão, colocando os pés no primeiro degrau da escada, ainda mergulhada na escuridão. Tenta escutar algum barulho. Nada além da torneira, que cisma em gotejar. Ele tateia a parede até chegar ao interruptor. Respira fundo antes de acender a luz do porão. Então, vê: seu sobrinho está encolhido no meio dos entulhos, imundo, adormecido com as pernas presas por correntes de ferro. *Meu Deus, o que eu fiz?* Sente uma enorme vergonha de si mesmo. E também horror. Sua vontade imediata é vomitar, mas ele se contém. Precisa pensar rápido. Ainda dá tempo de consertar o que fez. Não pode ligar para a polícia e inventar que encontrou Eric por acaso no porão da casa de sua mãe. Mas talvez seja o caso de soltar o menino e deixá-lo em alguma praça. Com certeza, vão chamar a polícia assim que encontrá-lo. Sim, esta é a melhor solução.

Depressa, Pablo desce as escadas do porão, seu coração quase saindo pela boca. A dor de cabeça aumenta, como se houvesse um medidor que se altera ao sabor do acaso. Não pode desmaiar agora. Solta as correntes das pernas de Eric e ergue em seus braços o menino sedado. Suas costas ardem e os braços quase cedem diante do peso. Aos quinze anos, Eric já não é tão fácil de carregar por uma escada.

Após muito esforço, Pablo consegue. Entra na casa pela porta dos fundos, olhando ao redor em busca de mais alguma pista que pode ter deixado para trás. Não há nada. Atravessa a sala e tateia seu bolso com dificuldade até encontrar a chave do carro. Prepara-se para abrir a porta dianteira e correr até o carro, mas... a campainha toca. Pablo gela.

— Senhor Pablo? Senhor Pablo, está aí? — insiste o homem, do outro lado.

Por um instante, ele pensa que é a polícia, mas logo se lembra da visita agendada. O comprador interessado chegou. Ele não sabe o que fazer com Eric em seus braços. Caminha depressa até o sofá, uma ardência crescente nos braços. Deixa de qualquer jeito o sobrinho adormecido sobre as almofadas e volta para a entrada, abrindo a porta o mínimo possível.

— Oi, tudo bem? Olha, me desculpa, eu vou ter que sair correndo — diz, cuspindo as palavras. — Acabaram de ligar. Minha esposa sofreu um acidente de carro. Preciso ir pro hospital.

O comprador fica sem reação. Demora alguns segundos para dizer:

— Quer alguma ajuda?

— Não, obrigado. E desculpa mais uma vez.

Pablo não perde tempo. Fecha a porta, torcendo para que o velho não demore a ir embora. Recosta-se, esgotado. Suas pernas estão bambas. De olhos fechados, respira fundo, buscando se acalmar. Quando sente que seu batimento cardíaco começa a voltar ao normal, ele se aproxima do sofá. Mas Eric está acordando da anestesia, zonzo, com os movimentos lentos e os olhos entreabertos. Pablo ainda tenta esconder seu rosto, mas não tem tempo. Engolido de pavor, Eric murmura:

— Tio Pablo?!

--- DIA 10 ---

Faz mais de uma semana do desaparecimento de Eric e ninguém entrou em contato. A situação de Victoria e Reiner é desesperadora. Pablo vê o sofrimento de seus cunhados e sente uma culpa enorme. Tem vontade de contar toda a verdade para eles, dizer que Eric está bem, que está com ele no porão da casa de sua falecida mãe, que ele não sabe direito como o garoto foi parar lá, mas que promete não ter feito mal nenhum ao sobrinho. Passar uma borracha em tudo e recomeçar do zero. Mas sua autodefesa o impede de tomar uma atitude tão drástica. Ele pode acabar perdendo tudo: carreira, esposa e até sua filha. Sim, porque Regina jamais aceitaria nenhuma desculpa para o que ele fez. Como Pablo pode guardar um lado tão cruel sobre o qual não tem o menor controle? Precisa procurar um médico com urgência, assim que essa situação absurda passar. Fazer isso agora pode levantar suspeitas. É tarde demais.

Nos últimos dias, ele não teve coragem de olhar para a cara do sobrinho. Pela manhã, passou no supermercado e comprou do bom e do melhor — inclusive sucrilhos e biscoitos recheados. Pagou tudo em dinheiro, para não deixar registro, e levou comida e água para Eric no porão antes de seguir para o consultório. Em todas as vezes, o garoto estava dormindo — ou fingindo dormir. Ele sabe que a situação não se sustentará por muito tempo, mas por enquanto tem certeza de que não pode tirá-lo do cativeiro. Será denunciado na mesma hora. "Eliminar" a testemunha também está fora de cogitação. Pablo não é um assassino, não é mau; ao contrário, sempre foi reconhecido por sua bondade, por seus gestos de carinho, pelo seu amor pelo outro.

Na noite anterior, teve uma longa discussão com Regina. Ela anda muito mexida com toda essa situação do seu sobrinho e chegou a dizer que ele também está esquisito e misterioso.

— Por quê? — perguntou ele, tomado de ansiedade.

— Você não conversa mais comigo. Fica perdido em pensamentos, roendo as unhas e encarando o nada. Parece até que está escondendo alguma coisa.

— Estou sentindo falta do meu trabalho.

— Então volta a trabalhar.

No fundo, Regina está certa. Ele não pode continuar cancelando pacientes, vivendo em função do desaparecimento de

Eric — seja consolando os cunhados, seja alimentando o sobrinho às escondidas. Voltar à rotina talvez o ajude a enxergar melhor o cenário e tomar a decisão mais sábia. Tem que haver alguma saída!

Por isso, no décimo dia após o sequestro, Pablo cumpre o ritual de um dia comum. Após o banho e o café da manhã, deixa Sofia na portaria e segue direto para o consultório, onde Betina o espera, curiosa. A secretária fica horrorizada ao saber o motivo de sua ausência na última semana: ela conhece Eric da época em que o menino usou aparelho nos dentes, aos 10 anos. Betina começa a chorar diante dele e lhe dá um abraço, seguido de desculpas pela intimidade excessiva. Pablo agradece a preocupação dela, mas tenta se manter sóbrio, sem revelar nenhum temor além daquele esperado de um tio enlutado. Segue até sua sala, vestindo o jaleco e as luvas. Manda que o primeiro paciente entre, um menino de 8 anos que cisma em não escovar os dentes e desenvolve cárie de tempos em tempos. Depois de um pequeno sermão sobre a importância da escovação, ele pede que o menino se deite na cadeira, acende a luz branca e veste a máscara de trabalho. Por um segundo, se sente um cirurgião na mesa de operações, prestes a realizar um transplante de coração ou a retirar um tumor do cérebro. Ele poderia ser médico, queria ser médico. Mas não é.

Liga o aparelho e escuta o zumbido gostoso, como uma ladainha, enquanto faz a limpeza e aplica flúor sobre as placas dentais. *Tzzzzzz*. Aquele som o inebria, e vai mergulhando seu cérebro em uma espécie de transe. Com os gestos no automático, ele pensa nas angústias, nas dores, nos medos e nas frustrações de seu passado. Já engoliu muitos sapos na vida, agora quer cuspi-los. *Tzzzzzz*. Sua mente vai se afastando de todos os problemas e outro eu — mais forte e abusado — toma seu lugar. Chega de ser aquele sujeito passivo, que faz tudo o que esperam dele. Ele não precisa ter medo. *Tzzzzzz*. Após o terceiro paciente, Pablo tira o jaleco e sai do consultório num rompante, sem avisar a Betina para onde vai e nem que horas volta. Sente-se invencível.

No elevador, Pablo se encara no espelho e dá um sorriso. Não se reconhece.

--- DIA 15 ---

É só no décimo quinto dia após o sequestro que Pablo ganha dimensão da gravidade do que está acontecendo. Regina o acorda, com os olhos inchados e os lábios trêmulos de horror.

— O Reiner ligou. Eles receberam *algo* do sequestrador.

Pegam uma roupa qualquer no armário, se vestem depressa e saem de carro. Ainda é madrugada. Chegam à casa dos cunhados quando os primeiros raios de sol anunciam o novo dia.

Victoria está deitada no sofá, amparada por dois enfermeiros que a sedaram e enxugam gotículas de suor em sua testa pálida. Reiner mantém a mesma expressão séria de sempre, mas as olheiras entregam que os dias não têm sido nada fáceis.

— Deixaram este pacote aqui ontem à noite — diz. Sua voz desafina, é a primeira vez que Pablo vê aquele homem sólido e inatingível prestes a chorar. — É horrível, é bizarro.

Pablo estremece ao segurar o pacote. É uma embalagem de papelão de tamanho médio, muito usada para transportar frascos de medicamentos. Ele mesmo tem dezenas de embalagens como aquela em seu consultório. As abas de abrir e fechar estão gastas e amassadas de tanto que Reiner deve tê-las manuseado desde que o pacote chegou.

— A polícia vai fazer uma perícia e ver se encontra alguma digital além das nossas — diz ele. — Pode abrir.

Pablo hesita por alguns segundos. Regina se apoia em seu antebraço, ansiosa para conhecer o conteúdo da caixa, mas também fraquejando diante da iminência do mal. Os dedos gélidos seguram o pacote e, num movimento para cima com o indicador, a tampa é erguida. Há uma pilha de fotos Polaroid presas por um elástico frouxo. No topo, a primeira foto faz o estômago de Pablo embrulhar. Seus olhos giram e os músculos de sua face se retesam, petrificados.

Na imagem, Eric está recostado à parede, com os olhos bem abertos, vermelhos e lacrimejantes, encarando a câmera fotográfica. Um pedaço de pano envolve sua boca, com dois nós firmes na altura da nuca, impedindo que ele grite. Seus braços finos também estão presos para trás e as pernas tortas não conseguem se mover mais do que alguns centímetros graças a duas correntes de ferro enganchadas ao chão. Pablo encara Eric: há desespero ali, temor; mas há também uma profunda decepção. Eric está decepcionado com o sujeito atrás da câmera, com o sujeito capaz de lhe infligir aquelas dores profundas sem a menor piedade. Eric está decepcionado com *ele*.

— Nenhum pedido de resgate ainda? — pergunta Regina.

— Nada... Merda, eu não entendo por que não me pedem dinheiro. Eu só quero o meu filho de volta.

— Por que mandaram isso, então?

— Olhe as outras fotos — diz Reiner.

Pablo obedece, espectador de uma sequência inimaginável de violência gratuita. Como em quadros de um filme de época, cada fotografia mostra a dor de Eric num crescente, conforme o algoz se aproxima com uma faca na mão enluvada e com a câmera na outra. O homem mau investe contra o rosto do jovem, talhando suas bochechas com a ponta da faca afiada, abrindo veios de sangue sob seus olhos, no queixo e no pescoço. Em algumas fotos, sangue espirra na lente, e os olhos de Eric quase saltam das órbitas.

— Meu Deus! — exclama Regina. — Isso é monstruoso!

As fotos finais são as mais fortes e impactantes: mostram Eric preso, indefeso, já prestes a desmaiar diante da agonia desmedida, enquanto sangue escorre por seu rosto desfigurado, em carne viva, e empapa a roupa escolar rasgada e suja. A última imagem traz o homem mau segurando o braço de Eric no ar, com a lâmina da faca a centímetros de seus dedos infantis, curtos, com as unhas roídas. Pablo percebe algo de errado, mas precisa piscar os olhos para ter certeza: no lugar do dedo mindinho, resta apenas um osso fino, ensanguentado, extirpado de carne e cartilagem.

Pablo vomita na mesma hora, encolhendo o corpo e devolvendo todo o café da manhã ao chão da sala. Regina desmaia ao seu lado e, enquanto a acode, Reiner não resiste e começa a chorar convulsivamente. Suas vidas se transformaram em um pesadelo sem fim.

— O desgraçado mutilou nosso filho — diz Reiner. — O dedo também veio no pacote.

Pablo passa as costas da mão nos lábios, limpando a sujeira e a saliva que escorre pelo queixo, mas o gosto ruim continua em sua boca. Ele não pode acreditar que foi capaz de fazer aquilo com Eric. Não entende o que pode ter acontecido. Todas as pistas apontam para ele, mas ele jamais seria capaz de cortar fora o dedo de alguém. Como pode não se lembrar de nada? Pablo não aguenta mais. Toma uma decisão: vai conversar com seu sobrinho, vai se explicar e resolver a situação de uma vez por todas.

†††

São seis da tarde quando Pablo entra na casa da mãe, olhando ao redor, temeroso. É como se aquele espaço não pertencesse mais a ele, uma entidade o domina quando ele vai ali. Precisa ter cuidado. Inventou uma desculpa de trabalho para sair da casa dos cunhados e escapar até o porão. Deixou Regina e Victoria juntas, uma consolando a outra para enfrentar aquela situação impensável. Reiner o acompanhou até o carro e agradeceu por todo o apoio que ele tem dado, ainda que Pablo não saiba exatamente que apoio é esse. Não tem feito mais do que sua obrigação como membro da família.

Pablo avança sem acender as luzes, mergulhado na semiescuridão da sala que conhece tão bem, até chegar à porta dos fundos, que leva ao porão. Destranca o cadeado, esforçando-se para levantar o alçapão sem fazer tanto barulho. Não adianta. A tampa de metal range alto quando é erguida, num ronco perturbador que o convida a entrar no ambiente esfumaçado. Pablo faz o sinal da cruz e coloca as pernas para dentro, hesitante, sem saber exatamente o que vai encontrar. Ao acender as luzes, ele vê seu sobrinho enroscado num canto. Eric está acordado, amarrado e amordaçado, e começa a tremer, gemendo baixinho. Pablo estende as mãos com a palma para cima, para mostrar que não está armado e que não pretende lhe fazer nenhum mal, mas o menino continua a agitar o corpo. Faz xixi nas calças ao vê-lo se aproximar.

— Eric, eu... — diz Pablo, estudando o rosto do sobrinho mais de perto. Alguns cortes superficiais já começam a cicatrizar, enquanto outros, mais profundos, continuam em carne viva. — Se eu tirar essa mordaça, você promete que não vai gritar? Quero conversar com você.

Eric está ofegante, mas vai se acalmando aos poucos. Pablo se envergonha do asco com que seu sobrinho lhe encara. Depois de algum tempo, o garoto faz que sim com a cabeça, de modo que ele se aproxima e desata os nós que prendem firmemente o pano ao redor de sua cabeça. Eric abre a boca, como que para estalar os ossos da mandíbula. Pablo se senta diante dele, num espaço menos sujo do porão. Toca delicadamente as pernas do sobrinho, fazendo carinho e pergunta, num tom amistoso:

— Me diz... Quem fez isso?

Pablo passeia os olhos pela roupa de Eric, enrijecida pelo sangue coagulado, e encontra a mão esquerda do menino enfaixada com o dedo decepado. Aquilo lhe faz sentir ainda pior, de modo que ele repete a pergunta:

— Não precisa ter medo. Quem fez isso?

Os lábios de Eric tremem. É como um professor de escola fazendo a pergunta definitiva para que o aluno passe de ano.

Ele finalmente responde, num sussurro entre os lábios inchados:

— Você.

A verdade atinge Pablo com a força de um soco. Ele leva as mãos à cabeça, desesperado, e começa a chorar, movendo o corpo para a frente e para trás, como um autista. Fecha os olhos, deixando que as lágrimas escorram por seu rosto e repetindo sem parar:

— Me desculpa, me desculpa, me desculpa...

Eric o encara com os olhos abismados, mas sem chorar. Seu rosto torto tem a beleza estranha de uma pintura cubista.

— Eu não me lembro de nada — diz Pablo. — Juro que não lembro.

— Não parecia você — responde Eric. — Era outra pessoa, mas no seu corpo.

Pablo se recorda vagamente de ter visitado o sobrinho nos últimos dias e deixado comida para ele, estranhamente os detalhes de cada encontro lhe escapam, como partes de um filme a que assistimos num estado de sonolência.

— Você fez coisas horríveis comigo — continua Eric. — E disse coisas horríveis também.

— O que eu disse?

— Você disse... Você disse que odeia meu pai, que tem rancor por ele ser bem-sucedido. Disse que inveja minha mãe por ela ser mais bonita que a tia Regina e que tem vontade de foder loucamente com ela. Disse que me odeia porque eu sou mimado e tive todas as coisas que você não pode dar pra minha prima.

Pablo sente seu mundo desabar. De algum modo, Eric está certo. Ele realmente pensa tudo aquilo, mas sempre guardou muito bem suas verdades íntimas, nunca contou para ninguém. Os seres humanos têm mesmo invejas e mágoas uns dos outros, mas esconder esses sentimentos faz parte da boa convivência em sociedade. Agora, é como se parte dele fosse animalesca, irracional, e todas suas ideias mais profundas — e perigosas — aflorassem contra sua vontade.

— Tem... Tem certeza? Eu não me lembro de ter dito nada disso — diz Pablo, sabendo que é inútil. Ele *disse*. E isso basta.

— Me desculpa... Eu não queria. Você me conhece.

Eric o encara sem esperanças. Estão diante de um impasse, não há saída.

— Tio Pablo? — o garoto arrisca. Sua voz é serena, inocente. — Me tira daqui?

— Eu não posso. Você vai contar pra todo mundo o que eu fiz.

— Juro que não vou.

Pablo volta a chorar convulsivamente. Sua vontade imediata é acreditar em tudo o que ele diz e soltá-lo, deixá-lo livre, dar uma chance ao acaso — esta parece a única maneira de conseguir um final feliz. Mas... é muito arriscado!

— Eu vou me tratar — diz Pablo, num surto de clareza. — Vou me curar e arranjar uma solução pra essa história.

Pablo se sente confiante. Sem dúvida, muitos psiquiatras já enfrentaram esse tipo de situação, e o sigilo médico-paciente impedirá que contem o que ele foi capaz de fazer com seu sobrinho. Talvez exista luz no fim do túnel! Diante do silêncio, Eric chora, desesperado, sacudindo a cabeça, fazendo que não. Seu corpo todo se move em espasmos, é como se ele estivesse tendo um ataque epiléptico. Pablo corre em seu socorro, segura o pescoço de Eric e prende seu queixo, para que ele não mastigue a própria língua. Aos poucos, o menino para de tremer, mas continua a respirar ofegante:

— Seu outro lado vai voltar, eu sei que vai. Você não me escuta quando está daquele jeito. Você gosta que eu grite, gosta de me ver sofrer. Eu não aguento mais.

— Eu sou um homem bom — promete Pablo. — *Ele* não vai voltar.

— *Ele* é você.

Um ruído vindo do andar superior interrompe a conversa. É nada mais que um breve estalo, mas Pablo tem os ouvidos aguçados e acostumou-se desde a infância a perceber os sons naquela rua silenciosa. Coloca o indicador diante da boca, mandando que Eric se cale, e continua atento. Segundos depois, os ruídos voltam a se repetir: são passos no assoalho da sala. Por muitas vezes, ele viu seus pais começarem a discutir e refugiou-se ali no porão, escutando seus movimentos. Agora, tem certeza: alguém entrou na casa.

Num movimento rápido, Pablo veste a mordaça em Eric e se afasta do menino, buscando pelo espaço algum objeto com o qual possa se defender. Encontra um pé de cabra enferrujado, caído próximo à bicicleta velha. Refugia-se no ponto mais escuro do porão, atrás das escadas, onde caixas e mais caixas se acumulam, empoeiradas. Pablo espera. Convence a si mesmo de que deve ser apenas um morador de rua ou um grupo de crianças procurando alguma diversão arriscada. Não devem demorar a ir embora. Mas os passos estão cada vez mais próximos e culminam no ronco barulhento do alçapão sendo aberto.

— Eric? — grita alguém, e Pablo logo reconhece: é Reiner. — Eric, meu filho!

Da segunda vez, o nome sai num misto emocionado de alegria e desespero. Assim que entra no porão, Reiner avista o filho lá embaixo, deitado no chão como um mendigo, preso.

Reiner desce as escadas depressa, com as pernas trêmulas, e corre na direção do garoto, abraçando-o com força. Chora, enquanto desfaz os nós que prendem seus punhos, testa a firmeza das correntes que prendem seus tornozelos. Reiner está tão concentrado em livrar o filho daquele pesadelo que não percebe a aproximação de Pablo, com os olhos cheios de lágrimas.

Pablo é um homem bom, sabe disso, mas precisa manter sua família, precisa segurar firme nas rédeas da aparência e, para isso, precisa se livrar de todos os problemas. Reiner fez mal em segui-lo até ali, fez errado em desconfiar dele, sempre abusado, um passo à frente, espertinho demais, desgraçado, filho da puta.

Pablo ergue o pé de cabra no ar e o desce num movimento rápido e seco, que rompe o crânio de seu cunhado na mesma hora, num som que lembra um vaso de porcelana se espatifando no chão. Reiner ainda se vira num reflexo, erguendo os braços e agarrando Pablo pela gola da camisa. Os dois rolam pelo chão, e Pablo sente uma ardência crescente em seu estômago, Reiner está dando joelhadas nele, enquanto seu rosto se cobre de sangue. Aos poucos, os golpes perdem força. A quantidade de sangue que sai da cabeça de Reiner é absurda, e ele vê o rosto de seu cunhado empalidecer.

Reiner tomba ao seu lado, sem vida, a boca escancarada num esgar de ódio. Pablo se afasta, passando as mãos nas roupas imundas de sangue. Eric se debate preso às correntes e tenta alcançá-lo com os braços livres, mas as correntes nas pernas o impedem de ir tão longe. O garoto ainda tenta se defender quando Pablo se aproxima, mas logo é imobilizado. Ao prender os punhos de seu sobrinho, ele aproveita para fazer um carinho em seus cabelos sebosos.

— Isso não foi nada — diz Pablo, tentando acalmá-lo. — Eu vou resolver tudo. Não fica com medo.

Sobe as escadas depressa, como quem foge de um monstro perigoso. Fecha o alçapão e o tranca com o cadeado, deixando Eric para trás, preso às correntes úmidas pela poça de sangue que se forma ao redor da cabeça de seu pai morto.

--- DIA 18 ---

Sentado no sofá de casa, Pablo observa Regina e Victoria conversando baixinho no extremo oposto da sala, sentadas no chão, recostadas à parede como crianças de castigo. Victoria tem os ombros curvados, o rosto cadavérico, mas escuta com atenção as palavras de consolo da irmã. Não tem jeito. Não bastasse o sequestro do filho, seu marido também desapareceu há três dias. Ela perdeu tudo o que tinha em pouco tempo, foi para o apartamento deles esperar por novidades da polícia, mas a verdade é que não faz ideia do que pode ter acontecido. Reiner estava em casa com ela e com Regina. Depois de encarar pela milésima vez as fotos enviadas pelo sequestrador, ele pareceu ter alguma ideia e saiu correndo de casa, sem falar nada. Desde então, nenhuma notícia, nenhum contato. Como é possível?

Pablo sabe onde Reiner está: enterrado no quintal dos fundos da casa de sua mãe. Deu um trabalho danado se livrar do carro em um lixão, limpar o sangue, subir com o corpo morto pelas escadas e abrir a cova com a pá de jardinagem. Seu coração palpita só de lembrar das horas horríveis que foi obrigado a passar. Ele se tornou um assassino. Não foi o outro que matou Reiner, foi *ele*. A culpa é dele, e isso não tem mais volta.

— Tenho certeza que a polícia vai encontrar os dois — diz Regina, num tom mais alto para que Pablo escute. — Não vai, querido?

Pablo se afasta de seus pensamentos e fica de pé. Ajeita a calça jeans que escorre por sua cintura — ele está mais magro a cada dia — e se aproxima de Victoria. Flexiona as pernas para fazer um carinho nos braços dela, como que para aquecê--la de um frio inexistente.

— Vai, sim. Pode confiar.

Por mais estranho que pareça, Victoria sorri. Um sorriso entre o cinismo e a resignação.

— A polícia não sabe de nada! — diz ela, entre dentes. — Estão trabalhando com a teoria de que o Reiner sequestrou o Eric. E depois resolveu fugir com ele. Por que ele faria isso? Meu marido sequestrar o próprio filho? Não faz sentido!

Com sua postura frágil e o olhar vítreo, Victoria parece uma louca. Pablo se pergunta se ela está tomando seus antidepressivos nas horas certas e se não andou exagerando nas doses ultimamente. Algo na maneira como ela mexe as mãos e leva os dedos até os lábios faz com que pareça uma criança com deficiência mental, solitária no canto mais escuro da sala. Pablo troca olhares breves com a esposa, que parece extenuada, falou por muitos minutos na tentativa de acalmar a irmã. Chega uma hora em que até as bondades cansam.

Regina faz um leve movimento de cabeça, indicando que Pablo deve tomar seu lugar. Ele se senta no chão, ao lado delas, ao passo que Regina dobra as pernas devagar, preparando-se para se levantar. Ao perceber o movimento da irmã, Victoria segura os dedos dela, nervosa, aperta suas mãos com força e diz:

— Aonde você vai? Fica aqui!

— Só vou tomar um banho rápido.

— Não... Não vai, por favor.

O medo devora a alma de Victoria. Agora, ela teme que todos ao redor desapareçam para sempre assim que se afastarem alguns metros, como num conto de fadas. Regina hesita diante do pedido suplicante da irmã, mas Pablo aproxima as mãos de Victoria e a consola.

— Eu fico aqui com você — diz, mas não parece surtir nenhum efeito positivo. — Ela não vai demorar.

Depois de pensar alguns segundos, Victoria faz que sim, de leve. Regina se afasta, e se volta para dar um sorriso piedoso a eles antes de entrar no quarto. Passaram as últimas duas noites em claro, dormitando no sofá, atentos ao telefone, ansiosos por qualquer informação da polícia ou esperando um milagre que trouxesse respostas para tantas perguntas difíceis. Estão esgotados, entregues, destruídos em pedaços.

Pablo gastou as últimas horas refletindo sobre o que fez: nunca em sua vida pensou que seria capaz de matar alguém. Não tem ideia do que faz surgir nele a outra entidade que ganha controle sobre tudo. Será que este "outro" é um espírito ruim? Ele nunca acreditou em espíritos. Puro delírio de sua cabeça, então? Ele não esperava que a mente humana pudesse ser tão extrema. Ou, *meu Deus*, será algo que sempre esteve bem guardado dentro dele e que resolveu se revelar agora, pouco antes de ele completar seus quarenta anos? Algo que veio do nada pode ir embora do nada também. Mas algo que veio do nada também pode ir crescendo e crescendo e crescendo, até dominar tudo. Em silêncio, enquanto pensa em todas essas coisas, a centímetros do rosto vazio de Victoria, Pablo está atormentado, sua vontade é gritar, mas continua com o semblante fechado, os olhos vazios encarando o retângulo de luz do dia que entra pela porta de vidro da varanda.

Como que movida por um estalo, Victoria se levanta. Pablo tenta entender o que está acontecendo e segura o cotovelo dela.

— Preciso tomar um ar — diz ela, soltando-se dele.

Caminha pela sala com seu penhoar branco, passa os dedos pelos móveis sentindo sua textura, não tem pressa. Abre a porta de correr da varanda e, ao pisar o lado de fora, começa a chorar convulsivamente, curvando-se e levando as mãos ao ventre, como quem sofre a perda de um bebê. Pablo não se aproxima. Talvez ela precise mesmo de um pouco de espaço para expurgar suas dores em paz. Assiste a tudo de uma distância razoável, separado pelo vidro da porta, que faz Victoria parecer um peixe sozinho em um aquário de ladrilhos brancos, com os prédios da cidade caótica como pano de fundo.

Regina entra na sala vestindo sua camisola de sempre, os cabelos ainda molhados. Um cheiro gostoso de perfume e sabonete invade o cômodo. Pablo gira o rosto para encarar a esposa: ele não mudou tanto assim afinal, ainda ama aquela mulher mais do que tudo, ainda ama muito Sofia — sua filha tem sido compreensiva diante de todo o caos e aceitou ficar no quarto sem fazer muitas perguntas, assistindo a desenhos animados. Pablo se levanta e, num gesto de redenção, abraça a esposa, liberando tudo o que está guardado dentro dele. Chora em seu ombro, e Regina não pede explicações, apenas aceita aquele choro, como tem aceitado as lágrimas da irmã nos últimos dias. O abraço é calmante, e ele gostaria que fosse eterno. Mas algo acontece. E acontece muito depressa.

Enquanto o abraça, Regina murmura um "não" doloroso. Solta-se dele depressa, tonteia levemente ao correr na direção da varanda. Pablo demora a entender o que está acontecendo. Quando se volta na direção das duas, vê Victoria deixar os óculos dobrados no chão. Então, com a naturalidade de quem ajeita os cabelos ou passa o batom, Victoria apoia as mãos no corrimão da varanda, ganha impulso e pula do vigésimo segundo andar, sem olhar para trás, nem se despedir de ninguém.

†††

É noite quando Pablo chega ao porão da casa da mãe. Sua cara está inchada, as pernas não são dele, apenas vai, se move, descendo as escadas, sem saber o que está fazendo ali.

É ele, não é o outro. Mas ele *é* o outro. Ou não *é*, não sabe. Os zumbidos em sua cabeça voltaram com toda força: IML, reconhecimento, o corpo de Victoria transformado em uma coisa amorfa de carne, osso e sangue após despencar de tantos andares, Regina em desespero, surtando. Isso tem que parar. Chega. Não é ele. No fundo, sabe por que fez tudo isso, se sente até feliz. Acabou. A família perfeita Reiner-Victoria-Eric acabou. Destruída em pouco mais de duas semanas. O outro lado está vencendo, venceu. Ele não pode deixar.

Desce as escadas do porão num atropelo, quase tropeça, machuca os braços, mas não importa. Corre até Eric, retira sua mordaça, desfaz os nós dos braços. Leva um soco na cara, sangra, não tem problema, não vai desistir. Começa a retirar as correntes das pernas de Eric. A chave não entra, merda. Precisa ser rápido, antes que se arrependa, antes que o outro volte ao domínio. Finalmente consegue.

— Vai, vai, vai! Chama a polícia.

O garoto se levanta depressa, seus ossos estalam, há um espectro, uma sombra, algo por ali. Eric fica de pé, se afasta até a escada, sobe. Não sobe. Pablo não vê direito, sua vista está turva. Eric volta, está de volta. Ergue algo. Um pé de cabra?

Pablo não vê mais nada.

--- O GRANDE DIA ---

Um barulho no teto. O alçapão se abre. Pablo gira o corpo devagar, seus músculos ardem, e as correntes em suas pernas causam uma coceira desagradável nos tornozelos. Tenta se apoiar, mas seus braços estão presos para trás, firmemente amarrados nos punhos. Eric desce as escadas, trazendo na mão direita uma maleta vermelha — Pablo logo reconhece: aquela é a sua maleta de trabalho. Com certeza, Eric veio com a polícia. A essa hora, Regina já sabe de toda a verdade e deve estar decepcionada, assustada, sem querer vê-lo nunca mais. Apesar disso, ele não se arrepende do que fez, não se arrepende de ter soltado seu sobrinho; o homem bom venceu.

Eric se aproxima, deixa a maleta no chão e se ajoelha diante dela. Só então, levanta a cabeça para encarar Pablo. Há algo de novo em seu olhar, algo que Pablo não consegue desvendar: não é raiva, tampouco angústia. Parece mais prazer, ou excitação. Pablo não entende. O que aconteceu com o menino que ele aprisionou alguns dias atrás? Pensava que nunca mais veria Eric — só a polícia, as grades, o juiz, os bandidos. Mas apenas Eric está ali diante dele.

— Então é isso... Não tenho mais nada, só você.

Pablo lamenta muito que tudo tenha acontecido daquela maneira. Foi rápido demais: a morte de Reiner, o suicídio de Victoria. As coisas fugiram de controle, e a culpa não é só dele. A família se desestruturou como um castelo de cartas, eram mais frágeis do que demonstravam, pura aparência. Não se mantiveram unidos, firmes, esperançosos. Um caiu para cada lado, a culpa não é só dele.

— Depois de tanto tempo nesse porão... — volta a falar Eric, mas Pablo para de escutar. Tanto tempo? Ele ficou apenas 18 dias ali. Dezoito dias não é tanto. Tem vontade de dizer isso a ele, que o garoto é mesmo um mimado, que exagera tudo o que lhe fazem. Também, criado por uma mãe depressiva e um pai babaca, ele só podia ser mesmo assim. Tem vontade de dizer tudo isso, mas não diz. Eric continua movendo a boca, sem parar. — Aprendi a gostar... Tirei prazer dali. Você abusou de mim, fez tudo o que queria. Não quero mais me separar de você. Vou registrar na sua carne cada dia que passarmos juntos.

Pablo não entende o que ele está dizendo. Não vai chamar a polícia? Não vai avisar a Regina tudo o que aconteceu? Eric abre a maleta vermelha voltada para si. Pablo tenta se mover para enxergar seu conteúdo, mas não consegue — as correntes são muito curtas. Espera, ansioso.

— Hoje, vamos almoçar juntos — diz Eric. — Nossa primeira refeição de muitas.

Gira a base da maleta, de modo que Pablo possa ver o conteúdo. Seu sangue gela e ele vomita. Dentro da mala, como duas bolas de futebol sobre o tecido acolchoado, estão as cabeças decepadas de Regina e de Sofia, os olhos vazios arregalados, ranhuras de pele e osso na base do pescoço, onde a serra foi passada. Eric empunha o garfo e o enfia na bochecha macia de Regina, arrancando um primeiro naco de carne. Sorri, estendendo o garfo para o prisioneiro.

— Vamos, amor, aceita. Dizem que é bem gostoso.

RAPHAEL MONTES escreveu os romances *Suicidas*, *Dias Perfeitos*, *O Vilarejo* e *Jantar Secreto* — todos, sucesso de público e de crítica, traduzidos em mais de 20 países e com os direitos de adaptação vendidos para o cinema. Atualmente, Raphael assina uma coluna semanal em *O Globo*, apresenta um programa de literatura na TV Brasil, o Trilha de Letras, e escreve roteiros para cinema e TV Globo.

- www.raphaelmontes.com.br/
- twitter.com/montesraphael
- www.facebook.com/raphaelmonteswriter/
- www.instagram.com/raphael_montes/

FRINI GEORGAKOPOULOS é jornalista e autora do livro *Sou fã! E agora?*. Criou o Clube do Livro Saraiva, no qual é curadora até hoje, e também atua como colunista literária da rádio Roquette Pinto (94,1 FM).

- www. cheirodelivro.com/
- twitter.com/frini_georga
- www.facebook.com/frini.georgakopoulos
- www.instagram.com/frini_georga/

RAPHAEL DRACCON escreveu a trilogia best-seller Dragões de Éter, além de outros seis livros de fantasia. Foi premiado pela American Screenwriter Association e considerado pela *IstoÉ* um dos dez escritores mais influentes do atual mercado literário brasileiro.

- www.raphaeldraccon.com/blog/
- twitter.com/raphaeldraccon
- www.facebook.com/Raphael-Draccon
- www.instagram.com/raphaeldraccon/

CAROLINA MUNHOZ é jornalista, roteirista e romancista de nove livros de fantasia, eleita "melhor escritora" pelo Prêmio Jovem Brasileiro e "best author" pelo Vox Populi do prêmio norte-americano Shorty Awards. Já recebeu diversos outros prêmios e atualmente trabalha como roteirista em Los Angeles, Califórnia.

- www.carolinamunhoz.com/blog/
- twitter.com/carolinamunhoz
- www.facebook.com/carolinamunhozwriter
- www.instagram.com/carolinamunhoz/

Este livro foi composto em caracteres Ingeborg e Vulture. Impresso em papel Pólen Soft 80g/m² Lis gráfica.

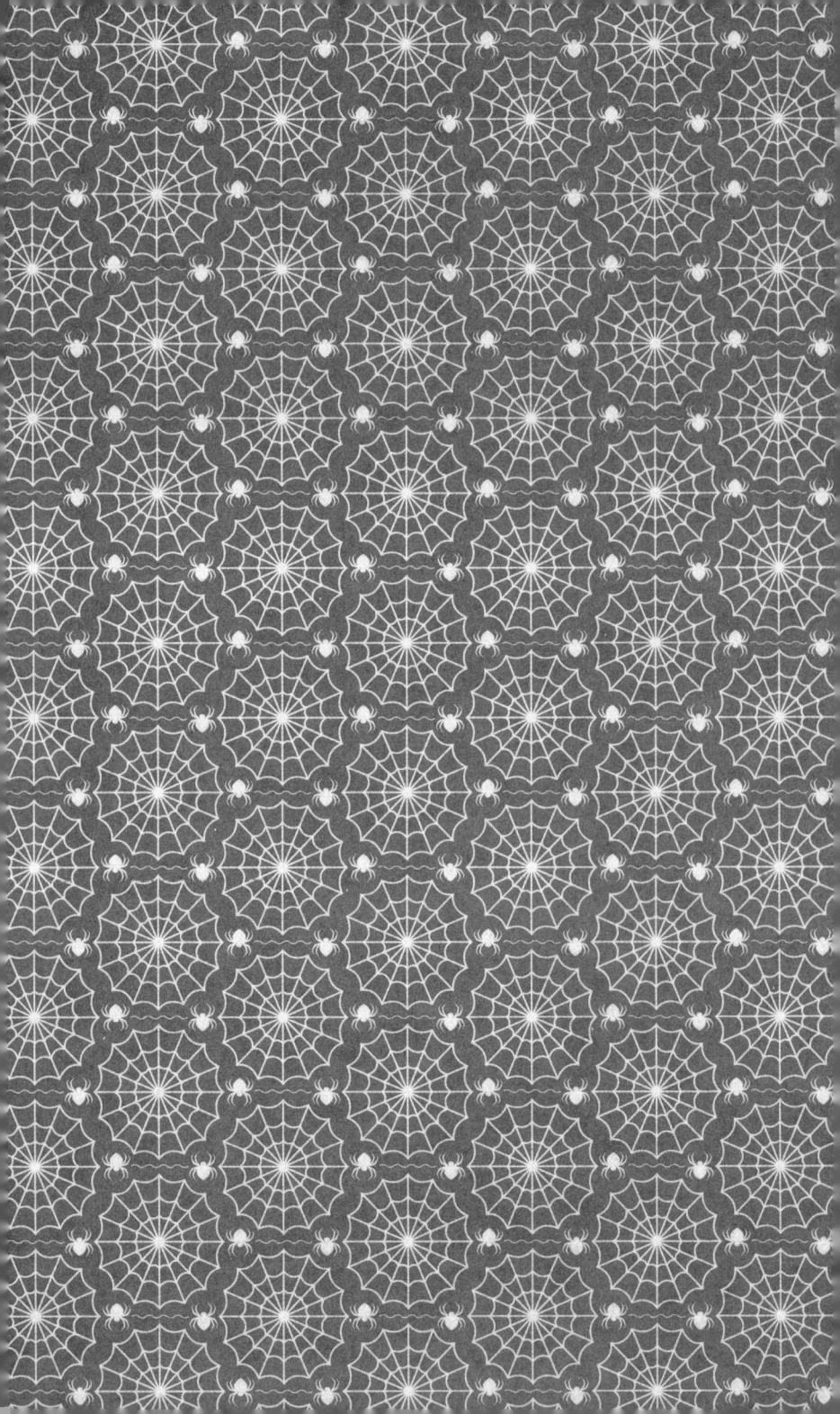